一百万堵墙

BORN UNDER A MILLION SHADOWS

〔英〕安德里亚·布斯菲尔德 著

陈文娟 译

人民文学出版社
PEOPLE'S LITERATURE PUBLISHING HOUSE

著作权合同登记号　图字 01-2017-5608

Andrea Busfield
BORN UNDER A MILLION SHADOWS

图书在版编目(CIP)数据

一百万堵墙/(英)安德里亚·布斯菲尔德著;陈文娟译.
—北京:人民文学出版社,2017
ISBN 978-7-02-013037-5

Ⅰ.①一…　Ⅱ.①安…　②陈…　Ⅲ.①长篇小说-英国-现代　Ⅳ.①I561.45

中国版本图书馆 CIP 数据核字(2017)第 163233 号

责任编辑　马爱农
特约策划　邱小群　骆玉龙
封面设计　高静芳

出版发行　人民文学出版社
社　　址　北京市朝内大街 166 号
邮政编码　100705
网　　址　http://www.rw-cn.com

印　　制　上海利丰雅高印刷有限公司
经　　销　全国新华书店等

开　　本　890 毫米×1240 毫米　1/32
印　　张　9.875
字　　数　150 千字
版　　次　2010 年 1 月北京第 1 版
印　　次　2018 年 1 月第 1 次印刷

书　　号　978-7-02-013037-5
定　　价　45.00 元

如有印装质量问题,请与本社图书销售中心调换。电话:010-65233595

献给我的母亲、父亲和姐姐

一

我叫法瓦德。妈妈说塔利班让我差点胎死腹中。

她没有详细说，我想象当时的情形是：她一步步从阳光下退到黑暗中，然后蜷缩在一个角落里，保护着我。当时我躲在她肚子里。一个男人恶狠狠盯着她，准备用手中的棍子把我打到这个世界上来。

后来我长大了，知道有人和我一样是在塔利班的威胁下出生的。我表兄扎西德就是其中一个，还有贾米拉，她是个女孩子——我们三个在鸡街[①]干活，专赚外国人的钱。另外还有我最好的朋友斯班仔。认识斯班仔之前，他的脸被沙蝇咬了，烂了一年，后来就留下了拳头大小的疤痕。可他满不在乎，我们也不介意。我们还在读书的时候，他就已经开始向肥胖的西方人兜售一种叫斯班[②]的草药。所以，我们都叫他斯班仔。他原名阿卜杜拉。

是的。我们几个都出生在塔利班政权横行的那些年。有一次，我听妈妈说起他们时，她把他们形容成一群遮住阳光洒下阴

① 阿富汗首都喀布尔著名的商业街，古代曾是肉鸡和鸡蛋的集散地，现已演变成阿富汗工艺品和珠宝一条街，是外国游客购物的必到之地。

② 英文“spand”，是一种草药。

影的魔鬼。所以，我猜如果她会写字，也许会成为诗人。不过，真主安拉并不是这样安排的。她替有钱人扫地赚几个钱。她把钱都藏在衣服里，整晚守着。“到处都是小偷。”她低声说，口里发出嘶嘶的声音，眉头皱得紧紧的，很生气的样子。

当然，她说得不假。我就是其中一个。

那时，没有人认为这是偷盗。扎西德说：“这叫均贫富，是高尚的行为。”他很懂这一套。

“叫有福共享，”贾米拉附和他，“我们一无所有，他们拥有一切，可他们贪得无厌，不愿帮助我们这样的穷人，《古兰经》上就是这么说的。我们是在帮助他们变成好人。所以，这是他们对我们帮助的回报。只不过，他们并不知道自己在做好事。”

当然，并不是所有的外国人都闭着眼睛对我们的“帮助”付报酬。有些外国人的确主动给我们钱，有的是高兴地给，有的是不好意思拒绝。有的则想赶我们走，不过，他们是赶不走我们的，这一伙走了，另一伙又很快蜂拥而上，谁让美金满大街走呢？很有趣吧。不管我们是在什么样的情形下出生的，我，扎西德，贾米拉，还有斯班仔，白天我们就在阳光下“帮助”那些外国人。

“这叫重新分配，”一天，我们坐在路边石上玩跳马游戏时，扎西德这样对我们说，“这些外国人为什么待在这儿？是因为他们轰炸了我们的国家，消灭了塔利班，现在跑来重建了。是国际议会让他们这样做的。”

“可是为什么他们要消灭塔利班呢？”

“因为他们和阿拉伯人是朋友，他们的领袖奥萨马·本·拉登在喀布尔有幢房子，里面住着他四十个老婆和几百个孩子。美国人恨本·拉登，他们觉得他使劲操他的老婆，总有一天，会生出几千，甚至几百万人的军队，所以，他们就把自己国家的什么地方给炸了，然后怪在本·拉登头上。接着，他们就跑到阿富汗来消灭他和他的妻子、孩子以及所有支持他的人。这就叫政治，法瓦德。”

扎西德可能是我认识的男孩子中最有文化的人。他经常读报，这些报是我们从街上捡的。他比我们都大，不过，大多少就不知道了，阿富汗人从来不过生日，我们只记得胜利和死亡。扎西德也是我认识的最厉害的小偷。有时，在我们缠着那些老外，弄得他们都要哭出来时，他就已经带着从他们口袋里掏到的一把钱脱身了。如果说我是在塔利班的威胁下出生的，那么，扎西德就是在恶魔恶狠狠的注视下出生的，因为他长得出奇的丑陋——褐色的大牙齿像被烟熏过似的，又粗又短；一只眼睛有规律地跳动，骨碌碌在眼窝里转动时，就像盒子里放着一块大理石；还有一条腿不灵活，走路时，他得使劲让它和另一条好腿保持一致步调。

“他是个肮脏的小偷。”妈妈说。她极少用这样的话说她姐姐家的人。“你离他远点……不然，你也会像他那样不干好事。”

我们都不明白妈妈为什么让我离扎西德远点。不过，大人们都有这样的毛病：他们要求你做不可能做到的事情，如果你不听话，他们就把你的生活弄得一团糟。事实是：我和扎西德，还有他那胖得像母牛的妈妈，蠢得像驴的父亲，还有脸上总是脏兮兮的瓦西德和阿卜杜拉，住在同一个屋檐下。

“男孩子们。”姨父很喜欢这样叫，声音里不无自豪。

“难看的家伙。”妈妈躲在她的仿羊绒头巾下嘟囔着，一边还背着他们朝我眨眼睛。尽管我们一无所有，但至少我们的眼睛是朝着相同的方向望去的。

我们七个人住在四个小房间和院子里的一个洞里。所以，要听妈妈的话，和扎西德保持距离是很难做到的一件事情。卡尔扎伊总统都不可能实现所有的期望。可是妈妈不是个会解释的人，她从不告诉我该怎么做。她一直喋喋不休的只是让我离扎西德远点。

有时——但很少——她会放下手中的缝纫活，谈论以前我们在帕格曼[①]的房子。我是在那儿出生的。不过，我还没来得及把它印在脑海里，一家人就逃离了那儿。所以，我是在妈妈的只言片语中寻找我对那儿的记忆的。每当这时，她的眼睛就会睁得大大的，得意之情溢于言表：粉饰过的房间排列着深红色的厚垫子；玻璃窗上挂着窗帘；可以坐在一尘不染的厨房地板上吃东西；种满黄玫瑰的花园……

---

① 喀布尔以西约二十公里的一个城市。

“我们不像住在瓦兹尔·阿克巴汗[1]的人那么有钱，法瓦德，可我们很幸福，”她说，“当然，那是塔利班来之前很久的事情了。看看现在！我们甚至连棵上吊的树都没有。”

我不能完全懂她，可我知道那时的妈妈非常沮丧。

她从来没在我面前提过我们已经失去了的亲人，除了那幢庇护过我们的房子外——我们现在的处境证明了它不是很管用。不过，有的晚上，我听见她低声唤着我姐姐的名字，接着伸手过来，把我拉近她身边。正是这个时候，我知道她是爱我的。

我们紧挨着躺在白天坐的垫子上，很多时候，我都想张口说话。满脑子的话在我嘴边翻滚，等着我把它们吐出来。我想知道一切，我的父亲，我的兄弟，还有米娜。我是那么想知道他们，想在妈妈的话里真切地感受他们。可是，妈妈只是喃喃低唤着姐姐的名字，我像个胆小鬼，不敢吭声，我怕我开口了，会破坏眼前的气氛，然后她就会从我身边慢慢移走。

天亮了，妈妈醒来，就会穿上罩袍[2]，从我身边走开。一走出屋子，她便唠唠叨叨，而且开始总是呵斥我“还不快去上学”，末了是“离扎西德远点”。

总的来说，出于对妈妈的尊重，我一直努力听她的话——在阿富汗，母亲比总统府地基下埋藏的黄金还珍贵——可是，要做到她所要求的，却并非易事。我知道，就算我没听她的话，她也

---

① 喀布尔富人区。

② 阿富汗妇女的传统服装。

不会打我。不像扎西德的父亲，他似乎觉得真主给了他权利，可以在太阳出来的任何一天打我耳光。可是，她会失望地看着我，眼里流露出的神情让我怀疑自我爬出“阴影”的那天开始，妈妈眼里就有了这种眼神。

我虽然还小，却知道我们的日子很艰难。当然，对我来说，一直就是那样，生活没有什么变化。可是，我的妈妈却深陷在一个我知之甚少的过去里，那里有深红色的垫子和黄色的玫瑰花。大部分时间，我都是趴在这座记忆的牢笼外，往里窥探。自我能清楚记事以来，就是这样子了。我愿意相信她曾经很幸福，曾经和我的父亲一起把欢笑洒在清澈的额嘎哈湖边，她那满含笑意的绿色的眼睛里——我遗传了那双眼睛——盛满了对父亲的爱，一双小巧柔弱的手不停地摆弄着金色面纱的褶边。

妈妈曾经是一个非常漂亮的姑娘——这是我姨妈告诉我的。有一次，她突然很奇怪地大谈特谈起我妈妈来。可是不久，不幸降临了——虽然妈妈从来没有这样说过。我想妈妈对我是抱怨的，因为我让她想起了过去，这个过去把她拖到这个没有玫瑰花的鬼地方——她姐姐的家。我不得不承认，妈妈恨她姐姐甚于塔利班。

“她嫉妒我，”有一次，妈妈尖叫着说，声音大得足以让隔壁房间里的姨妈听见，“她一直嫉妒我——嫉妒我的生活，嫉妒我嫁给了一个知识分子，嫉妒我们曾经快乐的时光……我为她感到遗憾。是真主安拉让她长了一张西瓜脸和与这张脸相配的身材，不是我的错。”

“她们是娘们，生来就这副德性。”一天中午，我和扎西德再次从满屋子飞的尖叫和辱骂声中逃离后，他这样说道。我们打算去偷住在镇中心的那些外国人。“打起来她们才最开心。等你长大些，你就会明白更多。女人很复杂，这是我父亲说的。”

也许，扎西德说得对。不过，这次争吵更多是因为钱，而不是因为她们是女人。姨妈要我们付房租，可我们吃不饱，穿不暖，哪有钱给她。妈妈帮人家打扫屋子赚的几阿尼和我在街上偷的那点钱是我们所有的收入。

“也许你给你妈点美金，她就不会对我妈大发雷霆了。”我建议道。显然，我建议错了，因为扎西德在我的脑袋上狠狠地敲了一下。

“哎，你这个小杂种，你们没地方住的时候，是我妈给了你们住的。像个流浪的乞丐跑到我们家，给你们挪出地儿，还要喂饱你们该死的肚皮。你知道我们的感受吗？如果我们不是好穆斯林，你妈就会把你那该死的屁股让每一个路过的他妈的同性恋操上一操。你想帮你妈妈，是吗？那就好好利用你那该死的屁股吧。像你这么漂亮的男孩子准保能赚大把大把的阿尼，只要你哄得那些娘娘腔开心。”

“是啊，”我轻蔑地顶回他，“只要你那张脸离他们远点，也许他们就算不操也会付一样多的钱呢。”

一说完，我马上跑开了，剩下我的表兄一个人在那儿暴跳如雷，冲着我跑去的方向咆哮、诅咒，身后拖着那条坏腿。

那天，我一直跑啊跑，跑得两条腿实在跑不动了才停下来，跑到公园电影院的时候，都喘不过气来。我发现自己哭了，为我妈妈，还有我的表兄。我知道，我太残酷了。我了解他为什么要把钱存起来，埋在墙角下——他以为没人看见。他想用那个钱娶老婆。“总有一天，我会娶到阿富汗最漂亮的女人。”他老爱这么吹牛。“等着瞧好了。你会看到这一天的。”所以，他需要钱，因为他长了那么一张难看的脸，得准备相当多的嫁妆才有可能实现这个梦想。就他那德性，是娶不到那样好的老婆的。他那张嘴是我听过的最臭的嘴，比警察的还臭，经常冒出污言秽语。那些警察在这座城市里飞扬跋扈，索取贿赂——连瘸腿的乞丐也不放过。唯一能拯救扎西德的地方，可能就是学校了。不过，依他在学校时的表现来看，他可不是个聪明的人。他把自己沉浸在学习里，没有什么朋友。可是后来，日复一日的挫折和失败使他离开了学校。渐渐地，他变得顽劣了。

穷人在我的祖国是很难生存下去的，丑陋的穷人就更难了。现在的扎西德就像一块顽石，知道自己绝对找不到一个主动愿意嫁给他的女人，不过，如果价钱合适，是会有父亲同意的。

“来吧，法瓦德，我们去鸡街吧。”

泪眼蒙眬中，我看见贾米拉。灿烂的阳光洒在她的身上，她像一位天使站在我的面前。她和我一样，个头小，却长得很好看。

贾米拉伸手把我从地上拉起来。我站在她跟前，用衣袖把脸上的泪水擦干。

"扎西德。"我解释似地说。

贾米拉点点头，没有多说什么。如果扎西德说女人的那些话是对的话，我想，贾米拉长大了应该也会那样吧。

贾米拉是我在鸡街的主要伙伴。她把对象锁定在那些外国男人身上，在她褐色的大眼睛的注视下，他们往往会心软下来。而我则瞄准那些女人们，让她们爱上我的绿色的大眼睛。每一个路过的外国人都是我们下手的目标。我们俩是好搭档，如果我们同时出现在鸡街，我们就会平分当天的收入。

周五是我们的黄金日。那天是周末，不用上学，不用上班，很多外国人来。他们开着越野车，到喀布尔各个景区搜罗饱受战争之苦的阿富汗的纪念品：天青石做的珠宝盒；从巴基斯坦进口的银制品；英阿战争中使用过的枪支和短刀；呢帽、头巾、床毯、地毯、壁挂、鲜艳的面纱和蓝色罩袍。当然，如果他们愿意多走二十分钟，到翻腾不息的喀布尔河[①]附近的集市的话，只需以一半的价格就能买到这些东西。但是，这些外国人既胆小又懒惰，不愿多走这点路。当然，他们有钱，不会在乎多花这点钱——这点钱够大多数阿富汗家庭一个星期的花销。还是扎西德说的，他们的懒惰对阿富汗生意人有利无害，鸡街是他们心中的麦加。

除了国际援助人员，偶尔还会有一些白人士兵弯着腰在卖银

① 发源于喀布尔以西七十二公里的山脉，向北流入巴基斯坦。

制品的商店柜台前，为国内的妻子挑选戒指和手镯。他们大多很高大，背着大型枪械，穿着金属夹克，戴着紧紧绑在头上的碗状头盔。他们通常四五个人结伴出来，总会有一个人在外面站岗，提防自杀式炸弹，其他人则进去挑选东西。“美国好啊。”见到他们，我们就嚷嚷开了。这个小把戏总能给我们带来一点收入。钱一到手，我们就作鸟兽散，赶紧跑到街区，以防周围真有自杀式炸弹出现。

不过，大多数别的国家的外国人对美国不感兴趣，所以，我们就要另外变着法子骗他们的美金。他们逛店，我们就跟在后面，大声喊着我们会说的英语。“嗨，先生！嗨，女士！你好吗？我可以当你的随从！不，这边来，我带你去一个物美价廉的地方。”接着，我们就会抓着他们的手，把他们拖进一家店。然后，我们就会从店主那儿赚到一笔佣金了。我们大多数人都有四五家或者更多这样的雇主，只要我们带了老外去，他们就会付给我们报酬。一旦这帮老外不理我们，他们走到哪家店，我们就跟进哪家店，然后假装好心地摇头叹气：“哦，不，女士。他太黑了，这个价格可太不合理了。来，我带你去一个价格低廉的地方。”当然，这一切都得避着店主，不能让他看见。然后，我们就会带着这些老外到会付佣金给我们的店铺，告诉店主他的对手开的价格。这样，他就会开一个更低，但仍有利润可赚的价格。

就在老外们讨价还价的时候，那些也在这条街上谋生，但不会说英语的老女人就会快速地聚上来，等在店门外，伸出脏兮兮的手，抓住他们的胳膊肘，哭得身上的罩袍泪迹斑斑。她们通常是一家人，但老外可不知道。她们一个个泪眼婆娑地走上前去，为自己的病，为快要死的孩子乞讨几个钱。通常这个时候，这些西方人就受不了了，他们会跌跌撞撞地爬回自己的车上，眼睛躲闪着，不敢看我们。接着，他们的司机会开足马力，疾速带着他们离开我们这群穷苦潦倒之人，回到他们享有特权的生活中去。

然而，当越野车呼啸着离开鸡街，却在沙赫尔瑙[①]遇到交通堵塞时，斯班仔就会出现，用他黑色的手指敲他们的车玻璃，手里捧着我们称之为“斯班”的草药——还冒着烟，气味相当难闻。不过，据说它可以赶走恶鬼。毫无疑问，这是我们所有工作中最糟糕的一种，因为草药的烟雾会钻进你的头发、眼睛、胸膛，让你看上去像个死人。不过，收入相当不错，因为，就算那些游客不迷信，却很难做到不理会车窗边的那个脸上有疤且脸色土灰的男孩。

不过，运气好的时候，我们也不需要靠骗来赚钱。当那些外国女人还在和头巾作斗争的时候——她们还没习惯戴头巾——她们会很乐意掏腰包的。我会帮她们拿东西，直到她们累得逛不动喊停为止。有时能赚到五美金的辛苦费。贾米拉会笑得很甜，她也能得到一样的报酬，却什么都不要拎。

“你叫什么名字？”女人们会问，她们说得很慢。相当白皙的脸上挂着笑容，红红的嘴唇微微翘起。

① 喀布尔上流社区。

“法瓦德。”我告诉她们。

“你的英语非常好。上学吗？”

“是的。上学。每天。我非常喜欢。”

这是真的。我们都上学——甚至如果父亲同意的话，女孩也可以上学——不过，学期很短，假期却很长。冬天和夏天，我们都有几个月的长假，因为太冷或者太热，没法学习。不过，我们的英语可是从街上学来的。很容易学，那些外国人喜欢教我们。

即使扎西德说得对，他们先轰炸我们的国家，然后又跑来重建，我还是很喜欢这些外国人，喜欢他们满是汗水的白皙的脸和鼓鼓的腰包——这是真的，因为那天我回到我姨妈家时，被告知我们要搬去和三个外国人一起生活。

二

从姨妈家搬出来没用多少时间，因为，我们所有的财产也就一条毯子、几件衣服和一本《古兰经》。本来还有些瓶瓶罐罐的东西，是我们几年来积攒的，但姨妈似乎认为这些东西现在应该算她的了。

谢天谢地，那天妈妈没有心情和姨妈吵，只是在放下罩袍前踩了她姐姐一脚，然后，拖着我出了门。

“再见，扎西德！”我大声喊道。

“再见，亲爱的法瓦德！”

我扭过头，吃惊于他在我的名字前加“亲爱的”时语气里满含的深情。我看见我的表兄擦了一下他那只好眼睛。

“别忘了我们，你他妈的蠢驴！”

他很快又加了这么一句。结果，他一说完，他妈妈立刻以同样快的速度用她那肥硕的拳头赏了他一记重重的耳光。

从位于城市郊区的凯尔卡纳[①]到瓦兹尔·阿克巴汗——我们的新家所在地，我们整整走了两个小时。路上，妈妈告诉我，我

---

① 喀布尔北边的一个街区。

们将和两个女人、一个男人一起生活。她说她只知道其中一个女人的名字，是她邀请我们搬过去住的；她叫乔治亚。显然，妈妈已经替她洗了几个星期的衣服。

我简直不能相信，之前她从来没有提过这事。

“可你为什么帮她洗衣服呢？”我问。

“为钱啊，你以为呢？”

“她自己怎么不洗？”

“外国人不知道怎么洗。她们是用机器洗衣服的。”

“什么机器？”

“洗衣机。”

对我来说，这太不可思议了，可我妈妈不会撒谎的。唔，她平时话不多，一旦话多起来，就一定是真的。我还知道那些外国人是无神论者，所以，我想，他们死后一定会下地狱的，因为他们得不到神的赐福——像我们这些普通阿富汗人都懂得用某些方法来获得神的护佑。

“她会裁衣服吗？”

“不会。”

“她会做饭吗？”

“不会。”

“她有丈夫吗？”

“没有。”

“我一点都不吃惊。”

妈妈哈哈大笑起来，把我抱进怀里。我仰起头，却看不到她的脸，她的罩袍挡住了我的视线。于是，我更紧地抓着她的手。一想到妈妈刚才被我逗笑了，我感到耳朵一阵灼热。

我人生的一大转折，一生中最美好的日子就这样迅速地开始了。

虽然，对于在姨妈家之前的生活，我没有太多真实的记忆，但我知道，自从我们离开帕格曼后，妈妈一直很痛苦。我们整天窝在姨妈家的一个小房间里，地上只有一块薄薄的毯子，根本无法抵御斑驳的水泥地板的寒气。我们在姨妈家的屋檐下苟延残喘地活着，像得到宽恕的犯人一样吃和睡。厕所是另一件令妈妈痛苦的事情。四个粗心的孩子时常乱投误掷，弄得厕所门窗七倒八歪，加上一个男人，像被屠宰后的山羊一样，大便拉得到处都是；我们还要忍受疾病的折磨——夏天的疟疾，冬天的流感——还有肚子里的各种寄生虫和病菌。可是，我们还要表现得感激涕零，因为在我们变得一无所有的那天晚上，是姨妈收留了我们。

每年，我们身边有很多人死于各种疾病、炸弹袭击、暗雷的突然爆炸、大小动物的撕咬，甚至饥饿。就算你有吃的，也不能保证你就一定能活过今天。妈妈在一只废旧的煤气炉上煮饭。这只旧煤气炉放在房间的角落里，每时每刻威胁着我们的生命，一旦爆炸，我们的头就会被齐刷刷地炸飞。住在隔壁的隔壁的哈吉·穆罕默德的妻子就是这样死的。当时她在厨房煮鹰嘴豆，煤气炉突然爆炸，一团火球窜了出来，就像火箭从地面发射一样。

她的头就这样炸飞了。他们花了好几个星期才把厨房里的血迹和脑浆清除干净。到现在，那栋屋子的墙壁上还有不少像子弹般发射的鹰嘴豆留下的凹坑。从那以后，哈吉·穆罕默德只吃沙拉、水果和饼子。因为这些东西都不需要煮。不过，得感谢真主，因为他又娶到了老婆——比第一个老婆还年轻。

“你怎么会认识她呢？”

“谁？”

“那个外国女人，乔治亚。”

“我找到她的。”

“你找到她的？什么意思？你怎么找到她的？”

“哦，法瓦德！你的问题太多了！我一户户挨着敲门找工作。她给了我一些衣服洗。后来，又给我一些。之后，她就邀请我们过来。可以了吗？”

“可以了。”

我们穿过街道时，不时地绕过一堆堆的狗屎和路面的坑洼处。关于我们是怎么得到这突如其来的自由，妈妈再也不愿多透露一个字。我只好自己想象那个被妈妈找到的神秘的乔治亚——一头金黄色的长发，带着亲切的微笑，站在瓦兹尔·阿克巴汗的一棵树下，手上捧着一堆脏衣服，脸上一片茫然，她不知道怎么洗。我觉得她像极了《泰坦尼克号》里的女主人公。可实际上，她长得比我还像阿富汗人。

左拐后，我们便来到马苏德环形路前。有三条路在这里交叉，每条路上都排列着坚固的障碍物，保护着里面的高楼大厦，一圈圈带刺的铁丝网固定在周边的高墙上。每隔十步，就有持枪站岗的人。当我们走向富人住宅区时，他们懒洋洋地用一种疑虑的眼神打量着我们。终于，我们在一扇绿色的金属大门前停了下来。一个穿着浅蓝色衬衫和黑色长裤的门卫从旁边一间白色木屋中走出来，向妈妈致意。接着，他打开侧门，向里面喊了一声。我们走了进去，一个头发和妈妈一样长、一样黑的女人朝我们走来。白色的衬衫下是一条蓝色的牛仔裤，看上去相当漂亮。

“真主保佑你，玛利亚！”那个女人唱歌似地说，同时握住了妈妈的手。

“真主也保佑你。”妈妈回答道。

“你好吗？身体好吗？一切都好吗？路上怎么样？还好吧？”

妈妈飞快地回答着，我盯着那个女人，我想她就是乔治亚。我很惊讶她竟然说我们的语言。我还惊讶她不但穿得像个男人，而且还和男人一样高大。

“这一定是你的帅小伙法瓦德了。你好吗？法瓦德。欢迎来到你们的新家。”

我伸出手来，她握了握。我想说话，可是我的嘴巴却比我的脑子慢了几拍，我找不到什么词来回答她。

“哈，他还有点害羞呢。请进吧。”

妈妈走进院子，似乎很随意地将面纱从脸上撩了起来。但在当时，我第一个感觉就是，她看上去很胆怯。当然这个念头并没有让我的心平静下来。接着，我意识到，她和我一样，也不知道该说些什么。

沉默中，我们跟在乔治亚身后，来到大门右侧后面的一处小房子前。

“这就是你的地盘，法瓦德。我希望你在这儿会很开心。”

乔治亚指着房子，挥手示意我们跟她进去。于是，我们进去了。

里面有两个房间，中间隔了一个很干净的小卫生间和淋浴区。她打开第一个房间的门，里面有两张床，床上铺着毛毯。它们还装在塑料箱里，看起来还是新的。另一个房间有三个长长的垫子，一张小桌子，一台电风扇和一台电视机——竟然还是三星的牌子！看上去甚至能用！我一直梦想有一台电视！看到它的第一眼，就仿佛有什么尖锐的东西刺中我的眼睛一样，我感觉到眼泪出来了。

“来吧，”乔治亚微笑着说，“把东西放下，我带你们四处转转。”

来到新居的第一天，一切所见所闻让我应接不暇。除了我们住的那个小房子，还有一栋更大的楼。乔治亚和她的朋友们住在楼上。有一个厨房，有院子那么大，是妈妈主要的工作场所。还有一间会客厅，里面摆放着一台很大的电视（比我们那台大多了）、一套音响设备和一张台球桌。屋后是一块很大的草坪，四周种满了玫瑰花丛。它们在阳光下争相摇曳，炫耀着瑰丽的风姿。一想到妈妈能重新生活在这优美的环境里，我的心就跳得厉害。

不过，当我看到一个男人像疯子皮尔在沙赫伊诺公园和狗玩时一样，赤裸着上身站在这美景中央时，我开始担心起妈妈的名誉来了。那个男人一只手拿着一根长长的棍子，另一只手拿了瓶啤酒，嘴里还叼了根香烟。之前，他用手里的长棍将一个小球击进地上的一个玻璃容器里。看样子，打得不怎么好。

“嗨，我是詹姆斯。”他抬起头，看见我们在看他，就跟我们大声打起招呼来。

他摇摇晃晃地走过来，向妈妈伸出手。妈妈一本正经地对他招了招手，没有和他握手。突然，乔治亚的声音传来，她冲着他急切地说了几句什么，我听出是英语。那个男人微微笑了笑，然后，走到白色塑料椅子旁边，拿起搭在椅背上的衬衫。

“他是詹姆斯，”乔治亚走过来解释，“是一名记者，请不要介意他的样子。”

詹姆斯穿好衣服，走过来说了几句话，我没听懂。接着，他伸出右手，揉了揉我的头发。我甩了下头，一把推开他，脸上露出警告的神情：我可不喜欢这种殷勤。可他并不理会，还握起拳头，在我下巴上轻轻打了一下，然后，哈哈大笑起来。

乔治亚又冲他说了几句什么，他赶忙举起手，假装投降。接着，他把右手放在心脏处，冲我微笑。这个微笑很真诚，他唇边出现了两个月亮状的小酒窝。我也冲他笑了。那一刻，我知道我喜欢这个叫詹姆斯的男人。他又高又瘦，留着黑色的胡子。如果好好地穿上衣服的话，他很容易被当作是阿富汗人。

我听到身后的门开了，一个女人大步走进花园。她看上去又气又恼。不过，乔治亚一和她说话，她就笑得花枝乱颤。

“我们最后一个室友，”乔治亚解释说，“她叫梅，是个工程师。”

梅向我们招手示意。她个子不高，绿色头巾下露出黄色的头发，脸上有些斑点。还有，她一点不像《泰坦尼克号》里的女主人公。那个叫詹姆斯的男人把手里的啤酒递给她，她很高兴地接了过去。虽然我不想，可还是看到她蓝色衬衫下面那对乳房——我从来没看过这么硕大的乳房。我不知道詹姆斯是否注意到。

“我们相处得非常好，大家都很随和，所以，就把这儿当自己的家吧。待多久都行。”乔治亚说。

妈妈谢了她，同时拒绝了他们请我们去他们房间的邀请，带着我离开了这些外国人，回到我们的房间。我想妈妈是不想梅的胸脯在我眼前晃。

接下来的几天，当妈妈在洗衣、做饭，替那几个老外做着各种他们似乎不会做的事情时，我就在留心观察我的新房主们。尽管我很喜欢待在这，可我得保护我妈妈，必须知道我在和谁打交道。我最担心的是那个赤裸着上半身的记者。

谢天谢地，这栋房子的布局给了我很好地观察一切动静的机会，而不用担心被人发现。屋子后面的走廊可以让我观察到花园里的一举一动；当外面天色渐暗，灯亮起来后，大窗户可以让我对楼下发生的事情一览无遗；还有高墙和阳台可以让我看到楼上房间里的情形。偶尔，妈妈发现我在窥探那些外国人时，只是摇摇头。虽然她的眼睛流露出一丝疑惑，却也没放在心上。她的笑容渐渐多了起来，特别是那个叫什尔·艾哈迈德的门卫从小屋出来灌茶壶时。

我打定主意，老外们那边一完结，我就马上监视这个什尔·艾哈迈德。

搬到瓦兹尔·阿克巴汗的头儿个星期，因为有这么多人要监视，所以，根本顾不上想鸡街，虽然我非常急切地想告诉扎西德我们有一台电视机，告诉贾米拉我在这儿的一切见闻。放学后，我会坐在厨房门口，和妈妈聊天。她一边干着手里的杂活，一边等乔治亚、詹姆斯和梅从外面回来。

“乔治亚怎么会懂我们的达里语？”我问妈妈，她正在削土豆皮，准备晚饭。

“大概是从朋友那学得的吧。”

“她有阿富汗朋友吗？”

“应该有吧。把那个锅递给我，好吗？法瓦德。”

我伸手去拿那个金属容器，里面有只死苍蝇，我把它倒了，然后递给了她。

“那你见过她的那些朋友吗？”我问，然后坐回到厨房台阶上。

“见过一次。”

“他们是谁？”

“阿富汗人。”

“这个我知道。”

妈妈大笑起来，一边把削好的土豆扔到那个锅里。“他们是普什图人[①]，”她终于说了出来，“从贾拉拉巴德[②]来的。”

“哦，她的朋友倒是各种各样。”

“是啊，”妈妈笑了笑，有点神秘兮兮地，“那种人。”

“什么意思，‘那种人’？”

“他们不是……怎么说呢？我可不希望你结交那种朋友。”

“为什么？”

“因为你是我儿子，我爱你。够了，法瓦德。去做作业吧。”

又被妈妈就这样打发了，她那难以琢磨的样子又吊起了我的胃口。我只好回到房间做当天的功课——背诵乘法表。就像我发现了塔利班的“阴影”一样，我想，乔治亚之所以会有那种朋友的原因一定会在我以后的某个人生阶段被揭示出来。不过，我很高兴他们和我一样是普什图人。如果是哈扎拉人[③]的话，他们早

---

① 阿富汗最大民族，操普什图语，占阿富汗人口百分之五十三，居住在阿富汗南部。

② 阿富汗东部城市，喀布尔以东一百三十公里。

③ 阿富汗民族，受普什图族迫害，居住在阿富汗中部山区。

把她的乳房割下来了。

水直接通到我们的房间，这样我就不用像以前那样，走老远的路，累了个半死，到最近的水龙头，为了一桶水，和其他孩子及流氓打上五分钟的架。现在每天晚上，做完功课后，我唯一的工作就是带上点钱，跑到面包房买五个热乎乎的新鲜长面包。

除此以外，就是等那些老外们回来。

乔治亚通常都是第一个到家的。她经常叫我和她一起坐在花园里，她喝着咖啡。每次她都会邀请妈妈，但妈妈极少加入我们。她很快和交叉路口上的一个女管家交上了朋友。这个女管家的雇主是内政部一名官员的妻子。这个叫霍梅拉的女管家很肥胖，估计薪水不少。我很高兴妈妈找到了朋友。很多时候，她和霍梅拉要么在我们房间，要么在霍梅拉工作的屋子里聊天。我一点都不嫉妒。相反，我很高兴，甚至惊喜。就像一把隐藏多年的钥匙，突然在妈妈脑子里出现了，把她关闭多年的话匣子给打开了。

更让我惊喜的是，妈妈居然愿意我一个人待在屋子里，还准我和那几个西方人待在一起，只要他们不烦我。也许她觉得这样可以提高我的英语，可事实上，詹姆斯很少出现，梅似乎总是哭丧着脸，乔治亚呢，通常都是用达里语和我交谈。

从极少的几次谈话中，我了解到乔治亚来自英格兰，一个和伦敦差不多的地方。她在阿富汗很多年了，两年前和詹姆斯、梅成了朋友，詹姆斯想赚点租金，于是，她就搬来和他们一起住了。她为一个非政府组织工作，靠梳羊毛赚钱。因为她了解这个国家，去过很多地方，所以，她结交了很多阿富汗朋友。因为这，当然还有别的，她和我见过的大多数外国人不一样，我想在我第一眼看到她时就爱上了她。她温和风趣，似乎也很喜欢和我待在一起。她那浓密的几乎全黑的头发和黑色的眼睛使她看起来非常漂亮。我希望有一天能够和她结婚——当然，她得把烟给戒了，还得信伊斯兰教才行。

那个叫梅的工程师通常是第二个到家的。她飞快地打完招呼后，就消失在她的房间里。乔治亚告诉我她是美国人，和某个部门签了约才来到这里，“她有点不开心。”乔治亚没有多解释，我也没有再问。梅的眼泪引起了我的好奇心。

詹姆斯总是最后回来。一周至少两次，他会回来得很晚，跌跌撞撞地扶着墙，嘴里还哼着歌曲。我越了解他，越觉得他像疯子皮尔。

“他非常努力工作，”乔治亚说，“主要和女士们在一起。”

说完，乔治亚哈哈大笑起来。我奇怪那些丈夫怎么会让他们的妻子和一个男人工作到这么晚——而这个男人很喜欢把他的乳头露出来，好像它们是两枚勋章似的。

“他和她们在一块做什么工作呢？”我问，乔治亚笑得更大声了。真的很大声，简直像夏天的雷声。

“法瓦德，”她最后说，“这个问题，你还是去问你妈妈吧。”

于是，我们的谈话结束了。

大人们就是这样，每当事情变得有趣的时候，他们就闭口不言了。我只好继续自己的侦察——妈妈管这叫“窥探”。

经过无数次的努力和失败后，我总结出了经验：侦察我的新朋友们的最佳时间是晚上。那时，外面漆黑一片，屋内灯火通明，每个人都以为我睡着了。在夜间侦察这件事情上，妈妈可是帮了大忙，她喜欢睡在有电视的房间里。这意味着，我平生第一次拥有自己的卧室。这给了我彻底的自由，我可以无拘无束地侦察我的四周和住在这个房子里的那帮奇怪的无神论者们。

偶尔，在我关灯一个小时后，妈妈会打开我的房门。第一次时，吓了我一跳，因为我正准备要溜出去。不过，这是让你感到温暖的吃惊，你会感到脚趾一阵刺痛，感到你的心脏在流血。以为我睡着了的妈妈会在我的脸颊上轻轻地吻一下，然后满意地回到她的房间——她相信我已经畅游在美梦里了。我当然没有睡着。自从那次甜蜜的吃惊以后，我决定等一个小时，等妈妈探视完后，我再穿上鞋，溜出去完成我的冒险。

乔治亚、詹姆斯、梅和其他白人朋友围坐在花园的桌子旁聊天，并不时爆发阵阵笑声。我沿着墙根潜行，然后蹲在灌木丛里偷听他们神秘的谈话。当然，我听不懂他们在说什么，不过，这只是意味着我得学会破译他们的密码。

说真的，我感觉自己从地狱来到了天堂。这几个星期里，我不只是一个从帕格曼来的叫法瓦德的小男孩，我还是神秘间谍法瓦德。那时，喀布尔到处是间谍——英国的、巴基斯坦的、法国的、意大利的、俄国的、印度的、美国的。这些人像巨人般的高大，留着长长的胡子，冒充阿富汗人。总统先生派给我一个任务，这个任务很简单，那就是查出这栋房子里谁是间谍，幕后主使人是谁。

当我忍受着喀布尔夏夜的高温，潜行在这栋房子里时，我开始沉浸在我的英雄梦中：我计划好了逃跑的路线，策划了种种复杂的计划以免被察觉，然后，我把我详细收集到的情报交给我的同志。朦胧中，我徜徉在未来的荣光中，想象自己小小年纪就漂亮地完成了任务，成了民族英雄。

“他还这么小啊！”人们一边聆听我的英雄故事，一边发出感叹。

“是啊，不过，他是真正的阿富汗人。”总统卡尔扎伊先生会告诉他们，他笑得很开朗，因为是他派给我这个任务的。

“真勇敢！真大胆！”人们惊叹道。“他的胆识可以和艾哈迈德·沙阿·马苏德[①]相比了。”

“更有胆识，”总统更正道，“这个小男孩是普什图人。”

为了完成任务，我把所有老外们的一举一动都详细记录在一个红色笔记本上。这是乔治亚送给我练习写作用的。因为很少看到詹姆斯，而乔治亚太漂亮了，不会为敌人工作的，所以，我决

---

① 阿富汗民族英雄。一九七九年，前苏联发动阿富汗战争时，率领阿富汗游击队开展抵抗运动，重创苏军。一九九二年，阿富汗战争结束后，内战爆发，成为北方联盟军事领导人，率领民兵开展反塔利班斗争。二〇〇一年，被基地组织派遣的杀手刺杀。

定把注意力集中在梅身上。

等妈妈睡着后，我就溜出房间，爬上“神秘”走廊的墙。从那儿，我可以看到梅的卧室的门，上面挂了一件羊毛外套。卧室的另一面墙上有一块木板，上面有很多用大头针钉住的照片。我推测是她的家人，因为这些姿势各异的人们似乎都身材不高，头发黄黄的。不过，在我的想象里，他们全是巴基斯坦支持的恐怖网络的一分子。三军情报局是巴基斯坦的秘密机构，他们知道阿富汗政府决不会怀疑一个来自美国的西方女子会搞什么阴谋。他们实在是太狡猾，简直是魔鬼。不过，遇到阿富汗的神秘保护者法瓦德，算他们倒霉。在他面前，他们的智商显然是不够的。

然而，很不幸的是，梅似乎正在经受某种痛苦。大多数时候，她都躲在房间里。如果不在房间里，她就一定在冲着她的手机大喊；如果不是冲着手机大喊，她就一定在楼下吃点妈妈花了一整天时间为她准备的东西，或者更糟的时候，她会大哭。看着一个女人在哭可不是件开心的事。她看起来很生气，而不是伤心，这让我困惑不解。老实说，我觉得她有点轻微的精神病。到了第二个周末，我决定放弃对她为巴基斯坦从事间谍活动的侦察，把注意力转移到她的胸脯上。

现在，这个新任务出现了一点小问题。从墙头上，我只能看到她的卧室的三分之一，在这个范围内，她都穿着衣服。

在等妈妈熄灯的时候，我思虑再三，意识到唯一的选择就是从墙头爬到她的阳台上。这意味着，我必须找到约一米宽的空隙才能容身，顾不上去想会不会掉下去。

经过两个星期的秘密行动后，我把目光盯在了那台发电机身上。这座城市的电力系统每隔一天就要放一次假，这台发电机就在这时给我们的房子供电。它的嗡嗡声可以掩盖我潜行时发出的声音。这样，即使我掉下去摔死了，也不用担心会惊动梅了。我爬上阳台对面的墙头，专心观察起眼前的围栏。一共十二根。我必须跳起来，抓住其中一根。

做了五次深呼吸后，我闭上眼睛，向真主安拉祈祷，然后，用尽全力一跃。还没回过神来，我的头已经猛地撞在了围栏上，奇迹般的是，手却抓住了两根栏杆。

一阵晕眩之后，我不敢相信自己已经在那儿了。我停了停，深深吸了口气，心怦怦地跳着。然后，轻轻一跃，我便上了阳台。马上，我就能揭开梅那气球般鼓起的身材里的秘密了。我会看到她那丰硕的乳房，甚至更多。幸运的话，还能看到——

"啊——哼。"

我听到声音。像是有人在咳嗽，似乎从下面传来。

"啊——啊——哼。"

又来了。

也许是幻觉，我抱着一线希望，慢慢地低头往下看。结果，我看见詹姆斯站在我的右侧地面上，一边摇头，一边用手指着我。我回头看了一眼梅的卧室射出来的灯光，然后，又回头看了看詹姆斯。他没走，真没礼貌。看来，他等着我下去。

“晚上好。”我心虚地朝他笑了笑。

我松开栏杆，往他跟前跳。我把自己蜷成一个球，以待落地后可以避开他瞬息降临的袭击。几秒钟的沉默后——在我看来仿佛持续了我半生的时间——我又听到一声咳嗽。我抬起头，看见詹姆斯冲着我笑。他的眼睛像玻璃一样闪闪发亮，身体微微晃动。然后，他朝着花园的方向点了点头，示意我跟上。

我没动，不过，我想最要紧的是赶紧离开这儿，不能让妈妈发现我的丑事，不然会增添她的痛苦。就算挨詹姆斯一顿打也无所谓。于是，我像个男人一样把头抬得高高的，跟在他后面，来到像幽灵一样躲在花园阴影处的塑料椅跟前。

他没有说话，示意我坐在他旁边。接着，他伸手从下面纸板箱里拿出一瓶啤酒，在桌子边上一磕，去掉了金属盖，然后递给我。

显然，这是个诡计。不过，我还是接受了。

詹姆斯又拿了一瓶，用同样的方法启开，然后碰了一下我手里的那瓶，嘴里嘟囔了两句，我没听懂。他嘴里呼出的气息有一股陈干酪的味道。

我小心翼翼地打量他，不敢挪动。他一饮而尽，示意我也喝。我照做了。

初尝时，觉得有点恶心，冒着泡泡，带着苦味，像变质了的百事可乐。显然，这是对我的惩罚，不过，总比挨一顿棍子强。

所以，我又啜了一口。接着，又是一口，后来，便一口接一口。

很快，我发现头开始晕了。一股与热量不一样的暖意从我体内窜出，在我的血管里穿行，最后到达脸颊，让我眼前直冒金星。身边的一切似乎被一张看不见的毯子罩住。詹姆斯叽里咕噜说着我听不懂的语言。我继续喝，也开始对他说话。我情不自禁；那些话从我的嘴里蹦出来，就像从山上滚下来一样，滚啊滚，不停地滚。我们俩都不知道对方在说什么。这一点是毋庸置疑的。不过，有什么关系呢？这是我有生以来最痛快的一次谈话。事实上，詹姆斯好像能懂我似的。

喝完第二瓶时，我已经把扎西德、贾米拉，还有我最好的朋友斯班仔的所有故事都告诉了他。我告诉他我们是怎么骗钱的；我们扒车在城市里游荡；有一次，我们发现疯子皮尔在公园里睡着了，于是，我们就把湿泥放进他裤子里，等他醒来，他会以为自己拉屎了。

夜越来越深，我的意识越来越模糊，我坦白了窥视梅的行动。一听到她的名字，詹姆斯的手就在胸口摇摆，手上的烟和啤酒随之大幅度地挥舞。他笑了。我也笑了，虽然，我也不知道为什么要笑。詹姆斯很快从座位上站了起来，在我的背上拍了一下，手中的瓶子和我的碰了一下，又揉了揉我的头发——我似乎不再介意他这举动了。

可是，接下来，就像突然发生一样，一切突然结束了。

就像一条在街上被车灯照亮的流浪狗，詹姆斯转了个身就不动了。他把手举过头顶，手里还抓着那瓶酒。周围的一切仿佛都静止了下来，包括我们呼吸的空气。仿佛被催眠似的，我呆呆地看着他手上的烟灰掉在地上。突然，我看到远处正前方出现了一个黑影。好像是乔治亚。

她盯着我们，似乎不太高兴。

她身上只穿了一件长长的黑T恤，光着脚，黑色的头发舞动着，就像无数生气的蛇。

她生气讶异的表情在我眼里比平时还更迷人。我仿佛听到黑暗中心碎裂的声音。也许是她的突然出现，也许是看到她赤裸的双脚，也许是心跳猛然地加速，也许是一千只骆驼的重量突然加在我的头上，就在那一刻，我身体前倾，“哇”地一声吐在鞋上。

三

吐了一鞋子污秽物的第二天，是我一生中最糟糕的一天。哦，不是最糟糕，是非常非常糟糕的一天。

我的喉咙既痛又干还肿；胃里空荡荡的，很疼，很难受；皮肤又湿又冷；脑袋里就像有一百万个钢铁工人在里面敲打；尽管那天是星期五，没有人在工作，妈妈却在中午前替我找了份工作——每当那些魔法师般的母亲们眼里冒火的时候就会这么干。从现在起，放学后的两个小时里，我得去帮皮尔·赫德里干杂活，他是一个店主，老得跟皇陵似的。他患有白内障，是个瞎子。

我恼火极了。

“你行为不端，就得干活赚钱，”妈妈冷冷地说，“从现在起，离詹姆斯远点。听见没有？”

我叹了口气。又是扎西德说的那一套。

“那我该怎么做？”我低声抱怨。

“我不管你怎么做，反正你得做到！”

妈妈真是不可理喻。她甚至比那些试图控制这个国家的军阀们还不可理喻。很多事情不是你想就能做到的。庆幸的是，乔治亚只是告诉她我喝了点啤酒。如果她知道在掉下来喝醉酒之前，我试图偷窥梅的乳房，我敢肯定她立刻会把我打发到伊斯兰学校去。

“伊斯兰教是禁止喝酒的，”她提醒我，“现在，你得为自己的罪过在地狱之火中接受惩罚。你甚至还不满十岁，法瓦德。照这样下去，你永远摆脱不了那些没有信仰的外国人，永远受到地狱之火的灼烧。”

“我不知道那是啤酒。”我大声喊道。

“瞧，你得为自己的谎言在地狱多待十年了，冲你妈妈大喊再加上五年。我是你的话，我现在就会闭嘴。”

“可是——”

“可是！可是！没有可是！在我改变主意揍你之前，你最好滚出我的视线！”

我慢慢地摇了摇头。扎西德说得对。女人是不可理喻的，尤其当她是你妈妈的时候。

我转身离开了厨房，慢吞吞地向花园走去，想平息心中的怒火。我不觉得自己是罪有应得。我毕竟还是个小孩。詹姆斯呢？是他让我犯错的，他还是大人呢。他会被逼着去给瞎子赫德里工作吗？才那么一点钱！在鸡街的贫民区里我随便都能找到这样的活。真倒霉！这就是新兴民主的阿富汗！

更不公平的事情出现了。我拐过弯，想到花园里避避难，却看见詹姆斯，那个可恶的破坏者，戴着黑色的眼镜，坐在那摆弄笔记本电脑。他的额头上一道道很深的皱纹，就像上面曾经被悬挂的重物压过一样。

"妙极了。"我咕哝了一声，转身回我的房间去了。

受挫的我爬上床，希望用睡觉来消除种种不适。它们像虱子般爬满我全身的皮肤。

皮尔·赫德里的店铺在十五号街的街角上，对面是环形交叉路口，旁边是英国大使馆。那是个杂乱邋遢的地方，架子上散落着瓶瓶罐罐，地上的箱子堆得老高，血迹斑斑的衣服、毛巾、抹布随处乱扔，还有一箱箱不再新鲜却依然在卖的水果。去的第一天，他就说我被雇用了，因为他刚刚解雇他那"杂种侄子"。此人常常把盒子和椅子堆在过道上，然后，躲在一边看皮尔·赫德里摔跤。看来，那家伙也是个小贼。

"别玩什么花招，小子。"他警告我，"我虽然没有了眼睛。不过，我还是看得见的。"

他伸出粗糙的手，指向门口。那儿守着一只小驴般大的狗。它直直地看着我，好像我是它那天的晚餐似的。

"它叫什么名字？"我问，眼睛密切注视着那个威胁着想吃我的动物。它和它的主人一样又老又丑，步伐蹒跚。

"谁？"

"那只狗。"

“狗。”

“对，那只狗。”

“狗。它的名字就叫狗。”

“哦。”

尽管外表很丑，缺乏想象力，但我很快发现皮尔·赫德里实际上是个很风趣的人。据我观察，他根本不需要我的帮助。如果有人进来买刮胡须泡沫，他会从香烟柜台前的座位上站起来，拖着脚走到右边的角落，把手伸向第二排架子，拿出正确的盒子。如果有图谋不轨的小孩子进来偷东西，狗就会拦住他们不停地咆哮，嘴里流出黏糊糊的唾液，背上的毛警惕地竖了起来，直到这些小贼尿湿了裤子，哭着喊妈妈。接着，皮尔会给他们五十阿尼，然后放他们走。

他的确不需要我，不过，我意识到他是个孤独的老人，他想找人说话。所以，第一个星期，我的主要工作是给他泡茶和坐在百事可乐箱子上吃干鹰嘴豆，而他则徜徉在他的沉思和对战争的回忆中。

“那天，我们牺牲了很多好人。”一天中午，他向我讲述他在阿富汗圣战者伊斯兰联盟①时的战斗故事。我附和地点了点头，但马上想到他根本看不见我，便不由得嘟哝了一声。那天，死了六十个人，全是普什图人，“所有人都是为了自由而死”，他们全副武装，提着卡拉什尼科夫冲锋枪，背着火箭发射器，在白天对

① 为抵抗前苏军入侵于一九八三年成立的阿富汗七党派联盟。

库纳尔[①]北部的前苏军基地发起了勇猛攻击。“在那次攻击中，敌人死了好几百人，”皮尔说，“活捉的就不计其数了，伏特加酒把这帮苏联人灌得又蠢又笨。我们还动用了火箭推进榴弹，打光了一墙的子弹。我们毛发未伤地打了一个大胜仗。”那是阿富汗圣战者伊斯兰联盟著名的一次胜利。他说，这次战役被编成了一首歌，此后多年成为篝火旁传唱一时的歌曲。他们神出鬼没，“像鬼魂一样在山地游荡”，牵着前苏军的鼻子，把他们弄得晕头转向。

但他们却没有逃过一劫。

胜利后的阿富汗圣战者伊斯兰联盟穿过努里斯坦省[②]山区，向挖进岩石里的秘密军营行进的路上，遭遇到一场暴风雪。凛冽的风雪撕裂了他们的衣服和皮肤。怒吼的风声使他们听不到赶来营救的直升机螺旋桨发出的声音。飞机在他们头顶盘旋，为他们照亮前进的路。正当他们逃命之际，前苏联的空军一路追踪上来，最终把他们逼进一个狭窄的峡谷。他们遭到早已守候在那儿的五百名前苏军士兵的伏击。阿富汗圣战者伊斯兰联盟差点全军覆没，终于，他们杀开一条血路，冲出峡谷，钻进一片光秃的林区，跳进冰河，躲在几米厚的雪地下面。

“唔，那天，我们牺牲了很多好人，”皮尔叹息着，“还有很多人冻掉了脚趾……”

我看了看皮尔的脚。十个脚趾从皮革拖鞋里探出来，上面是

---

① 阿富汗的一个省，位于阿富汗西部中间。

② 位于阿富汗东北部。

厚厚的黄色趾甲。

“所以，后来你就瞎了？因为那场圣战？”

“哎呀，不是，”他咕哝着，“我是结婚那天失明的。那是我第一次看到我的妻子，她长得实在太丑了，所以，我闭上眼睛，不想看到她。”

皮尔通常下午五点半就放我的工。如果算得准的话，我走到主路时，乔治亚正好开车回家，我就可以搭她的车回去。和大多数外国人一样，她有自己的司机。想到她梳羊毛维持生计，我推测这个叫马苏德的司机一定是个不计较的好人。

“它们可不是普通的老山羊，”有一天，当我嘲笑她是全阿富汗最有钱的牧羊人时，她这样说，“它们产的可是紫羊绒哦。”

“那又怎样？山羊就是山羊，一生下来就是让人吃，或者被马背叼羊的骑手拖到竞技场去。”

“我说的是羊毛，亲爱的。这种羊毛非常贵。为了得到这种紫羊绒做的套衫和披肩，西方有的女人不惜出卖灵魂。你的国家真是幸运，它是世界上生产优质紫羊绒的故乡。”

“那为什么不是所有牧羊人都很有钱？”

“嗯，大多数羊的主人没有意识到它们的价值，随便它们脱落，或者把它们和其他羊毛一起剪掉，丢掉。你知道吗，那是羊身上最柔软的绒毛，是最值钱的，得把它们梳下来，区分开。未加工的紫羊绒一公斤可以卖大约二十美金。”

“嗬，不错啊。”

“是不错，却不是最好的。”

“是吗？”

“对。还不是。”乔治亚笑了笑，扬了扬眉，似乎打算告诉我一些重大秘密。

“就算那些牧场主知道这种特殊的羊毛的价值，他们只会收集。还得运到伊朗、比利时或者中国，在那儿和次等羊毛混在一起，有时，会再进口，这就很愚蠢了。现在，如果我们把各种设备立起来，就在阿富汗加工这些羊毛，把它们弄得要多好质量就有多好质量，到时，你的牧羊人们就能变成真正的有钱人了。嗯，至少和他们现在的处境相比。这样的话，还能创造很多工作的机会，发展良性产业。这就是我为什么待在你的国家的原因，帮助大家实现。”

乔治亚身体后倾，靠在车座上，似乎对刚才的自己很满意。

老实说，她的这番话离我期待中的秘密相差甚远。不过，我还是很喜欢她的想法——让贫苦的牧羊人富裕起来。大多数人跑到阿富汗来，只是为了让自己变得富裕，或者更富裕。

“哪天你带我去看看那些羊好吗？”我问。

“好啊，当然可以，只要你妈妈同意。”

“我想没问题，”我说，“除非你邀请詹姆斯，那样的话，可能会麻烦些了。”

乔治亚哈哈大笑起来。“嗯，我想你是对的。这个时候，她不太喜欢他，对吗？”

是的。我想。非常不喜欢。

那天晚上之后，妈妈就再也没和詹姆斯说过话。有时，她甚至连看都不看他一眼，这就有点尴尬了。因为他每天都给她送花，以示和好之意。不幸的是，詹姆斯此举惹恼了什尔·艾哈迈德。我敢肯定，要不是每个月有三百美金的工资，这个门卫一定会杀了詹姆斯。

什尔·艾哈迈德一定是在我一不留神的时候爱上妈妈的——那时，我可能正忙着注意其他人。我想这是因为妈妈还很漂亮的缘故。我对他感到一丝抱歉——只要他不打妈妈的歪主意。而妈妈呢，她经常被他的笑话逗笑，帮他沏茶，为他煮饭，不过，她似乎更喜欢和交叉路口上的霍梅拉在一起。这时候的什尔·艾哈迈德只好孤独地安慰他那颗充满希望的心——当詹姆斯捧着一束没人要的花回到家时，他便仇恨地盯着他。

其实，这些天，唯一可以，似乎也想和詹姆斯说话的人只有梅。她不再哭了，而是喝得酩酊大醉。我不知道两者哪个更糟。她的脸照样又红又肿。

“梅怎么了？”一天，在车里，我问乔治亚。

“你指什么？”

“唔，那样比整天哭好些，对吗？”

“我不知道。我不敢确定，詹姆斯也是这样。”

乔治亚笑了，转过头看着我。“是的，这些天，她更多和他在一起。”

“她想做他女朋友。”我自以为是地说。乔治亚摇摇头，笑得更厉害了。

“我不这样认为，法瓦德。她是一个……达里语怎么说呢？她喜欢女人胜过男人。”

她最后一句话让我感到震惊，心怦怦直跳，头上逐渐冒出汗来。

“*喜欢？*你什么意思？”我低声问道，问的是梅的事情，脑子里想到的人却是妈妈以及她无数次的造访。

“就像丈夫喜欢妻子那样……那种喜欢，”乔治亚眨眨眼解释道。显然，她把我的关心理解成了好奇。

我点点头，似乎想表达自己并不在意，自己是男人。但是，她的话还是重重地击中了我。我一时失去了意识。*像丈夫喜欢妻子那样……像丈夫喜欢妻子那样……*这不是真的。让人难以置信。那意味着并非谈谈话那样简单。那意味着接吻以及一切。

我慢慢理解了那些话，眼前展现开来的是一幅我的未来完蛋了的恐怖景象，我意识到我得采取极端措施，得快点。

我必须促成妈妈和什尔·艾哈迈德的婚事。

“你还小，还没到找女人的年龄，对吧？”

皮尔·赫德里睁着那双白蒙蒙的眼睛对着我的方向说道。我们挨着坐在店门口，享受着暖风吹拂在脸上的感觉——已经是夏末时候了。

“不是为我自己。”我纠正他，突然感到厌恶。

“那为了谁？”

“别人，一个男人。”

妈妈可能喜欢女人——这种想法带给我的震惊，促使我想尽一切办法让她爱上什尔·艾哈迈德。不过，似乎不奏效。

我做的第一件事是说服詹姆斯趁妈妈极少的几次和我单独待在房间里的机会，把花交给那个门卫，然后由他再交给妈妈。起先，这两个男人都犹豫，一个不愿意交给对方，另一个不愿意从对方手中接过花。于是，我向他们解释说，加上些手势和几句英语，妈妈很可能会觉得从一个阿富汗人手里接受一个外国人的礼物会舒服些。后来，他俩同意一试。结果是，妈妈虽然接受了花，把它插在一个旧的装咖啡的瓶子里，然后放在窗户边，但她好像并没有因此和什尔·艾哈迈德走得更近，跟往常一样，只是在递茶壶和食物的时候，和他聊上几句。

第二个方法是，把什尔·艾哈迈德塑造成幽默风趣的人。“哦！那个什尔！真是个有趣的家伙！”我一边编造着什尔·艾哈迈德从没说过的故事或笑话，一边笑得前俯后仰，摇头晃脑，希望能引起妈妈的好奇心。“对了，你听听这个！”一天晚上，妈妈在一盆肥皂水里洗着乔治亚的一件白色衬衣，我蹭到她身边坐下。“有一天，一个疯子在马路边上睡着了。他穿了一双崭新的靴子。有个男人经过他时，便打起那双新靴子的主意，想偷走它。这个小偷很小心地把新靴子从疯子的脚上脱下来，然后，把自己的旧靴子穿在疯子的脚上。过了一会，一辆车跑过来，在疯子跟前停了下来。司机把疯子叫醒，对他说：‘把你的脚挪开，我好过去。’那个疯子看了看自己的脚，然后说：‘兄弟，你碾过去好了，那不是我的脚！’”我拍着大腿，笑得头往后仰，等着妈妈被我的故事逗乐。但她没有。她只是看了我一眼，问道：“你又喝醉了吗？”然后，又低下头去洗乔治亚那件满是肥皂泡泡的衣服。

笑话失败后的一天，我放学回到家，和什尔·艾哈迈德聊了几句后，我又开始在什尔·艾哈迈德的生活上打起主意来了。

“他以前有个妻子。”我告诉妈妈。我已经竭力搜罗了尽可能所有的事实，打算把什尔·艾哈迈德塑造成一个不一般的男人。

“谁？”

“什尔·艾哈迈德。”

妈妈放下手里的刀，她在一只阿富汗特有的大尾羊身上切肥肉。

“然后呢？”她问，“后来她怎么了？”

“很悲惨，妈妈。非常悲惨。”

“别演戏，法瓦德。”

她转身又对着那堆生肉，并开始切了起来。

“好吧，”我赶紧说，担心她这么快就对这个故事失去兴趣，

“不过，真的很悲惨。”

我向她投去了严厉的一瞥，提醒她一个善良的穆斯林妇女应该具有的同情心。

“什尔告诉我，他很年轻时就和村子里的一个比他还小的女孩结了婚。他非常非常爱她，每天送她花。”我顿了顿，观察妈妈听到“花”时的反应。她甚至连眼睛也没有眨一下。“嗯，他每天送她花，每天在她准备晚饭时，唱歌给她听。他们没有多少钱，因为什尔当时在农业部的一个办公室里做文件归档的工作。你知道，他受过教育，能读能写，所以，他才能得到那份工作。在那儿工作，会识字才行。无论如何，什尔和他妻子计划着扩大家庭成员。他们想至少得要五个男孩和五个女孩。可是，当第一个孩子出生时——是个男孩子——他在什尔妻子的肚子里卡住了。村子里的那些女人想把那个孩子从她肚子里拉出来，整个屋子都是那个女人的血和眼泪。那两天里，什尔寸步不离地守在她身边，紧紧抓着她的手，把凉凉的湿布放在她头上。终于，第三天早上，村里的女人把孩子从她肚子里拉了出来。那个小男孩已经死了。他妻子紧跟着也断了气。”

我说完了。妈妈停下手里的活，用手背拂了拂脸上的几缕头发。她手里还拿着那把刀。

“我们都受过苦，”她平静地说，“毕竟这里是阿富汗。”

她转身又对着那堆肉的时候，我的大脑总算跟上了我的嘴巴，我感觉糟透了。我突然意识到我让她想起了她努力想忘却的往事。我犯了一个愚蠢的错误。回房间的路上，我恨死自己了。不过也许，在听完我讲的这个真假参半的故事后，妈妈看到什尔·艾哈迈德的时候会冲他展露更多的微笑也说不定。虽然，这不是我期待的突破，却也算是个进步。她依然把大部分时间花在和交叉路口工作的女人在一起。

我决定找人请教一下。

“金钱。”皮尔·赫德里出主意，他正用磨光了的枝丫的一端剔牙，“那是女人唯一想要或懂得的东西。钱，或者黄金。她们喜欢那些。”

我想了想，觉得什尔两者都没有。他骨瘦如柴。在阿富汗，有钱的男人都大腹便便。

“我想他没什么钱。”我说。

“没用的家伙！”皮尔嘟囔了一声，轻轻地拍了拍狗的头。那只狗的尾巴在地板上重重地拍了一下，然后站了起来，走到我旁边，鼻子在我手上蹭来蹭去。几个星期来，我既没有想偷东西，也没有让它的主人摔跤，所以，我们相处得还不错。

正在这时，乔治亚的车子在我们跟前停了下来。她下班路过，想看看我是否要搭车。虽然小事一件，可我却感到无比自豪。乔治亚打开车门，但没有下来。

“嗨，皮尔·赫德里。你好吗？还好吧？身体好吗？一切都好吗？不错吧？”

当皮尔回答她他很好，身体很强壮，一切都好，没有问题时，我已经抓起课本，拍了拍狗的脑袋，和它道别，然后跳进了汽车。

“别忘了，法瓦德。”皮尔在我后面喊道。“钱和黄金！钱和黄金！”他已经开始喋喋不休了——老人都这样。他站起来，朝店内走去，那只狗静静地跟在他后头。

“他说什么？”我一坐在她身边，她就问。

“哦，没什么。”我撒谎道，“他疯了。”这是真的。

“有道理。嗯，今天在学校还好吗？”

“非常好。我们老师心脏病发作摔倒在地死了。”

“不是开玩笑？”

“是真的。他站在我们面前，往美国人给我们的黑板上写普什图语的拼写时，突然摔倒在地上，死了。”

“真可怕，法瓦德。你还好吧？”乔治亚抓住我的手。

“是的。真的很有趣。摔倒时，那个老师把头撞在了桌子上，耳朵里流出的血，在地板上形成了一幅图。看上去像是阿富汗的地图。你不觉得很有趣吗？你以前遇到过这样的情形吗？”

乔治亚摇摇头。她头上戴了一块深褐色的头巾，颜色和她的眼睛非常匹配。我觉得她比以前更漂亮了。我意识到，如果要和她结婚，我得非常有钱才行，可能得是阿富汗最富有的男人才行。

“为什么女人那么喜欢钱呢？”我问。我感到双颊一阵潮热，赶紧扭头看着车窗外。

“谁告诉你的？”乔治亚问。

“皮尔·赫德里。他说女人只喜欢钱和黄金。”

“哦，原来他刚才喊的就是这个啊。”她笑了，“虽然他年纪一大把了，不过，关于女人，他还有很多要学的呢。”

“真的？”我几乎恳求道，希望再次在我心里升起，看来什尔·艾哈迈德注定和妈妈有一段浪漫史。

“嗯。真的。钱虽然有用，不过，生活中还有更重要的东西值得追求，比如健康，比如真爱。”

“你是说你有可能爱上穷人？”

“当然。”乔治亚哈哈大笑起来，把吸完的香烟轻轻弹出了车窗。

“甚至牧羊人？”

“呃，也许不是牧羊人，”她坦承道，“他们身上有点难闻，羊身上的气味。不过，钱真的不是最重要的。可能有的女人很喜欢钱，黄金和权力，但更多人还是希望找一个性格好的、有魅力的男人——当然，气味好闻的——她们希望她们的男人具有这样的品质，这些比有钱重要得多。你为什么问起这个来了？”

“哦，没什么，”我又撒谎了。“我只是在想有一天你会……”

就在我思考着是否把我积压已久的话和盘托出时，乔治亚的手机响了。

“对不起，亲爱的法瓦德。”她打断我，接起电话来听。

“没事。”我再次违心了。

“喂？”

我听到电话那头传来男人的声音。更糟的是，我听到他叫她“亲爱的”。

“哈里德！”乔治亚大叫起来，脸上露出喜色，这是我从未见过的，“你在哪？什么？不，我就在家附近。正在拐弯了。嗨！我看见你了。”

司机马苏德把车停了下来，乔治亚啪的一声挂掉电话，在轮子还未完全停止转动前就跳出了车子。我身子往前探，想看看她向谁跑去。

屋前，停着三辆大型越野车，周围站着十五个或更多的武装士兵。其中有两个站在房子对面的马路上，有一些站在越野车的前后，其他人则围着一个穿着天蓝色沙丽克米兹的高大男人。他穿了一件灰色的马甲，颜色很配他的羊绒帽。

我在心里嘀咕，他要么退出，要么迎接一个男人的战争。

乔治亚向他走去，轻快得像一只猫。他笑了，笑得很灿烂。他拉起她的手，两手紧握着，然后牵着她走进房子。我们的房子。

我一把抓起书本，向马苏德咕哝了声再见。我感到一阵失落和难过，因为乔治亚甚至没有回过头来看我是否跟上了。一见到那个男人，她就彻底把我抛到脑后去了，我突然觉得自己很渺小，很幼稚。甚至当我经过那些士兵时，他们也没有看我一眼，说着话，点着香烟——他们老板已经走了——好像我根本不存在似的。我是个不起眼的小东西，没有人在乎，没有人注意——这对于一个间谍来说，再好不过了。可惜，我不是间谍，真的不是。我只是一个爱上了一个叫乔治亚的女人的小男孩。

我走进院子，看见那个男人还抓着她的手。看到这情景，仿佛一把利刃刺进我的心脏，接着，一股怒火蹿上心头。那个男人好像在为了什么道歉。

“你得多关心我一点。”我听到乔治亚这样说。

“我会的。我保证。原谅我吧。”他回答道。

他的声音低沉，很配他那张脸。那是一张坚毅的脸，周围是浓浓的黑发，还有修剪整齐的黑色的胡子和浓浓的眉毛。这些让他看上去像阿富汗影星。我讨厌他长得这样。

我砰地关上大门，把他们从拥抱中惊醒。乔治亚这才松开手，向他介绍我。那个男人叫哈吉·哈里德·汗。从乔治亚的举止而不是她刚才说的话来判断，她是爱上了这个不但非常有钱而且权力大到拥有许多军队的男人。这从团团围着我们房子的他的保镖的数量上可以看出。

四

喀布尔的秋天是我最喜欢的季节。夏天的酷暑过后，空气清新，凉风习习，飘过阵阵烤炭和肉串的气味。白天消失在早早降临的夜色中，数百万个煤气灶和电灯泡发出的光芒星星点点在这个城市蜿蜒铺展，让整个城市看起来就像是一个大型的婚礼派对。

我知道大多数人把春天看作是新的开始：女人把一冬的灰尘打扫出屋；植物从冬眠中探出头来；动物们开始了它们的繁殖期。但是，对我来说，秋天才是暗许新的希望的季节。

圣洁的斋月期就在这个时候。通过禁食和祈祷，人们将更加亲近真主安拉。也是在秋天，塔利班终于倒台了。十一月的一个晚上，他们乘着偷来的车匆匆逃离了首都。北方联盟[①]的军队从绍马里平原涌来，兵不血刃地占领了喀布尔。从斯班仔家望出去，我看到城门外的一个小坡上，有许多穿着制服和沙丽克米兹

① 北方联盟成立于一九九六年十月。当年九月，塔利班攻占首都喀布尔，以总统拉巴尼为首的原政府被迫迁往北部。此后，拉巴尼、马苏德领导的伊斯兰促进会与其他党派联手组成了反塔利班联盟，由于其势力均集中在阿富汗北部，故又被称为“北方联盟”。

的男人一伙伙地聚在一起，懒散地斜靠在他们开来的坦克和吉普车上，肩上挎着枪。当地男人把家里的水和食物拿出来奉给这些阿富汗的新占领者们。这让眼前的一切看上去不像是一场战争，倒像是一次盛大的野餐。

我、斯班仔和扎西德坐在窗前看着眼前的场景——这些士兵正在离我们只有五分钟步程的地方吃东西、抽烟、大笑——我们都有点失望，因为战争没打起来。几周来，塔利班通过电台不停地辱骂和威胁，发誓要和北方联盟及其异端支持者战斗到最后。然而，时间过去了，塔利班却像受惊的落水狗逃得无影无踪，抛下阿拉伯人和巴基斯坦人继续进行着他们的自杀式战争。

“我们下去欢迎他们。”扎西德建议。我们正在看车子前灯照射下他们投在地上的黑色影子。

“好主意，”我说，“走吧。”

“别这么快行动，先生们，”斯班仔命令道，他的脸上呈现出一片灰色阴影，“一个晚上的时间是不够你了解一个男人的真正意图的。”

我惊愕地看了看斯班仔。这是我听到的最有道理的一句话。

他不好意思地笑了笑，补充道：“是我父亲告诉我的。”

“你父亲应该为天才俱乐部工作！”我哈哈大笑，因为他爸爸百分之百说得是对的。

妈妈告诉我，塔利班刚开始从南部跑到喀布尔时，被当作救星般受到人们欢迎。前苏联军离开后的喀布尔满目疮痍。就像狗闻到了肉的香味一样，另一场内战在塔利班和阿富汗圣战者伊斯兰联盟之间展开了——喀布尔就是那块肉。这场内战弄得乌烟瘴气，到处是犯罪；商店被强征特别税，家被洗劫一空，有人被杀害，他们的女儿遭到强奸。塔利班来了以后，这一切都停止了。恢复了秩序，人们很感激。然而，正如斯班仔父亲说的，一个晚上的时间是不够你了解一个男人的真正意图的。多年过去了，执政的塔利班露出了他们真正的面目。他们不准妇女工作，不准女孩上学，用棍子抽打行人，把胡子不够长的男人送进监狱，禁止放风筝，禁止播放音乐，砍掉人们的手，把人使劲往墙上撞，枪杀足球场的观众。他们把阿富汗人从战争中解放出来，又把他们锁进我们不再信仰的宗教中。终于，温暖的秋风把他们吹走了。

"塔利班都是些杂种。"皮尔·赫里德说。那天早上，我正在整理一箱箱水果和快腐烂的蔬菜，看还能挑到多少来卖。"蠢得跟牛屎一样。大多数是小村子出来的小男人，没受过教育，不识字。见鬼，连他们的领导人都是文盲。"

"你识字吗？"我问。我捡起一个土豆，把上面发霉的地方刮去，扔进箱子里准备继续卖。

"不，法瓦德，我是个瞎子。"

"哦，对不起。"

"都怪那该死的婆娘。"

"那他们后来是怎么渐渐统治了阿富汗呢？"我问，"如果他们这么愚蠢的话？"

“通过白色恐怖。”皮尔喃喃地说，一边从鼻子里抠出一块干尘，“你妈妈说得对：他们刚来时，几乎每个人都热爱他们。这个国家被那些军阀摧毁得像座人间地狱，他们只知道把自己的腰包填满，人们恐惧，后来都麻木了。突然，这帮人从坎大哈跑过来承诺说他们会恢复秩序，提倡伊斯兰教，把那些强奸孩子的罪犯绞死。谁不欢迎呢？”

“欢迎谁？”斯班仔问。他突然从黑暗中走了进来，牛仔裤腰里挂着已经熄了的药罐。

“塔利班。”我回答。

“哦，这些杂种。”

皮尔又开始唠叨了。“说得对，孩子。来吧，别站着，坐下。”

斯班仔拿起一个条板箱，把鞋踢掉，坐在上面。几个星期前，有一次，我正往街道尽头的一条沟里倒垃圾时，他正好经过看见了。自那以后，他就成为我们的常客。当时，他正往老马卡罗亚恩区的家走去——塔利班下台后，他就和父亲搬到那儿的公寓去了。辉煌时期的老马卡罗亚恩街区是这座城市的骄傲，现在却成了贫民窟，成了迷失后的喀布尔跌进的深洞。不过，比起凯尔卡纳，这儿离喀布尔更近，所以，也更好找工作。

“呃，我刚刚讲到哪儿了？”皮尔问，变魔法似的拿出一瓶百事可乐，递给斯班仔。

“人们欢迎塔利班，因为他们杀了强奸孩子的罪犯，还说要把伊斯兰教怎么怎么的。”我提醒他。

“哦对，伊斯兰教。”他叹道，想了想，又点了点头，“当然，他们鼓吹的是最严格意义上的伊斯兰教法，恢复了公开处决和鞭笞。风筝也不许放了，电视、音乐也同样。甚至遇到赛事也不许鼓掌——以前还知道是谁赢了。有一阵子，还不准举行新年庆祝活动。唯一可以做的事情就是到公园去闻一闻花香。简直就是同性恋。老实说，女人就更惨了。”

“我知道。”斯班仔打断道，“我父亲认识一个女的，就因为涂了点指甲油，结果被宗教警察齐刷刷地砍掉了十根手指。”

“瞧！”皮尔叫道，“这就是那帮人干的事情。”

“可他们为什么要这样干呢？”我问，实在不能理解为什么有人会因为一点色彩而砍掉别人母亲的手指。

“他们说是为了保护女人们的声誉。实际上是因为他们都是十足的杂种。你怎么看那些试图逃到巴基斯坦的人？”

“巴基斯坦人也都是杂种。”斯班仔嘟哝道。

“又说对了，孩子，”皮尔赞同道，“可是至少他们能提供人们基本的生活标准。除了空洞的承诺，塔利班把这儿变成了一堆狗屎。填不饱肚子的食物，没有干净的水喝，少得可怜的工作机会。政府摇摇欲坠，像生了锈的机器，有气无力地吼上几声后便一动不动了。呃，你知道什么呢？食物价格暴涨，生活条件却一落千丈，我们再也见不到太阳了，我甚至感觉不到它。塔利班规划部部长，那个叫卡里·丁·穆罕默德的家伙对全世界说我们不需要国际援助，因为‘我们穆斯林相信万能的主会以它的方式喂饱每一个人’。废话！真主的盘子里是有足够的食物让我们活下去。”

安拉、阿富汗和塔利班，当它们纠结在一起的时候，是多么难懂的话题，尤其对一个小男孩来说。他只知道：一个好的穆斯林绝不应该怀疑万能的主。一个好的穆斯林应该相信真主会提供任何东西，即使他没有提供，一个好的穆斯林也要相信饥饿、死亡、战争和疾病来敲他们的门是真主计划中的一部分。所以，那位塔利班规划部长说的话一定是对的，其政权也一定是真主关于阿富汗计划的一部分。当你接管一个国家时，这即是理由。

“塔利班”的基本意思是“虔诚的学生”，所以，很容易就说服那些住在郊区的不识字的普通穆斯林，使他们相信塔利班的命令直接源自《古兰经》。如果告诉他们女孩子不可以上学，是因为《古兰经》上就是这么说的，那些农民怎么敢怀疑上帝的话呢？当然，我母亲说《古兰经》上根本没有这样的话，她是个文盲，我也不知道她是怎么知道这一点的。不过，对此她非常自信。然而，当塔利班告诉一个没有受过教育的男人上面就是这么写的，这个男人怎么可能反驳呢？反驳它，就是反驳真主本身。他只能接受。所以，对付塔利班及其他想在阿富汗发展势力的邪恶力量的最好的武器就是教育。至少，这是艾斯曼莱告诉我的。

艾斯曼莱是最近出现在我生活中的人，他是哈吉·哈里德·汗的叔叔。

“当你会读会写的时候，你会发现自己更容易看清真主的真正意思。”他解释说。他坐在铺在花园草地上的一块毯子上，身子往后倾，深深地吸了一口手中的阿富汗烟。“教育是阿富汗未来成功的关键，法瓦德，因为它可以征服愚昧和偏执，带来机遇。人有了知识就有了力量——让你果断做出决定；区分真实和谎言；按照上帝的意志塑造自己的人生。比起那些无知的，只会盲目对别人说的话信以为真的人，有知识的人就显得更强大。说到盲目……”艾斯曼莱顿了一下，从口中呼出一个大烟圈，“我建议你的朋友皮尔·赫德里以后说到塔利班时最好小心点。任何人都会把他的胡子刮下来，换他的头巾。但这并不是说他是个不可捉摸的人。”又吸了一口手中的烟后，他神秘地加了一句：“我们并不孤单。”

我缓缓地点了点头，把那些话深深地印在脑子里。“好吧，我会告诉皮尔·赫德里的。”我向他保证。我抬头看着艾斯曼莱，我相信他说的。他还吸大麻，虽然妈妈不喜欢，但我觉得这样让他更风趣，更有味道。

艾斯曼莱和哈吉·哈里德·汗经常一起来，显然，乔治亚和他整个家庭成了朋友。她告诉我她认识他的兄弟，堂兄弟，表姐妹，还有他的孩子。难怪她没有时间学洗衣服。她忙于结交阿富汗朋友。

自从哈吉·哈里德·汗（还有他的保镖和他的拥抱）闯入我的生活的那一天起，我和乔治亚的关系就渐渐疏远，变得客气了。我们偶尔还会聊聊天，不过，我会保持一定距离。我们在各自的轨道上生活。我克制不住要这样做。我有种被背叛的感觉。她让我失望了。那就这样吧。

我想乔治亚知道我不开心，因为她来皮尔·赫德里店接我时，我会编些理由，或者告诉她我很忙，拒绝坐她的车回家。我也不再让她抓我的手了。“我不是小孩子！”最后一次她伸手抓我时，我冲她喊道。我知道我伤害了她，因为她非常冷静地说：“法瓦德，我从来没有把你当小孩子。”

“是你告诉妈妈我喝酒了！”我厉声提醒她。

“好吧，除了那一次。”说完，她就走开了，留下我在那儿生气，还有恐惧——我知道这不是她的错，要怪就只能怪我自己。

“她是个好女人。”艾斯曼莱对我说。我们坐在花园里，又一起待了一个小时。哈吉·哈里德·汗带乔治亚进房间做只有真主才知道的事情。

“我没说她不是。”我抢白道。

“不，”他说，“你的表现可不这样认为哦。这可不是对待客人的样子，何况，她是我们的朋友。”

当然，他是对的。我知道自己没有嫉妒的权利，可我克制不住自己。她很开心，我应该为她感到高兴才对。可是，我很难做到这点——她脸上的笑容总是让我很恼火。以前陪她在午后喝咖啡的人是我，现在换成了哈吉·哈里德·汗。一想到这儿，我就恨得牙痒痒，不痛快极了。更让我气疯的是，每周至少两次，她不在家里——肯定是和哈吉·哈里德·汗在一起。

“属于你的那一天会来的，孩子，”艾斯曼莱说，“不过，不是乔治亚。”

他看透了我的心思，知道我是怎么一回事。

虽然心里的伤痛像块瘀青渐渐变黄，真要讨厌哈吉·哈里德·汗却不是件容易的事。

“他真是个魔法师，”一次，我们正在讨论乔治亚的朋友，妈妈这样说道，“能把树上的小鸟说到地面上来，呵呵，这个男人。”

“什尔·艾哈迈德能跟街上的狗说话。”我说。

“两码事。”她说。

“什么意思？”

“很快你就会知道的，法瓦德，如果我没判断失误，你也会有那样的才能的——虽然你现在貌似也能说得天花乱坠。这一天会来的，儿子。一定会的。”

妈妈转身去干杂活了，留下我在那儿胡思乱想——未来顶呱呱的口才，现在或以前能把死的说活。

然而，并不是因为哈吉·哈里德·汗说话的方式让我心中的怒火渐渐平息，虽然，他的确很风趣，也很文雅——这点在像他那么高大的男人中可是很少见的，我有点惊讶。我对他的恶感开始有所缓解是在斯班仔来我们家吃午饭的那个周五。

所有人——我、妈妈、乔治亚、詹姆斯、梅、艾斯曼莱、斯班仔和哈吉·哈里德·汗——在花园里喝绿茶。虽然，冷风吹得手指有点冷，我们还是尽情享受着最后的秋日。冬天来了，我们就只能窝在屋子里了。我们盘腿围坐在一块深红色的地毯上。大人们一个接一个地讲着有趣的事情。乔治亚和哈吉·哈里德·汗则在一旁帮着翻译，这让他们显得与众不同，更老练，更有见识——也许，因此，他们走到了一起。除了我以外，似乎没有人在想这个问题。乔治亚站起身来给我们斟茶时，她会把手放在哈吉·哈里德·汗的膝上或在他肩膀上轻轻拍一下。每当这时，我都努力掩饰心中的恼怒。

哈吉·哈里德·汗的出现并不单单改变了乔治亚的心情；在这个优雅的男人面前——他穿得像国王，身上散发出昂贵的香水的气味——所有人都表现得和往日不一样了。他的来访把大家从各自的生活中拖出来，聚在一起，像一家人一样，在无尽的趣事中尽情享受快乐的时光。当然，并不是每天都这样。但是，只要哈吉·哈里德·汗在喀布尔，这个房子里的所有人每周至少一次会聚在一起。如果有特别的原因，就两次，比如斯班仔来吃中饭。

那天下午，在享受完美味的羊肉串、咖喱鸡、卡布里肉饭[①]和烤饼组成的丰盛午宴——这些全都是哈吉·哈里德·汗和艾斯曼莱带来的——我们喝着妈妈准备好的绿茶，悠闲地度过一个下午。我们坐在地毯上，一个接一个地讲故事，妈妈则坐在我们身后的一张塑料椅上，听着，笑着。

① 由糙米加羊肉及调料煮成。

詹姆斯和梅坐在一块垫子上，艾斯曼莱抽着阿富汗烟，控制着谈话。他刚从巴米扬[①]回来。他说他看到存放着两个巨大佛陀的山洞，说有几家国际公司正在设法恢复在塔利班的统治下已经灰飞烟灭了的数千年的历史遗迹。

“他们提到采用镭射表演的形式，”他告诉我们，“也就是说，在原来的地方用3D光把佛陀重现出来。想法非常好，不过，得要个超级大的发电机才行。”他哈哈大笑起来。

“简直就是糟蹋钱，”梅发表看法，鼻尖皱了起来，“这里的人连饭都吃不饱，他们却要把数百万花在这个可笑的激光表演上。”

“但是，如果这个‘可笑的激光表演’能带来旅游业的发达，创造更多的工作机会，带来更多的钱，人们就能吃饱饭了。”詹姆斯争辩道。任何事他都往好的方向看，甚至对梅也是这样。

“旅游业！”她答道，“我不认为阿富汗已经做好准备。旅游部部长不是被麦加朝圣者在路上给杀了吗？”

“那是几年前的事了。”乔治亚提醒她。

“你以为现在的情形更好了吗？”梅叫道，“塔利班回来了，南部完了，前所未有的腐败，政府的影响甚至走不出喀布尔。”

“塔利班回来了？”我问乔治亚，这个消息让我心惊。

---

① 阿富汗中部城市。其他有世界上最高的立佛，距今有一千五百多年，因雕凿在巴米扬河谷断崖上，故被称为巴米扬大佛。巴米扬大佛历史上曾历三次劫难，曾有很多科学、文化、艺术和宗教界知名人士呼吁保护这一人类历史文化遗产。但在二〇〇一年，大佛遭到塔利班政权的残酷轰炸，爆炸声持续了三四天。

我坐在她身边，她轻轻地碰了碰我的手。很久以来，我第一次没有移开我的手。

“不完全是，法瓦德，”她试图安慰我，“不过，他们还在一些地方和政府军以及国际维和部队作战。不用担心。”

“他们为什么要回来？”

乔治亚看了看哈吉·哈里德·汗，他向我靠过来。

“他们从来就没有离开过，”他说，“有些躲在靠近巴基斯坦边境的山区里，有些就躲在他们的镇里和村子里。”

“别太担心，”艾斯曼莱加入进来，“他们不是当前的主要问题。阿富汗的主要问题是外面的入侵者。这些人在我们的国家玩游戏。现在越来越难区分朋友和敌人了。”

“什么游戏？”我问，“谁在玩？”

乔治亚瞪了哈吉·哈里德·汗一眼——显然，她不希望我看到。他轻轻地拍了拍手。

“好了，”他用低沉的嗓音——多年吸烟的结果——命令道，“这些是政治家们而不是我们这些老实人讨论的问题。”

艾斯曼莱大笑。“没错，哈吉阁下。这让我想起了一个笑话。乔治亚，你来为我们的外国客人翻译一下。哈吉可能不喜欢拿他的朋友开玩笑。”

“政治家有朋友吗？”她问。结果，我们这些讲达里语的人全都哈哈大笑了。

“有辆载着一群政治家的车在公路行驶，”艾斯曼莱开始了，

“突然，车子驶离了公路，撞到村子旁边的一棵树上。一个在附近地里干活的农民跑了过来。当他看到政治家们和车子残骸时，便抓起铁锹，把政治家们全埋了。几天后，有个调查此案的警察路过这儿，看见那辆撞在树上的车子。于是，他把农夫叫来问话。这个农夫和往常一样正在地里干活。他回答警察说这场事故发生在几天前。警察接着问他游客的身份，农夫回答道：‘所有乘客都是政治家。’他已经把他们全部埋了。警察问有没有人还活着。农夫笑了笑回答道：‘也许有。有几个告诉我他们还活着，可是我们都知道政治家是最会撒谎的。’”

艾斯曼莱一说完，我们便爆笑起来，斯班仔笑得最久，最大声。他简直笑弯了腰。我不知道是不是因为他靠艾斯曼莱的烟太近的缘故。我的朋友试图重新坐正身子，只见眼泪哗哗地从他眼里涌出来，于是，他用手背去擦，结果，倒弄了一脸的污渍。

突然，哈吉·哈里德·汗停下来看了看他，脸色沉郁。

“你在卖斯班草药，对吗？”他断然问道。

“是的，哈吉。”斯班仔回答道，他的肩膀因为心里流过一阵惬意而放松了下来。

“那可是很艰苦的工作，孩子。”艾斯曼莱说，他又深吸了一口手中的香烟，然后递给哈吉·哈里德·汗。哈吉接过来，点了点头。

那个高大的男人把身子倾向他叔叔，在他耳边低声说着什么。艾斯曼莱笑了，站了起来，走出花园，又走出大门。一句话也没说。没有人问他去哪儿，因为在阿富汗不能问。和男人在一起，男孩子要做的就是坐在那里，看着，学着。在我们国家，有很多规矩，不过，不乱问这一条很快就能学到。

大概半小时后，詹姆斯和梅讲完了他们的笑话——有几个我觉得一点都不好笑，因为他们没有提到疯子和笨蛋——艾斯曼莱手里拿着长长的一串卡回来了。它们用塑料包装串在了一起，上面还有公司广告，比如罗山电信公司、阿富汗移动通信公司和塞浦路斯电信公司。哈吉·哈里德·汗把那串东西和一个小袋递给斯班仔。那是几十张电话卡——人们买来为手机充值。每张卡有一个特别的数字组合，得从后面刮掉，然后才能拨电话。这在阿富汗可是大生意，因为即使你身上没有衣服穿，你也要有部手机。

"这些给你。"哈吉·哈里德·汗对我朋友说，"从现在起，你就卖这些卡，每卖一张，你可以赚一美元，剩下的就归我。好吗？"

斯班仔看着面前袋子里的卡，红红的眼睛睁大了，露出惊讶的表情，最后，他点了点头。

"谢谢。"他轻声地说。

"不用谢，孩子。"哈吉·哈里德·汗说。乔治亚把手轻轻地放在他的膝盖上，笑了。我们所有人都笑了。从乔治亚的这个动作中，我意识到乔治亚爱这个男人的什么了。给斯班仔这些东西意味着他可以远离那些罐子了，这也许是我见过的最仁慈的帮助，但我从来没有想过。如果我想过，也许我能够说服乔治亚帮斯班仔另找一份工作，远离那些毒烟——它们塞满他的肺，灼痛他的眼睛。是哈吉·哈里德·汗看透了这一切，发现了这个男孩。他给了斯班仔第二次机会，我为自己居然忽视了如此明显的事情感到羞愧。不过，我还是感到骄傲，因为是我把他介绍给他的新老板的。

正是那时，我发现自己心中的怒火渐渐弱了下去。

八点刚过，大人们都起身各自走了——詹姆斯和梅去了喀布尔的一家酒吧，妈妈回房间看吐鲁电视台播放的歇斯底里的印度肥皂剧大结局，乔治亚和艾斯曼莱去吉·哈里德·汗家——斯班仔和我走路去马苏德环形路漂浮着恶臭和病菌的垃圾场扔垃圾。我默默地看着他从裤腰里解下药罐，最后看了一眼，使尽全力把它扔到垃圾堆里。我们并肩站着，看着药罐先落在一个汽油壶上，弹了一下，便消失在一堆腐烂食物和废品之间。

我瞥了眼斯班仔，看见他的唇动了动，却没有说话。突然，他转过身问道："你知道你女朋友的男朋友是谁，对吗？"

"她不是我女朋友。"我大笑，用力在他肚子里推了一下。仪式中断了。

"不管你怎么说，"斯班仔推回我，"反正是你朋友的男朋友。"

"如果你是指哈吉·哈里德·汗，那么，是的。我知道他是什么人。"

"什么人？"斯班仔挑战地问。

“从贾拉拉巴德来的商人。从巴基斯坦进口柴油和酥油，从日本进口丰田汽车零件。”

“当然。”斯班仔大笑，拍了一下我的背，“看在真主的分上，法瓦德！他是哈吉·汗！那个哈吉·汗！——塔利班的克星，阿富汗最著名的阿富汗圣战者伊斯兰联盟领导人的儿子！现在是这个国家最大的毒枭。他是哈吉·汗，法瓦德！我一见到他就认出来了。他竟然在你家喝茶，和你女朋友睡觉！”

五

阿富汗有两样东西是出了名的：连年的战争和种植罂粟。虽然，国际社会尽了最大的努力想结束它们。实际的情形却是我们在这两件事情上闹得越来越厉害。

二〇〇一年塔利班下台后，整个国家的空气里充满了关于"民主"的讨论；这几年，人人都有选举的权利，妇女可以进入议会，无辜的人受到法律的保护，女孩可以重返课堂，以前的领导人犯的错误都得以纠正。可是，在这令人兴奋的气氛里，还是有人会漠视这样的事实：阿富汗已经建立了新的条例，一套司法体制——它们已经成了我们生活的一部分，就像数千年前生活在兴都库什山脉的我们的祖先那样。"民主"的确是个好东西，如果一个人犯了谋杀罪，那么，他就要被判死刑。可是，在阿富汗，一些流血冲突仍然接连不断——不同家族之间彼此残杀，永远没有人知道究竟是谁煽动的。

虽然，为了这个国家好，政府命令所有人交出武器，却似乎没有人急于照做，因为在这个国家，事情常常瞬息万变。北部和西部的那些大男人们依然在为领土和权力而战；东部的军队首脑们射杀那些非法越境的巴基斯坦人；在南部，塔利班针对阿富汗人和外国人的袭击仍时有发生；大街上，大人打小孩，小孩打更小的小孩，每个人都打驴和狗。

与此同时，罂粟也在继续生长、生长、生长，很多报上说今年是个创纪录的丰收年，阿富汗将成为世界上最大的罂粟生产国。妈妈说每个人都应该尽最大的努力做好一些事情，我想她所说的一些事情不会包括这件事情，她说的大概是数学或者宗教之类的。

我虽然懂得不多，可我知道战争不是好事，因为会有人死掉，会有人缺胳膊少腿，会有女人哭泣；我还知道种植罂粟是不对的，西方社会就是这样说的，卡尔扎伊总统也跟着这样说。所以，当我说哈吉·哈里德·汗，或者哈吉·汗也许并不适合一个住在喀布尔靠梳羊毛维持生计的英国女人时，我不觉得自己孩子气或自私——他鼓鼓的腰包里装满的是靠暴力和毒品赚来的钱。

谁也猜不到我是怎么说服乔治亚相信这件事的。正如妈妈曾经说的，爱情是盲目的——皮尔·赫德里亦为此最终付出了代价。

"哈吉·汗是从新瓦尔区[①]，而不是贾拉拉巴德来的，是吗？"我问乔治亚。她坐在房子台阶上喝咖啡。天气已经冷了，她裹了

---

① 阿富汗东部南格哈尔省的一个行政区，是贾拉拉巴德至巴阿边界托克汉姆的必由之路。

一件软软的灰色围巾，是她的恋人离开去东部时送给她的礼物。

“是的。”她承认说，“不过，他的家在贾拉拉巴德，大部分时间都是在那儿度过的。你为什么这么问？”

“哦，没事。”我含糊地说，抱紧胳膊，挨着她坐下。

“来，到这下面来。”乔治亚挪近了些，把围巾盖在我的肩背上。她的体温和身上的香气顿时传了过来。“好点吗？”

“嗯，谢谢。很冷，对吗？”

“对。”她说。我咬了咬嘴唇，不知道怎么开口，更不知道乔治亚听了以后会不会把围巾抽走。

“怎么了？”我们坐在那儿足足有一分钟没有说话，她终于开口了，“你表情很严肃。”

“有吗？呃，对，也许，”我承认着，“是这样，呃，我听人说新瓦尔区现在正盛开着大片的罂粟。”

“不是现在，是冬天。”她笑道。

“我知道，”我接过来说，很高兴这个话题得以展开，“平时也是。新瓦尔区以盛产罂粟出名。”

“哦，我想是，”乔治亚赞同道，“你想说……”

“没什么，”我耸了耸肩，“我想我已经提醒过了。”

“为什么？你觉得哈里德在做毒品生意？”

乔治亚转过头看着我。她似乎并没有生气，我大大松了口气。不过，我觉得还是别再说下去了。

“哎，”她继续说，“我知道很多人会认为哈里德在做毒品生意，因为他很有钱，不过，他没有——没有做毒品生意；当然，他的确很有钱。哈里德恨毒品。他说毒品害得人民贫困潦倒，坏了这个国家的声誉，为暴动提供资金，危害国家。他恨毒品，法瓦德，非常恨。”

“可你怎么知道他说的是真话呢？”我问。

乔治亚拿起脚边的烟盒，抽了一支出来并点上。

“嗯，有很多原因，”她吐了口烟，解释道，“我知道他在东部有很多项目，是为了帮助那儿的农民从事别的生计，而不再种植罂粟，比如，给他们提供水果和橄榄树苗，麦种和花籽。最主要的原因是，我相信他，相信他对我说的是真话。”

乔治亚把脸转开，抿了口咖啡，深深吸了口烟。我低下头，从眼角的余光中看到她用一只苍白的手把垂在脸上的头发撩开。在她黑色的头发和灰色围巾的衬托下，她的皮肤看上去冻得发白，眼睛下面有黑眼圈。

“你累了吗？”我问。

“嗯，有点。”她回答，唇边浮出淡淡的微笑。

我点点头。“我也是。”我说，这并不是真的，我只是不想她觉得孤单。哈吉·汗走了一个星期了，就像他突然出现在我们生活中一样，现在突然消失了。我想她在思念他。

“我和哈里德相识三年，”乔治亚说，似乎读懂了我的心思，“如果他撒谎，我一定会知道的。”

“我没说他撒谎。”

“嗯，你的确没有直截了当说。总之，谢谢你。”

我动了动脚，让围巾也温暖一下它们。

“不过……你怎么知道他没有呢？”

“怎么？”她问，非常阿富汗式地耸了耸肩——她已经变成我们中的一员了，“我就是知道。”

几秒钟的停顿后——这段时间里，她的眉心皱了起来，似乎在绞尽脑汁思考着——她又说：“就是当男人或女人说他们爱你时那样。你怎么知道他们在撒谎或他们说的是真话。呃，你看他们的眼睛。我是说深深地看进他们的眼睛里，如果他们说的是真话，你的心是能感觉到的。我爱哈里德。他不会对我撒谎。现在”——乔治亚轻轻地笑了一声，听上去很空洞，像故意似的——“他可能不是这个世界上最好的男朋友——他会冷不丁离开，有时一连几个星期都没有电话给我——即使这样，我依然知道他爱我，同样地，我知道，我知道他并没有做毒品生意。嗯，这样你放心了吧。”

不，我心里想，不过，我还是点了点头。我心里有点难过。好几天没有听到乔治亚兴奋得喋喋不休了。她看上去很累，目光涣散，眼神暗淡无光，大概是哈吉·汗这次又是“冷不丁”消失了，一直没有打电话给她。

也许这个时候打听他离开是否是因为毒品生意并不合适。

也许乔治亚是对的，哈吉·汗并没有走私毒品出境，可她毕竟是个深陷在恋爱中的女人，她的直觉并不可靠。“恋爱中的人都是傻瓜。”有一次，我们看着妈妈飞跑着穿过街道去找霍梅拉时，什尔·艾哈迈德就这样叹道。既然爱情是盲目的，我奇怪于还有那么多人浪费那么多精力去追求。然而，现在我需要的是事实，而不是哀怨的抒情诗。

我首先想到的是，找詹姆斯聊聊，他是记者，应该知道这个国家谁在做什么。不过，我的英语还没有好到可以和他谈论这个话题的地步。而他的达里语除了会说“真主保佑”外，挤不出第二句话了。也不可能找梅谈，因为我们还没有真正成为朋友。而且既然她不喜欢男人，应该也不喜欢男孩——也许有一天，真主安拉也会让我们成为男人的。还有，瞎子皮尔·赫德里也没有通常瞎子该有的聪明。他只会添油加醋地编造故事，以安慰他生活在黑暗中的痛苦。

我决定找斯班仔谈谈。毕竟，他是第一个说哈吉·汗是贩毒分子的人，他应该从哪儿听到些消息。于是，四个月来，我第一次离开瓦兹尔·阿克巴汗，穿过整座城市，回到了鸡街。

鸡街有一种莫名的吸引力，我说不出具体是什么。也许是它的嘈杂和混乱赋予我活力——在司机不断按喇叭发出的噪音中，店铺老板开玩笑地要我们吆喝得更响；汽车、手推车和拥挤的人群堵塞了交通；无视单行道标识的车辆激起的众怒；孩子们纠缠游客时的饶舌；飘荡在空气中的烤肉串的香味——或者简单说，是它的乱七八糟让这个喀布尔的小角落散发出不懈的生机，活像一头扭动着的畜生。

如果说议会是这个首都的大脑——真主保佑——那么鸡街就是它的心脏。

然而，与平时的鸡街相比，圣诞节前后的鸡街可谓繁荣至极。在这个外国人庆祝他们的先知基督生日的节日前后，大约三个星期的时间里，外币兑换的生意比往日更加放肆；乞丐们还没来得及念叨他们的病、快要死的孩子，手上就已经有了几张皱巴巴的阿尼；晨曦初露时，各商家店铺就已经灯火辉煌；人们手里拎着购物袋，四处游逛；蓄势待发的怒火在对方的笑容里化解了；当蜂群四处躲避忽降的暴风雪或试图从马路两边的垃圾堆上飞过时，人行道和各家门口便爆发出阵阵欢乐的笑声。

“法瓦德。”

贾米拉跑过来，给了我一个大大的拥抱。她的脸冻得通红，眼睛却发亮。

“你跑哪去了？我们都很想你。”

“我也很想你们。”我大声冲她喊道。四周充斥着各种喧哗声。

真的。我很想她。这段时间里，我的确一直忙于应付我的新生活以及它带来的各种意料之外的麻烦，不过，一个真正的阿富汗人是不会忘记他的过去的。也因为这个原因，我们对过去的怨恨不愿松手。

“我有好多事情要跟你说，贾米拉。”

“我已经知道一些了，”贾米拉笑了笑，“斯班仔一直告诉我你的情况。你现在替一个瞎子干活，因此，你抛下了我们！”

“我没有抛下你们！”我辩解道，“我一直都很忙！”

“我知道，法瓦德，放松些，我只是和你开开玩笑而已。我为你感到高兴，真的。”

贾米拉牵起我的手，拉着我穿梭在大人们的腿林中，最后把我带到一家小店院子的拱门下。以前，我们常常聚在这里交换故事、消息和残羹剩饭。

“法瓦德，你这个肮脏的小杂种！”

我们躲在凹壁里说话时，扎西德突然冒了出来，走上前拥抱我。

“我有一台电视机。”我迫不及待地告诉他。

“操，骗人！”

“是真的！我家里还有一个女的，乳房大得可以跟阿卜杜勒·拉赫曼清真寺的圆屋顶媲美。”

“不可能！”他惊叫起来，拍打着额头，“这个世界真不公平。我在这儿挖尽心思讨那些娘们欢心，而真主却用他各种智慧把这个城市最美妙的乳房送到你他妈的这个同性恋面前。”

扎西德撞了下我的胳膊，我知道他是开玩笑的。于是，我们嬉笑着扭打了起来，结果跌倒在一堆卖的围巾里，并招致店主在我们头上狠狠地打了几下——这次可不是开玩笑。

回到鸡街，重新感受着它的嬉笑打闹和暴力，感觉真是好极了。我从来没有意识到自己是这么地想念这里和这里的每个人——甚至扎西德。

我们离开店主，向院子深处走去，在通往一个更近的卖小装饰品的店铺的脏兮兮的台阶上坐下。扎西德告诉我自从我们走了以后，他妈妈似乎很沮丧，因为她找不到人发火了。他还说他也很快就要离开鸡街了：他爸爸托一个欠他人情的人帮扎西德在市政府办公室找到一份工作——因为他能读会写。他们说，一旦他学会了茶的沏泡艺术后，他们会训练他做一些有用的事情。

“这是份好工作，”他说，挺着胸，坐得比以前更直了，“对我来说，这是个好机会。”

“我知道，”我对他说，心里很高兴，“恭喜你，扎西德。我说的是真的。”

“我知道，”扎西德点点头，“我知道，谢谢。”他又在我的胳膊上撞了一下。

可惜，贾米拉就没有这么好运了。自从我离开后，贾米拉的日子就不好过了。我发现她的左眼下有一块旧的瘀伤。她告诉我是被一个乞丐婆的肘部撞伤的。当时，像往常一样，一大群人冲到一个外国人跟前，围着讨钱。

“现在，这儿跟以前不一样了，”她说，“现在是小圈子行动了。单干行不通了。你必须是一家人一起出来或者为某个家庭干活。我今天到这儿来，是因为圣诞节，每个人都有份——也是因为扎西德和斯班仔在这儿。”

我仔细地看着贾米拉，第一次发现她的脸上没了笑意，没了光彩，好像一下子老了，累了。我决定让皮尔·赫德里帮她在店里找份活干。

“噢，斯班仔跑哪儿去了？”我问。

“他在街那边卖卡，”贾米拉告诉我，“自从你朋友哈吉·汗帮他把药罐子扔了之后，他看起来好多了。”

“哇靠，法瓦德，”扎西德插进来，“哈吉·汗。你现在和一帮大男孩一起混喔。”

“你认识他？”我问。

“是啊……嗯，不，不算认识。我听人说过他。他是真正的阿富汗英雄！”

“那么不是贩毒分子？”

扎西德耸了耸肩。“在阿富汗有钱人哪个不是跟毒品脱不了干系？这又不会让他变成坏人，对吗？狗屎‘不要种罂粟’，那是他们西方人的问题，不是我们的。他们自己注射毒品，得了艾滋，相互传染。我们只是混口饭吃而已。”

“哦，那你是怎么知道哈吉·汗在和毒品打交道的？”从鸡街出来回家的路上，我问斯班仔。

“我只是听说而已。”

斯班仔一边走一边数着美金，他把他和哈吉·汗的钱分开，然后放进不同的口袋。他看上去的确好多了，身上更干净了，整个人更有朝气了。要不是脸上被沙蝇咬过，他的长相可以说挺英俊的。

“我父亲和东部有些接触，一些卡车司机帮他从东部捎些柴油来。他们在贾拉拉巴德经常逗留很长时间，我听他们提过一两次哈吉·汗。”

“他们说他是毒贩子吗？”

“他们是这么说的，不过也就是传闻而已。他从来没被逮住什么的。”

“你是怎么想的？”

“我？”斯班仔耸耸肩，“我觉得要逮住这么一个为国家而战的男人是很难的——弄得他家破人亡。”

“什么意思？”

“我父亲说哈吉·汗以前有一个非常贤惠的妻子，是巴基斯坦的三军情报局[①]在她们熟睡时杀了她和他们最大的女儿。”

“啊！”一股内疚之情顿时涌上我的心头，我脑海里浮现出一幅场景：哈吉·汗伏在他妻子和女儿的尸体上，心如刀绞，眼前一片黑暗，禁不住失声痛哭起来。“他们为什么这么做？”

“他对抗塔利班，法瓦德。可能是想给他一个警告吧，不过，如果这是他们的目的，那他们可真是打错算盘了。自那以后，哈吉·汗像个疯子一样跟他们作战。我父亲说好几次他去白沙瓦[②]或者就在阿富汗执行任务，听说非常传奇。因为那些行动无异于

① 巴基斯坦情报机构，收集国内外情报，截获和监视通信，实施隐秘的进攻性行动。

② 巴基斯坦西北边境省首府。

自杀。我想自从那件事情以后，他早已不在乎生死了。我猜他什么都不在乎了。”

在瓦兹尔英国使馆的拐角处，我就和斯班仔道别了。接着，我走进皮尔·赫德里的店里，请他帮贾米拉找份事做。他说虽然对于心智健全的男人来说，所有女人——不管多么年轻——都是祸水，不过他还是会考虑考虑的。我谢了他。我知道他一定会帮她的，不然，他早就一口回绝了。

我沿着大路往家的方向走去，一路上看到非政府组织人员、政府官员和商人家的大房子，听到黎巴嫩和印度餐馆里传出来的阵阵笑声，心里想着贾米拉，想着当我告诉她皮尔·赫德里给她找了份工作时她的高兴样。快到家时，我想着哈吉·汗回到家发现亲人倒在血泊中永远睡着了时心里是多么的震惊和痛苦。

我真切地感受到他的痛苦。我能感受到。

令人惊讶的是，那些来旅游的外国人老是把（这个国家真是）“美丽极了”和（这里的人们）“多么高贵勇敢”的话挂在嘴边。可阿富汗的现实却是：痛苦和死亡。这里的每一个人都曾经这样或那样地品尝过它们的滋味。前苏联、阿富汗圣战者伊斯兰联盟、塔利班，战争夺去了我们的父兄，战争的遗留物又带走了我们的小孩；战争的结果是把我们变得像乞丐那样贫困潦倒。那些外国人喋喋不休地赞美我们美丽的风景和传统之精髓，却不知道我们是多么希望用它们来换得片刻的安宁。现在也该是悲伤地卷起铺盖滚蛋，到别处去威胁别人的时候了——

我们已经受够了。

我回到家时，所有的灯都亮着。透过后窗，我看到詹姆斯和梅正往墙上贴彩纸。强烈的酒气从厨房飘过来。我走进去，看见妈妈正在搅拌浸泡在一大盆滚烫的红色液体里的橘子和草药。收音机正在大声播放着北印度的情歌，妈妈一边工作一边跳舞。

“是酒吗？”我问，把妈妈吓了一跳，她停了下来。

“不准饮酒的，法瓦德。别激动。”

她哈哈大笑起来。我纳闷，她是不是被强烈气味熏着了，就像斯班仔被艾斯曼莱的烟味熏晕那样。

“法瓦德，我的小伙子！”詹姆斯跳进厨房。他的头发闪闪发亮。“过来帮忙！”他命令道。

我跟着他进了大客厅，墙上、天花板上到处悬挂着纸条。角落里有棵小小的塑料树，窗沿、桌面和碗橱上放满了蜡烛。梅坐在柴火烤炉旁的地板上一边取暖，一边沿着线把彩纸粘在一起。我走进去时，她笑了笑，使我更加确信先前的预感：每个人都疯了。

“乔治亚呢？”在他把我也拉下水前，我问詹姆斯。

他指了指楼上，嘴一扁，装出哀伤的样子。我点点头，离开了客厅。我要让她知道我是她那边的人。当然，除了哈吉·汗。

尽管以前我从来没有上来过——呃，从里面上来——我却径直来到乔治亚的房门外，因为我的方向感非常强——最初的几个星期，我可是把这栋房子的结构图画在她送给我的笔记本上了。

我轻轻地敲了敲门，然后等待着。

“谁？”她在那扇紧闭的房门后叫道。

“法瓦德！”我也叫道。

我听见抽屉打开然后又关上的响声。几秒钟后，门开了，乔治亚站在那儿，看上去像刚醒来似的。头发凌乱，脸上没有化妆，外套前后穿反了。

“法瓦德。”她说，很吃惊地看着我。

“对不起，打扰你了，乔治亚。”

她耸了耸肩，把房门打开些，准备让我进去。我看见床头桌上摆放着哈吉·汗的一张大照片。

我摇摇头，告诉她我不进去了。我小心地拉起她的手——她的手像没有生命的东西一样垂挂在她身边——对她说：“别担心，乔治亚。他会给你打电话的。”

我转身下楼，帮詹姆斯装饰客厅。

六

先知穆罕默德（愿他安息[①]）的生日叫圣纪节[②]，我们逊尼派[③]在伊斯兰历三月十二号这天举行庆祝活动，什叶派则比我们晚五天。在这天，要煮好饭，准备好牛奶和黄油。然后，拜访邻居——甚至我们不喜欢的人——请他们一起分享我们的东西。如果发现比我们穷的人，也要请他们一起来分享。到了下午，男人和大点的孩子到清真寺默祷，所有车子要停下来，电视和电台也要噤声。这天也是先知的忌日，不能笑也不能哭，因为我们要为他的诞生而高兴，也要为他的离去而悲伤。所以，一整天我们都在为他祈祷。

不过，从早上起床到晚上睡觉这段时间里，是禁止喝酒的——免得像詹姆斯那样，醉倒在楼梯上，不省人事。第一次庆祝耶稣的生日之后，我才明白了为什么每个人都需要放假两

① 穆斯林在说到或听到这位先知的名字时都要说这么一句话。

② 伊斯兰教三大节日之一。相传，先知穆哈默德的诞辰和逝世都在这一天。为纪念他，穆斯林在这天举行集会。节日活动多由清真寺主持。届时，穆斯林要穿戴整齐，到清真寺沐浴、更衣、礼拜、听经。

③ 逊尼派和什叶派是伊斯兰教的两个主要教派。

天来恢复。

耶稣——我们叫以赛亚——是最伟大的先知之一，但他并非外国人所相信的那样是真主的儿子，他只是真主的信使之一。虽然以赛亚的确曾经在真主的允许下创造过奇迹，比如，使死者复活，用泥土造鸟，像婴儿般说话，但他并没有死在十字架上，而是死后又复活了，并回到真主身边。总有一天，他会回到地球与恶魔作战。

作为一个穆斯林，我尊重外国人的耶稣，也喜欢他们庆祝他的生日，虽然他们把事情弄错了。然而，很难相信的是，在他们日程上如此重要的一天里，我竟然没有听到他们提耶稣的名字。虽然，詹姆斯在跌倒在楼梯上时喊了一声“耶稣！”，我觉得严格来说这不是在祈祷。

“圣诞节”这天的上午十点，乔治亚来敲我们的门，并坚持要我和妈妈不要看电视，到她房间的客厅去。她穿着一件绿色的拼布睡衣，我想一定比她许多平常衣服更舒服，头发松松地扎了个马尾辫，面色红润。

“圣诞快乐！”她大声用英语对我们说，还温柔地拥抱了我和妈妈。

“圣诞快乐！”我也冲她喊道。妈妈害羞地咯咯笑着，伸手拿起一块羊绒头巾把松散的黑发包起来。我们跟着乔治亚走进房间。

刚跨过前厅的大门，一阵从立体音响中传出的嘈杂声浪扑面而至，我们看到詹姆斯和梅坐在靠近烤炉的地板上，周围是打开了一半的礼物。他们向我们招招手，示意我们坐下。詹姆斯穿了一条脏兮兮的牛仔裤和一件鲜红色的套头外衣，梅裹了一条床毯。他们脚边是一箱的橙汁和一瓶香槟——詹姆斯告诉我说这些都是法国货。乔治亚拿出两个细长的玻璃杯，盛满橙汁，然后递给我和妈妈，她自己则掺了些香槟。

“圣诞快乐！”詹姆斯说，微笑着举起手中的杯子。大家都照样做了，所以，我和妈妈傻傻地互看了一眼，也依样画瓢。

“哦，好极了。”就在我们颇觉尴尬时，梅突然尖声叫道，拿出一串用深红色的石块做的项链。

“我觉得挺配你那双眼睛的。”詹姆斯开起玩笑来，梅立刻跳了起来，一把抓住他的头，紧紧地夹在腋下。就在她把他摔倒在地板上时，不小心露出大腿凹处白花花的肉，我赶紧别过脸去，几乎立即庆幸自己没有看到她的乳房。

“这是给你的，玛利亚。”

乔治亚递给妈妈一个用《阿扎迪之声》裹着的包裹。妈妈慢慢地、小心地打开包裹，好像那张报纸本身就值一个月的薪水似的（我知道不值，因为每两个星期，盟军士兵就会四处散发），一块最漂亮的金色头巾展现了出来，闪闪发亮，直耀人眼，原来是用银线织的。

“谢谢。”妈妈害羞地用英语说道。她取下头上的旧头巾，换上新的这块。她看上去美极了。我脑子里经常会想象这样的场景：父亲夸赞妈妈长得美，陪着她一起走这人生的道路。此时的妈妈就跟我想象中一模一样。当你身处异国女子的色彩和香气中时，有时很容易忘记母亲的美丽。事实是，我的妈妈竟然美得不可思议，橄榄色的皮肤，深绿色的眼睛，长长的黑发。换个时间，换个地点，她很可能会是一名著名演员或歌手。

“这是给你的，法瓦德……”

乔治亚站起身，抓起我的手，向厨房走去。我们走出房间时，其他人也跟着，包括妈妈。突然一下子成为众人关注的焦点，我觉得胃里一阵难受的酥痒。

走到厨房门口，乔治亚站住了，松开我的手，点头示意我进去。我走过她身边，看到工作台上好大一只被拔光了毛的鸡，白花花的屁股直直地对着我。我回过头，向他们传达我的困惑：一只死鸡怎么会在耶稣诞辰日作为隆重的礼物送给我呢？但是，我很快看到了别的东西，一件隐含着自由希望的东西，斜靠在碗橱旁边的墙上。那是一辆自行车，一辆崭新的自行车。

我简直不敢相信自己的眼睛——虽然我的一半灵魂已经奔上前，抚摸它，骑进院子，骑到所有朋友面前——我不敢相信这是给我的礼物。这简直太美好了，以至于不像是真的。当我回过头看着乔治亚，她对我点点头，夸张地龇牙笑的时候，我知道它真的是我的。

我有自行车了！

“圣诞快乐！”詹姆斯在乔治亚身后叫道，他把手中的杯子送到唇边。

“嗯，圣诞快乐，法瓦德。”乔治亚重复道，我看到站在她身边的妈妈眼里涌出幸福的眼泪。

我下意识地向“我的自行车”走去，第一眼看到它时，我就感到眩晕。太神了！太美妙了！它像新钱一样发亮，像血一样红——我走近前看，发现它有五个齿轮传动装置。

“谢谢你，乔治亚，”我结结巴巴地说，“谢谢，非常非常感谢。”

“不用谢，法瓦德。是我们大伙送给你的礼物——包括梅。”她眨了眨眼。

“让我们感受一下，”皮尔·赫德里从座位上站起身来，走到我跟前，手握在车把上，嘴里发出“嗯嗯”“喔啊”的声音，不住地点头表示赞美，“不错啊，法瓦德，恭喜啊。”

“谢谢。”我一边回答，一边把车子从狗身边推开；它围着车轮不停地在嗅，还往车身上撒尿。“所以，我一直在想……”

“当心，小伙子，”皮尔粗声粗气地说，“走神可是阿富汗男人最危险的娱乐之一。”

“是啊，是啊，听我说。我一直在想，现在我有自行车了，我们可以提供送货上门的服务。你知道的，有人要买东西，我骑车把东西送到顾客的家里去。”

“送货上门，是吗？”皮尔耸了耸肩，脑子里马上盘算起这个主意来，最后，他舔了舔干裂的唇，说道：“附近有这么多外国人，我看这个主意行得通。你说呢？”

“当然行得通，”我更平静地补充道，“这意味着我不能经常在店里，所以……嗯，你可能需要……”

“一点额外的帮助？”皮尔帮我说完，“比如，你认识的某个手脚麻利的女孩？”

“我告诉过你，贾米拉能读会写，如果有人打电话来要东西，她可以帮你记下来。她还会沏茶，打扫房间，还会——”

“好吧，”皮尔说，挥手打断我，“她可以来。”

“太好了！”

“有一个条件：你让我骑骑你的自行车。”

“可你是个瞎子！”我反对道。

“没事！”他哈哈大笑，“我不会有危险的。”

足足三十分钟里，我不得不打起十二倍精神小心看着皮尔·赫德里，担心他把我的新自行车给弄坏了。他跌跌撞撞地上坡、下坡，一个擦鞋童和从马路对面跑过来的一个外币兑换商在两边扶着他。旁观的人群不时地鼓掌喝彩，那条狗也跟着困惑又兴奋地吠上几声。直到被地面上一个可恶的坑洞跌了个人仰车翻，他才停了下来，像个疯子一样哈哈大笑，擦去额头上的汗水和沙粒。

我也想跟着那帮人哈哈大笑，可老实说，我心里恼火极了。

我把车子从马路上搬回来，检查看哪里损坏了。车身上的一块轻微擦蹭，让我眼睛冒火。但我马上想到这是让贾米拉免遭那帮吉卜赛人袭击付出的小小代价。二十分钟后，当我飞速骑到鸡街，告诉贾米拉这个消息时，她脸上露出的笑容值得一打这样的擦蹭。

“你在和我开玩笑！”当我得意扬扬地告诉她我在皮尔·赫德里的店里帮她找了份工作时，她尖叫起来。

“是真的。钱不多，没有这里多，可至少在瓦兹尔，你可以远离这帮吉卜赛人。”

“你是我的英雄，法瓦德。”

贾米拉突然伸出胳膊抱住我，在我脸上亲了一下，我当时的反应是坏了——不过，不太坏。只是说，将来有一天，我必须澄清我们刚才的举动并不意味着我们订婚或者别的什么。

你得当心这些女孩。

我带着坐在后座上的贾米拉，飞快地朝老马卡罗亚恩区驰去。我们去接斯班仔。乔治亚让我把朋友们带回去吃圣诞午餐，我想在这帮外国人喝醉之前赶回去。出发时，他们已经解决了两瓶香槟，冰箱里还有一瓶。

我使尽全力拼命地蹬。我们穿过沙赫尔瑙、贾拉拉巴德圈、喀布尔泥河上的大桥，在黄色花冠牌出租车的轮子下九死一生。十五分钟后，我们总算冲到把一片破旧公寓隔开的坑坑洼洼的小路上。空气里充满了嘈杂声，大多数逃过冬寒一劫后依然挺立的树上挂着乱七八糟的绳子。绳子的另一头绑在各家各户的阳台上，上面挂满了湿的毯子、宽松裤、颜色鲜艳的体恤和各式女装。在寒风中，这些悬挂物都已经冻得僵硬。

我们在四区入口停了下来，看见斯班仔缩成一团站在门口，显然刚刚结束和一个比他小一点的男孩之间的某个交易。他看到我们，拍了拍那个小男孩的肩膀，然后跑过来，不好意思地耸耸肩，算和我们打招呼。

“他在替我干活，”他解释道，头朝那个男孩的方向扭去，“我给了他一些电话卡，每卖一张，他可以赚五十美分。”

“噢，瞧瞧这个大老板。”贾米拉笑道。

“你得从某个地方做起，”斯班仔笑了笑，“他每卖一张卡，我就可以得半美元，剩下的归哈吉·汗。这表示我不但可以从自己卖的卡里赚钱，还能从自己不卖的卡里赚钱。我还能处理掉更多。老实说，你不会相信的，卖这个东西就像卖热乎乎的博拉尼[①]一样。上个星期，我就赚了五十美金。”

“你怎么知道那个男孩不会拿着这些卡跑了，私吞了这些钱？”我问，他的话让我感动，却也怀疑——就像任何思想健全的阿富汗人一样。

“他是我姨妈的儿子，”斯班仔解释道，“另外，我还警告他如果他敢骗我们，哈吉·汗会把他的头宰下来。”

---

① 一种阿富汗面包，皮薄，可塞入各种蔬菜，如土豆、菠菜、扁豆、南瓜或韭菜。

我们赶到家的时候——我和贾米拉骑在钢铁做的马上，斯班仔则在旁边跟着跑，考虑到他的身体曾经吸入那么多的毒烟，这番壮举实在令人难忘——我意识到我们来了别的客人。这可不是什么超自然的启示或者别的什么心灵现象；三辆装甲“陆地巡洋舰”大型越野车和一群保镖赫赫然说明了一切。

我们把鞋踢掉，穿过前门，发现不但房子里一片混乱，而且里面大部分人都失去了控制；詹姆斯、艾斯曼莱，还有哈吉·汗在吸大麻，弄得整个房间云遮雾罩。他们大声开着坎大哈和驴的玩笑，立体音响声音开得很大，唱的是一大早就开始放的那首歌；梅和乔治亚在厨房喝酒，止不住地咯咯咯笑，妈妈在一旁的桌子上切割那只鸡，看上去似乎很苦恼。几个小时前，那只鸡还是白色的，厚厚的皮上能看到毛拔去后的麻点，现在外面是黑乎乎的，中间却还是粉红色的。从妈妈的表情可以判断事情不妙。

“不需要再烤一个小时，它需要一个葬礼！”乔治亚说。

她把头转到我们这边，把斯班仔和贾米拉迎进里面，祝他们圣诞快乐。

“法瓦德，我真的非常抱歉，”她说，把注意力转到我身上，“我真的想让你妈妈休息一天，不过，很明显，我并不擅长做饭。”

妈妈大笑起来——我从来没有看过妈妈这样放肆地大声笑过，那是完全发自内心的愉快的笑声。“我非常肯定哈吉·汗并不是对你的厨艺感兴趣。”她说。

“妈妈！”我大声喊道，羞愧于她如此坦白，而且还当着我朋友的面。要不是知道发生了什么事，我一定会以为她喝醉了。

似乎没有人和我一样关注这个问题。所有人都被她的玩笑话逗得哈哈大笑起来，甚至梅，她的达里语已经有进步了，扔得到处都是的不断增加的空香槟酒瓶和啤酒罐显然增强了她的幽默感。

“哦，”乔治亚大叫了一声，只见她把一把大厨刀插进了那只双色鸡的胸脯，“没办法了。哈里德！你得跑一趟‘阿富汗烤鸡’店了。”

圣诞节前的几天，乔治亚看上去很可怜——脸色苍白，一直握着那只从未响起的手机。可现在，脸色红润，眼睛发亮，脸上一直挂着近乎傻兮兮的笑容。

整个下午到晚上，哈吉·汗多半时间都黏在她身边，逗她开心，一脸的深情。和其他人一样，我欢迎他的回来，却好奇于短短几分钟的温柔如何够弥补他数周来的漠视。如果你是深陷其中的那个男人，那么，你就无法回避这个问题。然而，也有人曾经告诉过我这就是爱情，一切都可原谅。我想这话是对的。你只需看看我们这个国家，这个只带给我们死亡和悲伤的国家，可我们却依然深爱着她，就像害了相思病的少年一样，为她的美丽哭泣，为她的残忍编织歌曲。我们原谅她所有的一切。我想，在乔治亚的心里，哈吉·汗就是她的阿富汗。

当然，不是只有女人才为爱害病；看一眼什尔·艾哈迈德，你就会明白这一点。他和另一个叫阿卜杜勒的门卫也被邀请了。哈吉·汗的保镖们把房子变成了一个堡垒。什尔·艾哈迈德坐在妈妈斜对角，眼睛一直追随着妈妈的身影。妈妈冷冷地和他保持距离，除了一见面时的招呼，她几乎没有再理睬他。但我注意到，妈妈坐在那儿，背挺得比以前直了，没有再和其他女人一起哈哈大笑了。艾斯曼莱和哈吉·汗开始朗诵诗歌时，她的脸上飞起一坨红晕。

诗歌和我们对诗歌的热爱是有关阿富汗的最疯狂的事情之一。男人会毫不犹豫地朝一个人的头开枪，一个家会为了一块沙地把女儿卖给婚姻，每个人只要有机会都会在敌人的尸体上拉屎；然而，一听到一首好诗，阿富汗男人会变得像女人一样的脆弱。诗歌结束了，他们会摇着头，默默地再坐至少五分钟，目不转睛地凝视着远方，好像在看他们的心如何被那些词语撕开，把它的耻辱和痛苦展示给这个世界看。

最有名的普什图诗人是拉赫曼·巴巴，被誉为“阿富汗的夜莺”。他受到每个阿富汗人的尊敬，虽然死了三百多年了，人们依然为他祈祷，为他举行各种纪念仪式，每个学校至少有一首他的诗钉在墙上。传说，他用巴拉河[①]的泥土写诗，这一定让人们更加热爱他，因为他和他们一样是穷人。

但我觉得阿富汗人崇拜诗歌的原因主要是它让他们相信爱和

① 喀布尔河支流。

它能改变一切的力量——就像它把乔治亚的眼泪变成了笑容，把什尔·艾哈迈德的血变成水。

不久前，学校给了我们一首诗，让我们在家学习。我和斯班仔讨论了一会，尽管我们想方设法寻找原因，让自己像我们认识的其他男人那样热爱诗歌，但最终，我们一致认为这首诗是垃圾，是同性恋写的。我们讨厌同性恋。我们也讨厌诗歌，特别是同性恋写的诗歌。

艾斯曼莱和哈吉·汗似乎知道很多同性恋写给硬汉的诗歌。在那天的圣诞晚宴上，他们俩占据着舞台的中央，女人们在他们的朗诵下昏昏欲睡——只有妈妈一个人会说普什图语。但是，那就是我们语言的神奇所在：就算你朗读的是一首烂诗，听上去却很温暖甜蜜。

那些外国人舔干净手指上AFC烤鸡的油脂，接过哈吉·汗带给他们的礼物，感到一阵暖意——当然，他们醉了，酒精大概也起了些作用。詹姆斯得到一瓶威士忌，他一直抱着它；梅脱了毯子，现在穿着一件深蓝色天鹅绒的库奇装；乔治亚陶醉在脖子上的金项链和手指上的花形戒指上。严格地说，并不是我们在庆祝这个节日，但让我惊讶的是，哈吉·汗居然没有忘记这栋房子里的穆斯林们。他慷慨地送给妈妈一块装饰房间用的优质红地毯；送给什尔·艾哈迈德和阿卜杜勒各一双新靴子；给我和贾米拉、斯班仔每人一个信封，里面装了一沓钱。这让我们既感到害怕又兴奋极了——因为所有大人想到的是我们会花钱如流水，于是虎视眈眈盯着我们手中的信封，我们所能做的就是赶紧逃开，到外面去数信封里的钱。

终于，当钟敲了十下时，晚宴结束了，留下一片狼藉。大人们都筋疲力尽：梅冲到楼上浴室呕吐去了；詹姆斯跌倒在楼梯上睡着了；乔治亚、斯班仔和贾米拉跟着艾斯曼莱、哈吉·汗消失了。妈妈清扫时，盖了一块毯子在詹姆斯身上。我蹑手蹑脚走到院子，最后看了一眼我的新自行车，又数了数口袋里的美金。哈吉·汗在每个信封里放了十张十美金的钞票——比国家警察一个月的收入还多！尽管直到上床睡觉时还是没有搞清这些外国人和耶稣的关系，我却真心希望下次耶稣生日时，他们还在这里。

我躺在床上，回想这一天里发生的所有奇迹——有钱人和穷人，信真主者和无神论者，外国人和阿富汗人，男人和女人，小孩和大人坐在一起。如果人们不再自相残杀，这个世界将是多么美好。难道我们彼此真的差别那么大吗？如果你送给一个男孩一辆自行车，他是多么的高兴，无论他是穆斯林，基督徒还是犹太人。如果你真的爱一个人，他们是阿富汗人也好，英国人也好，又有什么关系呢？

然而，生活没有这么简单，就像幸福突然降至，照亮你的生活一样，悲伤一样倏忽即至，让你措手不及。圣诞节后的第二天，妈妈去看她姐姐，而我的姨妈对她这种友善的回报却是试图杀了她。

七

半夜，突然听到浴室里传来重重的“砰”的一声，我猛地睁开眼，四周黑漆漆一片。我竖起耳朵，却没了声音。我确信一定是发生什么事了，于是踢开温暖的毯子，穿起塑料拖鞋，走出房间。

来到浴室门口，我清楚地听见一阵干呕的声音，一下接一下，令人害怕，接着是含带着泪水的沉闷的呻吟。

“妈妈？”我轻轻地敲了敲门，“妈妈？是我，法瓦德。”

我听出妈妈试图站起来，可又是“砰”的一声，她滑倒在地。我听到她的啜泣声。

“妈妈，快开门！”

我旋转把手。门开了一点，我看见她坐在地上，上身趴在马桶上，捧着肚子。身上的衣服弄脏了，呕吐物和腹泻物的恶臭差点把我熏晕了。

“不，法瓦德！”

她的声音尖锐嘶哑，我飞速关上门。脑子里飞旋的念头是救她和维护她的尊严。

“我去叫人来。”我哭喊道，飞奔到主楼找乔治亚。

我没有敲门，直接闯了进去，拽开她身上的毯子。

“求求你，乔治亚，快，快，”我乞求道，“我妈妈！快起来！”

我的尖叫声惊醒了乔治亚，她立刻从床上坐起来，踢开身上盖的东西，两步奔到卧室门口，取下挂在那儿的长睡袍穿上。

“怎么啦？你妈妈怎么啦？”她一边问，一边抓起我的手，把我拖出房门。

“我不知道，她病得很重，哦，乔治亚，我想她快要死了！”

我开始哭起来。我不想哭，可是我真的很害怕，很害怕。看着她躺在地上，脸色苍白，满身污秽。我不能这样失去她，不能。我太爱她了，她是我在这个世界上的一切。

“梅！”我们下楼时，乔治亚喊道，“梅，快来帮忙！”

梅和詹姆斯都睡眼惺忪地从房间里跑了出来，一脸焦虑。詹姆斯手里还拿着一根长长的木棍。

“是玛利亚，她病了。”乔治亚解释道。

“该死的。好的，我马上来。”梅回答道。

“我也来，我去穿好衣服。”詹姆斯说。

“不，你不能这样去看玛利亚，”乔治亚猛地转过头冲他喊道。“穿好衣服，照顾法瓦德。”

“我想和你一起去。”我抗议道，但乔治亚已经奔到楼下，向外冲去。

我飞快跟在她身后跑，正好看到她推开我们的浴室门。她顿了一下，看到地上已经蜷成一团的妈妈。

“哦，上帝，玛利亚……”

“乔治亚，求求你，”妈妈乞求道，她试图站起来，却还是失败了，“求求你，那个孩子，别让我的孩子看到我这样。”

妈妈哭了，在半明的晨光下，她看上去像布娃娃那么小，干呕和抽噎让她颤抖不止。我向她伸出手。

“求求你，妈妈，不要这样……”

乔治亚把我推出去，轻轻地推到詹姆斯的怀里。他也跑过来了。梅站在他旁边，身上还背着一个黑色的小包。

“你妈妈会没事的，法瓦德，”梅用英语说道，“我们会处理的，别担心。”

梅在我脸上吻了一下，然后进去帮乔治亚。这时，乔治亚从长睡衣的下方撕下一块布条，在水槽的冷水里浸了一下，然后帮妈妈擦去头上的汗水。

接下来的两个小时里，乔治亚和梅在我们房间和她们房间之间往返穿梭，把妈妈从死神手里一点一点地拉回来。她们把妈妈的衣服脱下来，放到院子里的一个金属容器里，让詹姆斯烧掉。然后，她们不停地叫他去厨房拿矿泉水。梅在厨房不停地往干净水里加盐和糖，调成一加仑一加仑的又咸又甜的液体，然后，全部让妈妈喝下去。

“你妈妈需要大量的水来补充她体内流失的水分。”梅解释道，她又灌了一杯。

“她究竟怎么了？”我一边问，一边按照她教我的方法调制那些混合物——每个杯子里放入半匙盐，四匙糖。

“我不确定，法瓦德，不过，我猜她可能得了霍乱。我以前在巴达赫尚见过有人害这种病，你妈妈的症状很相似。”

“霍……霍……是什么？”

“霍乱。”梅重复道。

“霍乱是什么？”我又问道，不喜欢它的发音。

“是一种细菌和微生物引起的疾病，”梅解释道，“如果我没说错的话，你妈妈会没事的，法瓦德，不过我们必须不断给她补充水分，尽快送她去医院。乔治亚已经打电话给马苏德了，他正在赶来。”

“她不会死的，对吗？”

“不会的，法瓦德，”梅弯下腰，用手捧着我的脸，“你妈妈不会死的，我向你保证。不过，她非常非常虚弱，你必须坚强些。好吗？”

“好的。”

在这个国家，有一百万零一样的东西可以杀死你——一百万是指躲在大山里的武装人员和他们手里的武器——还有一样就是霍乱。

马苏德带着后座上躺着的妈妈，还有乔治亚和梅向城西的一家德国医院驶去。詹姆斯知道唯一能让我宽心的办法就是告诉我关于这个病的知识。他把笔记本电脑打开，登录维基百科网，然后输入关键字“霍乱”。写满文字的蓝色网页弹了出来，詹姆斯慢慢地念出来。

基本的判断是霍乱听起来非常可怕，我诅咒妈妈的不幸，请求真主把一百万种疾病降临在我的姨妈身上，一定是她让妈妈受到感染，她跟户外厕所一样肮脏不堪。我知道她们不喜欢对方，可是用食物来杀死她是不可原谅的。

维基百科上说，霍乱在阿富汗这样的国家非常普遍，其症状包括剧烈的肌肉痉挛及胃痉挛、呕吐和发烧。“某一阶段，”詹姆斯念道，他把那些东西翻译成我能听懂的话，“拉洗米水状的白色粪便。严重的话，皮肤会变成深蓝色，眼睛凹陷，嘴唇变蓝。”

我想起妈妈的脸，虽然没了原来的淡棕色，却还没有变蓝。这让我感到一丝希望。当然，我还没能观察到她的粪便。

“通常，”詹姆斯继续道，“急救的措施是，给他们喝大量的水，以补充体内流失的水分。”

我一边听詹姆斯念，一边想：难怪梅要让妈妈喝那么多水。渐渐地，我的心里生出了对这个不喜欢男人的黄头发女人的敬意，可以说，是她救了我妈妈。现在，我欠她一份人情。

八

“这么说，你是同性恋，对吗？”

我话音刚落，梅就被咖啡给呛了一口，奶状的褐色液体溅到了她的鼻子上。

她的脸色不太好看。

“天啊，你突然冒出这些话来，一点都不会不好意思，是吗？”

她咳嗽着，用衣袖擦去鼻子上的咖啡。她的脸上突然一阵潮红，我不知所措地看着她。

“我是说，你真勇敢，脑子里怎么想，嘴巴就怎么说出来。”她看着我，解释说，眼泪顺着脸颊流下。

我耸耸肩，“如果不问，我怎么才能知道呢？”

“对，”梅哼着鼻子，“你说的有道理。”

她抖了抖手中的报纸，小心翼翼地把它折起来。刚才，她坐在靠近窗户的一张桌子边看报。接着，她移了移椅子，看着我。我坐在地上，努力想把新国歌的歌词记在脑子里——这是学校冬季关门之前给我们留的任务。新国歌和《古兰经》一样长，很难记住。

“我回答你的问题，对，我是同性恋。”梅承认了。

她小心地一个字一个字地蹦出来，警惕地看着我。我点点头，想了想，又埋头看起手边的笔记本。

“为什么？”几秒钟后，我又问。

梅摇摇头，眨了眨眼睛。“我不知道为什么，我就是。这不是你能决定的，你要么是，要么不是。很小的时候，我就知道自己是同性恋。”

“如果你只喜欢女人的话，那你怎么找丈夫呢？”

“法瓦德，我永远都不会找丈夫的。”

“你长得不难看。”

“你说什么？”

梅一副很吃惊的样子。她的吃惊也让我很吃惊，因为我看过她照镜子，詹姆斯就经常照镜子。那面镜子就挂在走廊上，照得脸比实际的长一些——她一定知道这点。

“我是说，你没有乔治亚好看，”我解释说，“不过，不是每个男人都长得像哈吉·汗那样英俊。”

“不是我的长相的问题，法瓦德。问题是，”她快速地说，显然，她知道我正在找别的新词，“我不想找丈夫。”

“你如果不结婚，怎么能有小孩呢？”

“要小孩，不一定非要丈夫的。”她摇摇头说。

“梅，”我轻轻地叫她，摇着头说，“我觉得你非常聪明，知道很多事，比如，你知道怎么救我妈妈，可说真的，你刚刚说的话，是我从你或者别人那听到的最愚蠢的事情。”

梅哈哈大笑。这让她的脸上露出一抹平常少有的俏丽。

“在我们的文化里，事情就变得不一样了，年轻人。在美国，我可以领养小孩——没人要的婴儿，把他们带回家，爱他们，照顾他们。所以，你看，不一定非得要有一个丈夫。”

“可每个女人都想结婚。”我反对道。

“现在是吗？”梅顿了一下，擦了擦桌上溅出来的咖啡，然后慢慢地，承认说，“嗯，也许你是对的。实际上，法瓦德，我告诉你一个小秘密：我一直希望可以在今年晚些时候结婚，可惜，没有实现。”

“真的？”

“嗯，真的。”梅弯腰，伏在桌子上，她的乳房在光滑的桌面上摊了开来，像一块破了的垫子。它们看上去很柔软，很奇妙。“你大概还记得你们刚来时我有点不开心吧。呃，那是因为我爱的一个女人刚刚告诉我说她不再想和我结婚。显然，她在美国有了别人。一个男人，事实就是这样。”

“对不起……”

“没什么。”梅说。

“不，我的意思是，对不起，我不能理解。你说你想和女人结婚。那怎么可能呢？”

“哦，”梅微笑着回答，“事实上，很有可能。在美国，有些地方，男人可以自由地跟男人结婚，女人也可以自由地跟女人结婚。”她从座位上站起来，拿起咖啡杯向厨房走去，经过我时，开玩笑地按了按我的头。“这就是民主的一个美妙之处。”她又说，然后哈哈大笑。她离开屋子，把我一个人留在那默默无语。

我早就知道西方充满了疯狂的想法，比如，科学家认为我们是从猴子变来的，让人难以置信。我决定，一背完国歌，我就给卡尔扎伊总统写信，提醒他民主会带来这种事情，他得提高警惕。

在德国医院，穿着白大褂的医生证实了梅的猜测：妈妈得了霍乱。他们也肯定她会没事的。喝了特殊的水后，妈妈不会再休克了——这是最危险的症状。医生坚持要她住一个晚上以恢复饱受折磨的身体。

在那可怕的二十四小时里，我们决定妈妈出院后和霍梅拉及其家人在卡拉俄法图拉哈住一个星期。霍梅拉的雇主也很友善，给了她一个星期的假照顾我妈妈——虽然詹姆斯说这和友善没有关系，全是因为他们不想从穷人身上传染到疾病。

“我家离这儿只有十分钟的车程，你什么时候来都可以，”霍梅拉过来收拾妈妈的衣服时，这样对我说，“我的孩子们一定会很高兴见到你。”

“好的。”我说。不过，我没有心情交新朋友，而且我觉得和老朋友在一起会舒服些。

乔治亚说在医院时，想到把我一个人丢在家里，妈妈一直表现得很不安——常常折腾到筋疲力尽地睡着为止。不过，乔治亚和梅说她们会照顾我，她们向妈妈保证不但会敦促我洗澡，做祷告，做作业，还会留意詹姆斯，必要时禁止他进屋。

对詹姆斯，我感到些许抱歉，好像他会伤害我似的，没有人相信他能照顾好一个小男孩。不过，如果他不同意这种监督的话，毫无疑问，我会被打发到我姨妈家里去——我敢肯定她一定也会想方设法杀了我。

那天下午，妈妈住进了医院，梅也不太舒服，我的床就暂时移到詹姆斯的房里，和他的床形成一个直角。

起先，房间里乱极了，到处堆着报纸，脏衣服和书扔得哪儿都是。墙上也挂了一块木板——现在在我的床头上方——和梅房间里的那块很像，不过上面没有钉全家照，只有些纸片，大部分记的是电话号码，还插了一把大匕首。我曾经见过詹姆斯用这把刀剔指甲里的脏东西。

乔治亚和詹姆斯帮我把床挪进那个角落时，我也帮着把床的另一头挤到那堵墙边。我这样做的时候，一本杂志从一堆床上用品中钻了出来，掉在地板上，并从中间打开了，露出一个金发女郎，肥皂泡盖住了她赤裸的巨乳。

乔治亚和詹姆斯看着那本杂志，好像有人扔了一枚手榴弹进来似的。至少有三秒钟，他们俩站在那儿，惊得说不出话来，先是看了一眼裸体女人，接着对望了一下，然后又看着我，最后又看着杂志。我弯下腰，准备捡起它。我的举动似乎又一次吓到他们，只听乔治亚喊了声“不!”詹姆斯飞快地弯下腰，抢先拿到了它，迅速合上后，又把它塞进外衣下的腰带里。

“研究用的，法瓦德，研究用的。”他解释道。

“你所有的工作就是和女士打交道?”我问，想起乔治亚的话，突然明白了。

多数下午，乔治亚工作完了，我也做完了店里的活后，我们就开车去霍梅拉家，和妈妈待上一个小时左右。第一次去时，很尴尬，很不好意思。当时，妈妈伸出手来拥抱我的时候，看到妈妈还活着，我高兴地哭了，结果，她也跟着我哭了。

虽然她看上去比我上次看到时更好些，身上收拾得更干净了，但脸色还是很苍白，和她的朋友比起来，她看起来非常虚弱。她朋友跟花街的面包师伊布拉一样胖。

虽然，我天生对胖的人多疑，我想这可能是因为和我的姨妈住得太久的缘故，但我还是很喜欢霍梅拉。她很大度，很有趣，很爱笑，恐怕大多数胃里填得饱饱的人都是这样吧。我也被她的手迷住了，上面戴满了各种各样的戒指——就像是一座小肉山被金子峡谷包围了似的。似乎没有办法把它们取下来，大概只有等到她死了或有人——也许是塔利班，如果他们回来了的话——把她的手砍下来以后了。

霍梅拉的丈夫也是出奇的胖。我斜着眼，半闭着，假装在看太阳，清楚地看到他那张瘦脸正努力地从褶层里钻出来。就像是在看一个人被湮没在他自己的皮肤里。

一点不奇怪的是，霍梅拉和她丈夫一共生了六个圆滚滚的孩子——迈着胖乎乎的短腿在房子里摇摇晃晃地走动，腹部一颤一颤地抖得厉害。他们都很友善，很愿意和人分享玩具。看到妈妈生活在这样一个家庭中间，忙碌又充满活力，相互之间愉快地交谈，我觉得很安慰。知道她不会饿着，也让我放下心来。

令人吃惊的是，我们发现乔治亚和我并非妈妈唯一的访客。五天里有两次，我看到什尔·艾哈迈德离开这栋房子。当我们在大街上相遇时，他害羞地向我招手。

我想我们很快会有一次谈话，一次男人和男人之间的谈话。

虽然我很高兴看到妈妈平生第一次被人照顾，但我发现没有她在我身边，日子真的很难过。我什么都没说，因为梅曾经要我坚强些。所以，自那次看到她还活着我第一次掉泪后，我就再也没有哭过。可是，她终究是我的妈妈，我非常想她，以至于我现在经常会感到一种痛，就好像有什么东西在敲打我的五脏六腑似的。出生以来，我从来没有离开过妈妈。晚上睡觉时，我会把她的头巾（上面有她的味道）放在枕头上，向真主祈祷希望她像我思念她一样地思念我，希望她不再决定和霍梅拉幸福的胖人家庭住在一起了。

就在我努力适应这新的孤独时，我在乔治亚身上也感觉到了相同的感受。圣诞节后的第二天，哈吉·汗就出发去了迪拜，他告诉她说他要过去处理一些“生意”上的事，还保证说会给她打电话。像往常一样，乔治亚一个人孤零零地过着没有他的日子，手里攥着手机，等着他实现诺言。

上帝总是施与恩惠，今冬的寒夜里，我们彼此依恋着对方的陪伴，紧紧地依附在一起，因为我们一样孤独。

而且，不止是我和乔治亚在思念着妈妈和哈吉·汗；詹姆斯和梅也经受着煎熬。我们这个“家”——一个没有妈妈，一个没有丈夫，还有两个没有妻子——差不多每天晚上都在吃一种叫作面条的东西——袋装卷须状空心粉和水一起煮。一开始还好，四个晚上后，我意识到这种吃法不符合老师们说的“良好的饮食平衡”。

当乔治亚告诉我说打算在家里举办一个庆祝新年——外国人的新年，不是我们的——的宴会时，我感到无比欣慰。在与死神擦肩而过之后，我们都很期待这场宴会。我们坐在客厅长长的坐垫上商量这件事情，一致同意这次活动不要太声张。我们表决时的样子，就好像在召开一次由一帮长者参加的小型协商会议似的——当然，都没有胡子——这让我觉得自己真成了大人。乔治亚解释说之所以希望静悄悄地进行，是因为她觉得自己“没有能力举办大型的宴会”；梅则是讨厌“一半的笨蛋丢下一片狼藉给我们收拾”；詹姆斯之所以同意简单弄弄的原因仅仅是少数服从多数——我猜，他是想证明自己是一个有责任心的成年人。“对，好极了，”他抱怨道，“看看这个小男孩怎么想的。”因此，既然没有人赞成搞大型的宴会，所以规定每人限请一个客人，至于食物，则从街道那边的一家黎巴嫩餐馆订。

新年之夜，我们在桌球台上放了一块很大的木板，上面点上蜡烛。梅和乔治亚从公司弄了六张椅子，是马苏德借他哥哥的丰田货车运回来的。

就在乔治亚点着新“桌子”上的八支蜡烛，詹姆斯调好一碗他所谓的“鸡尾酒”时，我们的第一个客人到了。他叫菲利普，是梅的朋友。他瘦得跟铅笔似的，留着几绺胡子。胡子不是连缀在一起的，所以，没有遮住那张尖脸。他穿着阿富汗的沙丽克米兹，戴了顶帽子。他进来时，詹姆斯翻了翻眼睛。

“他刚来两个月，是法国人。”他低声对我说道，我正为那个男人过短的裤子和卷得太厉害的帽子吃吃地笑着。

菲利普没有理会詹姆斯的话，也没理他本人，走过来和我握手。

“真主保佑你。你好吗？你叫什么名字？”他用达里语对我说。

“我会说英语。”我用英语告诉他。

詹姆斯爆笑，可我并不是在开玩笑。那个男人是我们的客人，我想帮助他。“那是我小孩。”詹姆斯大叫道，接着一把把我的头夹在腋下。梅领着她的朋友进了客厅，鄙视地抛下一句“小样儿”。

二十分钟后，第二位客人出现了，詹姆斯的朋友——一点都不奇怪——一个女人。和什么都没带的法国人不同，她带了一瓶酒和一盒巧克力饼。她交给乔治亚。她叫蕾切尔，从爱尔兰来。她可能很漂亮，不过现在很难看出来——出于某些原因，她脸上的妆化得特别浓，足以让一个阿富汗新娘相形见绌。

“你看起来，呃，漂亮极了。”詹姆斯说，他走上前迎接她，在她脸上亲了一下，他的胡子马上金光闪闪起来。

“真的吗？”蕾切尔问，“出门前，糟透了。突然停电，发电机又没油了。我只好点蜡烛化妆，你相信吗？”

“相信。”梅说。她走进厨房，往菲力普已经空了的杯子里又斟了一杯“鸡尾酒”。

蕾切尔吃吃地笑，可听上去有点不知所措。“你知道，我只是想努力弄得——喜庆些。”

“嗯，你看上去很神圣。”詹姆斯向她保证。

“她看起来像《魔幻星尘》里的基吉。”梅低声嘀咕。

“基吉是谁？”我轻轻问乔治亚。

“嘘，”她说，递给我一杯橙汁，“梅只是有点恼火。”

在这个属于外国人的新年之夜里，乔治亚宣布我就是她的嘉宾，虽然我就住在这所房子里。顺理成章地，她也成了我邀请的客人。随着夜色渐深，有一点越来越明显：只有我和乔治亚与所有人都相处愉快。

晚宴开始时，一切是那么完美，这归功于我们从黎巴嫩饭馆订的美味佳肴。一个小时里，我们吃光了所有的法道什沙拉、塔博勒沙拉、八个里面包着马铃薯和菠菜馅的小点心、一盘带酸乳酪的肉饼、几盘鹰嘴豆沙、十二串鸡肉和羊肉串以及小山似的松软的白色空心圆面包。吃完后，我突然想到：这一定是霍梅拉一家每天晚上吃的东西。

然而，菲力普和蕾切尔吃的还不到我们这帮住在这栋房子里的人的一半，虽然他们可能没有一周的大部分时间吃的都是水煮面。法国人的解释是他没有胃口，因为肚子不太舒服。我却不相信。吃饭时，他没跑一趟卫生间。所以，我的判断是：他的嘴巴一直忙于喝我们提供的免费酒。事实的确如此，他一直就没停过。

整个晚上，蕾切尔也只吃了一点点，我感觉她有点紧张，因为她一直在拨弄头发。我还注意到每当她看着詹姆斯时眼睛就睁得像碟子一样大。因为这，我喜欢她，我也真心希望詹姆斯也喜欢她。她的妆在烛光下比灯光下好看很多。她的声音很轻柔，说起话来像夏天的雨一样。不过，她很少开口，因为大部分时间都是那个法国人在热烈地谈论自己，我们是他的听众。

菲力普不停地说啊、说啊、说啊，我看见詹姆斯越来越恼火了。他恼火时很容易看出来——他不停地抓后颈，好像那块地方很疼，他要擦掉似的。他还不断地用食指快速地弹去烟灰。

“我的意思是，在这儿是不可能很快做好事情的，”菲力普说，“这里的人都很懒。”

“比如法瓦德，是吗？”詹姆斯问，头一歪，左眼眉毛一扬，表情讶异，还带了点火药味。

“嗯，不，他还是个孩子。”

“哦。那就是他妈妈了，那个一天工作十六个小时的女人？或者是保护我们的门卫，一个月的工资甚至买不起你身上穿的这套衣服？”

“够了，詹姆斯。”梅轻声警告他。

詹姆斯生气地没理睬梅。

“或者，你指的是那些烤面包的人，从早到晚在面包房的高温下工作，或者是擦皮鞋的小男孩，每天站在我们的房角希望可以赚几阿尼，再或者是那些焊接工，满身疤痕的皮肤和烧伤的眼睛，或者——”

“够了！”梅用拳头捶了一下桌面，我们都跳了起来，蕾切尔表现最厉害。

“好吧，”詹姆斯大声说，举手投降，“也许菲力普多待些日子，比八个星期长一点，他就会开始谈论另一个国家的缺点。”

詹姆斯一说完，我们都陷入一种尴尬的沉默中，包括我，虽然他是在维护我们阿富汗人，可他这样粗鲁对待一个客人，在我们的文化里，就跟骂别人妈妈是婊子一样恶劣，甚至更糟。

“实际上，我在这已经待了十个星期了。”菲力普最后说道。

我们大家都看着他，不敢确定他是不是在开玩笑。乔治亚开始哈哈大笑，慢慢地，其他人也跟着笑了起来，甚至詹姆斯，他点了点头，举起杯子跟法国人碰了碰。

吃完饭，菲力普也喝了和他体重差不多的酒以后，我们六个人从桌子边挪到了客厅另一头的长坐垫上。詹姆斯手里拿着两瓶红酒，坐在蕾切尔身边。蕾切尔看上去就跟一个小男孩圣诞节时得到一辆自行车一样高兴。乔治亚和梅一边一个地坐在我身边，像两个保镖。乔治亚还跟以前一样，梅待我的态度却有点不同了，以至于我怀疑她想领养我——如果妈妈不在了。

接下来的半个小时里，法国人继续用他自己的故事烦我们，不过，和刚才在饭桌边时不一样了，詹姆斯似乎不再介意，身子往后斜靠近蕾切尔时还不断地点头。我觉得他们俩挺般配的。

就在菲力普开始新的他在苏丹时的故事时，蕾切尔逮到机会打断他，问卫生间在哪儿。她离开时，菲力普继续谈论他的太阳能。我不知道他在说什么，我也没有兴趣知道。没有人打断他，我猜他们和我一样。

足足过去了十分钟，蕾切尔还没有回来。乔治亚抓住机会离开菲力普，去找她——也就在这个时候，新年聚会差不多结束了。

“蕾切尔要走。”几秒钟后，乔治亚突然从门口探进头来轻轻地说。詹姆斯站了起来，我们跟了上去。

在走廊明亮的灯光下，我们看到蕾切尔在穿衣服。遮住她容貌的浓妆已经被洗掉了，露出粉红色的皮肤。她好像哭过。我看了看乔治亚，不知道发生什么事了。乔治亚指了指灯和镜子，做了个震惊的样子。然后我想起蕾切尔是在黑暗中打扮的，并马上意识到她去卫生间时第一次看到自己的脸。我为她感到难过。在烛光下，她看起来没有那么糟糕。

戴起手套后，蕾切尔匆忙地感谢乔治亚和梅邀请她参加晚会，她假装说有点不舒服想先离开。

“蕾切尔，再待一会，一两分钟后你就会好些。”詹姆斯劝她说。但他说话时，她几乎没有看他，她的眼睛飞快地瞥了一眼门口，似乎恨不得马上跑掉。

“不，真的，我得走了。”她坚持着。当她的目光最终与他相遇时，她的脸由粉红变红，眼睛里开始蒙上一层泪雾。

乔治亚拥抱了她一下，在詹姆斯送她到门口之前，梅也走过去抱了她一下。梅走回客厅时，从她的脸上我能感觉出她对先前的玩笑感到愧疚。

蕾切尔离开屋子，跳进在外等候她的车子的后座后，大家都没有心情，只是闷着喝酒。当又一瓶酒魔法般地从厨房出来时，提醒我该睡觉了。乔治亚抓着我的手，把我拉上楼，进了詹姆斯的房间。

“嗯，有点失败，对吗？”她说，走过来坐在我床上。

“食物不错。”我说，竭力想从今晚的宴会上找到点好的事情来让她感觉舒服些。

“是的，食物不错，你说得对。和平常一样。”

乔治亚身子一倾，在我脸上亲了一下说：“新年快乐，法瓦德。希望你所有的愿望都能在今年实现。”然后，她站起身，关上了灯。

她关上门后，我马上向我的上帝祈祷，请求他也帮助乔治亚实现她的梦想。

在我的脑子里，眼睛的背后，出现五颜六色的光。一条难看的裂缝把天空撕裂开，红色和黑色的云翻滚着，在贪婪的巨大漩涡里挣扎。狂风肆虐，似乎要把整个世界给吞了。我奋力向灌木丛跑去，可黑夜却在我到达之前将它夺去。于是，我又向大山跑去，跌倒在一块长长的草地上，滚过在黑暗中生长的草叶。我知道我必须赶快逃开，可我的手被抓住了，无法动弹，突然，一束光照了过来，引着我向山谷跑去。

高空中，我看见天使在我头上盘旋，突然，他们成双成对地朝地上的一个褐色口袋俯冲下去。我站起来，发现自己戴的是蕾切尔的手套。

我慢慢地朝那个棕色口袋走去。走近时，我认出是个死物。一开始，我以为是只羊，但当我走得更近时，我意识到它太大了。这时，我看见乔治亚跪在旁边，手里拿着梳羊毛的梳子。她正在梳那个死物的头发，脸上挂着笑容。我也朝她笑了。

“想帮忙吗？”她问。

“好的。”我笑了。

可当我走上前，看到死物后背上长长的黑头发时，不由地害怕起来。

“来吧。”乔治亚鼓励我。于是，我蹲下来，身子前倾，把头发拨开。头发遮住了一张女人的脸，那是我妈妈的脸。

我一下子把梳子扔在了地上，连连往后退。

“不要离开我，儿子。”妈妈哭喊着。

她的手和膝盖撑在地上，向我爬过来。她向我伸出黑色的手指——它们已经腐烂了，苍蝇在其四周嗡嗡地飞着，试图攫取营养。她向我跳过来，我大声尖叫。

房间里漆黑一片，我听到身边的詹姆斯在黑暗中打着鼾声。所有的灯都灭了，发电机也没了声音。

我想喝水，但我害怕下床。妈妈的脸依然清晰地浮现在我的脑海里。冷极了，我甚至能看到自己呼出的雾气。眼睛沉重得睁不开，喉咙像被堵住了，我的身体似乎想把我弄窒息了。

我想喝水。

“詹姆斯？”我的声音听上去很微弱，像是从很远的地方传来的，“詹姆斯？”

他没有反应，我只好把墙上插的那把匕首拔下来，然后掀开毯子，穿上塑料拖鞋，向门口走去。

房门外，所有物品在黑暗中呈现出黑色的轮廓，影影绰绰的，让人害怕。我壮起胆子抬脚摸索着，找到楼梯，慢慢地下楼，向厨房走去。客厅里的蜡烛还在燃烧，微弱的光冲破了四周黑暗。光线透过门缝，微小的火焰把四周的空气映红了，在客厅另一头传来的声音中扑闪摇曳着。我听见自己加快了的心跳声，我意识到有动静。

我看着自己的手伸过去把门推开了。

“不，你这个酒鬼白痴。我告诉过你，这儿不行。”

她挣扎着，他压在她身上，他的手太有力，他的身子太重，要把她压碎了。

“来吧，别闹了，你说你想要的。”

声音含混不清，但我听清了，我认识这声音，我看到他把她的手强按在垫子上，火焰在他们周围舞动着，把他们变成了橘黄色；他控制住了她，他的身体压在她身上，烛光舔着他的脚。当他们同时转过头来看时，烛光照出了他黑眼珠和她眼白中的可怖。

我周围的空气尖叫起来，听上去像地狱传来的诅咒，它推开了厌恶和恐惧，像火一样在我的血管里燃烧着。伴着无数野兽的咆哮，怒火从我的嘴里喷薄而出，我绝不会让这种事情再发生，不会有第二次了，不会有这一次。我奔上去，举起了手。当我猛地冲向他时，我感觉到手中的匕首没入一堆软绵绵的东西里。

尖叫声不断地传来，撕裂着我的头。

我踢了踢腿，想挣脱噪声和恐惧，可现在尖叫声却更响了，不过和我脑子里的还不一样，我看见火焰在哈哈大笑，无数恐怖的黑影包围了我，接着，她向我走来，她把光移开，伸出胳膊抱住我，她的气味让我喘不过气来。

混沌中，我认出了乔治亚，当她把我的头抱在怀里时，我融化了。我让她感受到她对我的爱。她让我别担心。我感觉到她放在我头发上的手的温暖，这种感觉真好，可是，我听到周围什么地方传来一个男人的叫声。

“他刺了我的屁股！那个小坏蛋刺了我他妈的屁股！”

听口音是个法国人。

九

我并不认为自己很特别。我不是特别漂亮，却也没有扎西德那么丑。我在班上不算最聪明的，却也不至于蠢得像头驴。我不是跑得最快的选手；我不会讲最好的笑话；我不是最好的斗士；我知道我见过了我这个年龄的男孩子不可能见过的世面，可就连这也没有让我成为一个特别的人。

我父亲被杀了，哥哥也死了，姐姐失踪了。这在阿富汗算不了什么。

斯班仔的妈妈是难产死的，那个孩子，也就是他妹妹，也跟着妈妈一起走了。两岁起，斯班仔就再也没有感受过母爱的温暖了。他甚至连张妈妈的纪念照也没有，她的样子随着时间的流逝渐渐从他的脑海中褪色直至消失。

贾米拉的父母都还活着，可她家却深陷在毒品的危害中。以前，她父亲偶尔会找些收割罂粟的工作。因为经常舔食手指上的乳脂，结果上瘾了。现在，成了一个瘾君子，不分昼夜找毒品吸，而一家人却饿着肚皮。有时，一连几天在外面，回到家时就四处找钱；找不到钱，就打老婆和贾米拉还有她两个姐姐。

与此同时，喀布尔的孤儿院里挤满了父母失踪或被杀的孤儿。

所以，我们中没有一个人是特别的。在我们身上演绎的是同一个故事的不同版本。

然而，当我在鬼魂附身那夜的次日清晨醒来，睁开双眼看到梅和乔治亚睡在詹姆斯的床上，詹姆斯裹着一块毯子在我旁边的地板上打着鼾时，我终于感觉到自己的特别了。

然而，两秒钟后，当我摸到身下湿乎乎的床垫时，我知道自己尿床了。那一刻，我真的很难过。

十

贾拉拉巴德是阿富汗东部楠格哈尔省的首府。不知道从什么时候起——反正很久了，喀布尔的有钱人都爱跑到这个城市来过冬。

而乔治亚和我只是在避难的。

妈妈的病还没好，还得在霍梅拉家住一阵子，还有对菲力普的袭击，这两个原因决定了我需要调整一下。

“他是和梅闹着玩的。”乔治亚解释道。我们离开首都，穿过大雪覆顶的七姐妹山，向东部温暖的峡谷行进。“他不是真的想伤害她。”

“你确定吗？”

“是，法瓦德，我确定。”

虽然我脑子里的景象告诉我事情并非如此，可现在我脑子里一团糨糊，根本无法厘清事情的真相，既然乔治亚这样说，那我就这样相信它。

“对不起，”我喃喃道，“我不知道是这个样子。”

“没有必要道歉，”她摸了摸我的头发继续说道，“你又怎么知道呢？菲力普喝得酩酊大醉，梅也是。但我向你保证，他们真的是好朋友，从来没有想过要伤害对方。也许梅、詹姆斯和我才应该对发生的一切道歉，而不是你。我们应该多关心你才对，法瓦德，毕竟你妈妈不在。所以，我们都很难过。我们欠考虑了。”

乔治亚把我拉近到她身边，我感觉到她的消瘦。我真希望一直就那样坐着，直到旅途结束。剩下的时间里，我们坐在汽车后座上，像两只被关在瓶子里的蜜蜂，上下左右地颠簸着，路上到处是瓦砾石子。

如果不是老想着前一天晚上倏忽而至的悲哀，如果我的脑袋不是因为车子的颠簸不停地撞在车窗上，从喀布尔到贾拉拉巴德，一路上是相当有意思，就像穿梭在一百万个画家和一百万个故事创造的画面里一样。四个小时里，我们穿过保卫着喀布尔河的崇山峻岭；穿过军阀扎达德的军事指挥所——我看到一个士兵像一只狗一样被链子锁着，用敌人的睾丸喂他吃；经过一座小桥——二〇〇一年四个外国记者在这里遇害；下到苏鲁比[①]，经过波光粼粼的苏鲁比湖；沿着被广袤的绿地环绕着的弯曲处，迎面而来的是游牧民赶着一群骆驼和黑云般的大尾羊；沿着河岸经过杜兰塔[②]的海鲜餐厅；穿过大坝边前苏联建的隧道，我们就来到了贾拉拉巴德。

这是我第一次离开喀布尔的旅行——假日对于填不饱肚子的

① 喀布尔以东四十八公里的地区。

② 基地组织的军事训练营地。

阿富汗人来说是奢侈的——可我心烦意乱，没有心思欣赏从我眼前不断掠过的美景。那样对待菲利普，我感到难过和羞愧。他一定会因为我刺了他的屁股而改变对阿富汗人好客的看法。

他不会原谅我的，一定不会。

梅告诉我第二天菲利普就跑到位于沙赫尔瑙的意大利医院看急诊去了。在那儿，他们在他伤口上缝了几针，还打了破伤风针。

而詹姆斯却一整天乐不可支。

我们到达贾拉拉巴德时，已近傍晚了。我们直接到了市中心。这儿和喀布尔冬天到处灰蒙蒙一片不同，漂浮着灰尘的阳光下，还依稀能看到一些亮丽的黄色。拥挤不堪的大街上也更多驴子和马车，随处可见那种小小的嘟嘟车和巴基斯坦风格的单马马车——喷着蓝色的油漆，画满了色彩强烈且斑斓的花朵，还有女人的眼睛。

我们不停地按喇叭，在拥挤的人群里蜿蜒行进，最终拐到了辅路——一条被人踩出来的道路，它通向十堵高墙围着的房子的前门。走到半途，我们便在哈吉·汗的家门口停了下来。坐落在绿色花园里的那栋白色大厦就像穆罕默德·查希尔-沙阿国王[①]的家一样——如果他还有钱的话。

---

① 阿富汗末代国王，一九三三年十一月八日至一九七三年七月十七日在位，被推翻后一直在意大利流亡。二〇〇二年在美国支持下重返阿富汗，却并不谋求恢复君主地位。

当我们的装甲“陆地巡洋舰”大型越野车开进去时，我们看到艾斯曼莱已经在台阶上等我们了。他正在打电话，一看到我们从车上跳下来，马上把电话挂了，热情地笑着，迎上来和我们握手，然后带我们进去。

眼前的一切让我眼花缭乱，目不暇接。穿过两扇木制大门——门口有很多拖鞋，一个巨大的客厅出现了，里面有八张面对面摆放的白色真皮沙发，一共四排。乔治亚坐在上面脱靴子。按照规矩，我早已把鞋脱在门口了。不过，乔治亚的靴子很复杂。门厅后面有一个很大的楼梯，到一定高度向两个方向延伸，到最顶端又汇合。楼上，除了一些木制阳台，我还看到很多通向房间的门。一个像小男孩一样的小个子男人拿了我们的包后就在那儿消失了。回到楼下，门厅左边的凸起的地板上铺着一块金光闪闪的地毯，上面有一个长长的琉璃色坐垫，坐着四个戴着棕色帽子和头巾的棕色皮肤的男人。他们坐在一台宽屏电视机前，看上去轻松随意。

我们直接走到电视区，所有人都站了起来，和乔治亚握手表示欢迎。显然，她认识他们，他们很高兴看到她，埋怨她怎么那么久没来了，然后示意她一块坐下。作为贵客，她坐在离门最远的一块垫子上。我跟着她坐下，但没有挨着，因为我不是小孩子，我想这样表现给他们看。

有人端来绿茶和一盘盘的葡萄干、开心果、杏仁和纸包的糖果。其他客人在靠近电视的地方坐下——电视已经没了声音。

和在我们家时不同，艾斯曼莱跟乔治亚说话时一本正经的。

我知道很大原因是现场还有其他客人。尽管是多年的老朋友了，但在阿富汗，却有许多规矩要遵守，比如，不能和女人太随便，无论是不是外国人。和女人一起大笑或开玩笑都被看作是不雅的行为，其性质就跟在戴着丁零当啷的手镯跳舞的男孩身上找乐子差不多。

艾思曼莱举止上的变化并不让我感到惊讶，毕竟他是普什图人，让我惊讶的是乔治亚的变化。他来我们家时，她经常揶揄他，可现在她却表现得很安静，一副谦恭的样子。她没有再和其他男人说话，除非他们邀请她一起聊天，实际是他们并没有这样做。

在我们的文化里，女人一般只允许坐在和她有关系的男人身边。乔治亚例外，只因为她是外国人。如果她不是来自英格兰，她早就和其他女人一样躲在房子的背后去了。

艾思曼莱告诉我们哈吉·汗在新瓦尔。“山里的信号不太好。”他看着乔治亚未曾响过的手机，不好意思地向她道歉。

乔治亚耸了耸肩，似乎不介意，我几乎相信了她。“我很高兴你邀请我们过来，”她回答说，“而且这么仓促。”

她说话时，我突然意识到她一定是早上给艾思曼莱打过电话，而我没有听见。想到这，我突然感到脸上一阵灼热，因为羞愧——所有人都知道我干的事了，甚至是住在相距甚远的贾拉拉巴德的朋友。

在为我们安排的晚宴上，当艾思曼莱开玩笑说“最好把刀子都收起来，别让这男孩拿到”时，我并没有笑。

“嗯，你想谈谈那件事吗？”

乔治亚停下来点着了一支蜡烛。我们正在玩一种从印度传来的叫卡拉布尔的木板游戏，两个人用手指把彩色圆片弹进位于四个角落里的四个洞中。很少有女孩子像她这么擅长这个游戏，她已经连续赢我十五次了。

“我不知道，”我老实地说，感觉乔治亚正在为我的行为寻找原因，“也许。”

“有时把事情说出来会有帮助的，尤其是那些难以启齿的事情。”乔治亚轻轻一弹，手里一边摆弄着一盒火柴——火柴盒正面画的是开伯尔山口，“可以帮助你把恶灵从你的脑子里驱除干净。”

“大概吧。”我说。虽然我敢肯定住在我脑子里的魔鬼太强大了，说出来不会有什么帮助，但我还是说：“好吧，我试试。”

早在我出生之前，妈妈和爸爸结婚了，并很快生下来我大哥比拉尔。三年后，也就是前苏联军队坐着坦克离开阿富汗那年，我的姐姐米娜出生了。在普什图语里，她的名字表示“爱”的意思。过了几年，另一个哥哥约瑟夫出生了。最后，在他们把家里的空间占得差不多时，我来到了这个世界上。

这就是我的家庭，一度完整和幸福。

然后，一个接一个，像叶子离开大树一样，他们都死了。

最先走的是约瑟夫，他被狗咬了以后就不再吃东西了。他走时，我还是个婴儿，对他一点印象都没有，不过妈妈说我长得有点像他，真主之所以要带走他，是因为他在天堂可以享受更多的阳光。

约瑟夫死了一年后，爸爸也离开了我们。他是个老师，不过，他撂下书本，拿起枪，跑去和北方联盟军一起作战，一块的还有村子里的其他男人。妈妈说他非常恼火塔利班的所作所为，他们改变了我们的生活。他是一个有荣誉感和一颗勇敢的心的阿富汗之子，他觉得自己有责任阻止他们。不幸的是，事实证明他更适合在讲台上，而不是在战场。他死于北部的马扎里沙里夫的一次战斗中。

于是，妈妈成了寡妇，带着一个婴儿和两个小孩。她很伤心，邻居们都劝她离开这个家，搬去和她姐姐一起住，可她不愿意，因为这个家还保留着我父亲的气息以及哥哥的笑声。

当然，这是在阿富汗，事情只会越来越糟。

父亲死了之后，我开始记事了。我记得塔利班来到了帕格曼。那会儿，我已经不是婴儿了，已经会走路，会说话了。一天晚上，妈妈把我摇醒，抱起我，来到厨房的一个角落里。哥哥姐姐已经在那儿了。我到现在都记得很清楚：妈妈不停地发抖，我听到从街上传来的重型卡车引擎的声音。

“怎么了？”我问。

“求求你，法瓦德，别说话。”妈妈的声音颤抖着，充满了恐惧。她在哭泣。外面，喊叫声和尖叫声撕破了夜的宁静，光从窗户照射进来，能看见火光。

我们躲在角落里，心里越来越恐惧。妈妈一直在低声向真主祈祷，腿微微颤抖着，紧紧抱住我们三个孩子。她深深地倒吸了一口气，祈祷被打断了。前门突然裂开了，一群不认识的人涌了进来，一下子挤满了屋子。

房子并不大，他们很快发现了我们——五个黑影猛地跳到已抱成一团的我们面前，抓起姐姐的手，把她从妈妈的怀里拉脱，然后冲着我们大骂。妈妈跳了起来，一个塔利班士兵又把她扔回地上，猛地用脚踢她的头，让她回到原处。我的大哥比拉尔像一头狮子般立即从地上弹起，雨点般的拳头打在那个人的背上，踢他的腿。另一个人像抓起一个布娃娃一样地抓起哥哥，拳头击向他的脸，然后把他扔了出去。哥哥的头撞在碗橱的角上，又弹了起来。

他跌在地上就再也没有醒来，再也不能帮我们。妈妈尖叫着从塔利班士兵的脚下爬过去，用尽全力想去抱起她最大的孩子。正在这时，先前伤害的那个人又走过来，把她扔了回来。这次，不是用靴子踢她，而是用他的身体。我看见他用手撕扯着她的衣服，而在我们身后的某个地方，飘来一股燃烧的气味，直扑我们的鼻子里。

“快跑，法瓦德，快爬！”妈妈大喊。

我很害怕，不知道该怎么办——哥哥睡着了，那个男人抓着姐姐的手，妈妈叫我跑。于是，我站起来，用最快的速度从房子背后跑了出去，跑到附近的一个灌木丛中。

我钻了进去，蹲在荆棘丛里。我看到整个世界都着火了。邻居家的房子吐着火焰，恐惧的尖叫声塞满我的耳朵，后来渐渐地变成了号啕大哭。那些穿着黑衣服的人把我们的生活撕成了碎片，他们用手中的棍子抽打老人，把他们的孩子从他们怀里抢走。那一夜，在橘黄色的火光中，我看到那些人把我那惊恐万状的姐姐和村子里其他二十个女孩拖上了一辆卡车，然后离开了。

卡车消失了，空气仿佛凝住了，只有火焰燃烧的毕剥声和人们的哭声，我看见妈妈从房里出来，肩上驮着我的哥哥。她脸色苍白，嘴角流血。

“法瓦德？”她大叫，“法瓦德？”

我站起来，她看到我，眼睛一亮，闪过一丝宽慰。接着，她跪了下去，张开嘴，发出一声凄厉的尖叫——足以让地狱的魔鬼身上的血液为之凝固的尖叫。

我们的房子只剩下一个黑色的外壳，邻居们的也是如此。妈妈、比拉尔和我离开帕格曼的家，来到我姨妈家。我大概是睡着了，不记得一路上的情形。我也不记得一到姨妈家时，妈妈和他们是怎么说的。但当时妈妈眼里流露出来的神情，我至今忘不了。那是心如死灰的空洞表情，它在比拉尔的眼睛里折射出来。

我能确定的是妈妈被塔利班侮辱了，十一二岁的姐姐被塔利班带走了，哥哥现在已经被崇尚复仇的阿富汗人杀死了。

醒来以后，迎接比拉尔的是妈妈那张饱受摧残的脸和姐姐已经不在了的事实。燃烧着怒火的豆大泪水从他的眼里滑落。父亲死后，比拉尔就成了我们家里的男人，他整天想的是如何保护我们。可他终究只是个小男孩——而他面对的是一群缠着头巾的魔鬼。他无能为力。后来的几个星期，比拉尔一直一个人默默地待着，几乎不怎么说话，直到有一天，他的床铺空了。我唯一活着的哥哥离开了姨妈家，参加北方联盟去了。

那时，他十四岁。这个年龄，他应该和真主走得更近，他已经有资格在斋月期间和大人一起去清真寺祈祷。然而，他把自己交给了战争和复仇，我们再也没有见过他。

后来，美国人轰炸塔利班，把他们赶出了我们的生活，我不知道比拉尔会不会回来。当北方联盟的军队开进喀布尔时，他没有出现。虽然我和妈妈都没有说什么，但我们都知道他已经死了。

十一

我被外面的光弄醒时，已是深夜——迷迷瞪瞪中不知是昨天，还是今天；四周一片寂静，未见一丝清晨来临的迹象，正是舒展着身子睡得最香甜的时候。

哈吉·汗选择了这个时候回家。

先是一阵金属摩擦水泥地面的声音，门被推开了，三辆车窗遮蔽得严严实实的装甲“陆地巡洋舰”大型越野车冲上了车道，一群士兵从车上跳了下来，坐在前座的哈吉·汗也下来了。两个背枪的男人马上把门关上，还有一个人跳上车，坐在刚才的座位上。车在草地上转了个圈，由原先面冲房子转为面向着出口。

车子的前灯在黑暗中划出一道道光线。透过窗户，我看见哈吉·汗领着一群人进了房子。他看上去很狂躁，我猜想是不是因为他发现了艾思曼莱邀请我们来他家并住下来了。

我蹑手蹑脚地来到卧室门口，把门打开了一条缝。突然从楼下照射上来的光刺得我不禁眨了眨眼。楼下嘈杂含糊的说话声钻进我的耳朵里，我侧耳听了好几秒钟才辨出是低沉的男人的声音。然后，我听到哈吉·汗的声音盖过了所有人的说话声，像雷声一样撞击着周围的空气。

我把门开得更大了，这样就能透过阳台的木柱子看到楼下发生的一切。现在哈吉·汗站在门口，旁边有五个男人在低声说着话。我不认识他们，但他们看起来都很有钱，身上穿着沙丽克米兹，手腕上戴着很大的贵重手表。

哈吉·汗正和那个一来时帮我们拿包上楼的小个子男人说话。那个人朝楼上乔治亚睡的房间——旁边就是我的房间——点了点头。哈吉·汗顺着那个男人的方向往楼上看了一眼，吓得我屏住了呼吸，赶紧向黑暗中退了一步。

如果之前他并不知道我们在这儿，那现在他知道了。

过了几秒钟，没有听到上楼来的脚步声——准备把我们扔出去，我又向前迈了一步。

现在哈吉·汗坐在了沙发上，帽子搁在膝盖上，手上端着一杯绿茶。桌上放了一盘裹糖杏仁，他伸手拿了一块。一个手里拿着手机的男人凑了过去。哈吉·汗接过来放在耳边。他虽然没有大喊大叫，然而他的声音在屋子里大声地回响着，以致其他人都住了口，相互看了看，然后低下头，皱着眉。

“我不管你怎么做，反正你得做到。”哈吉·汗命令道，“我要他明天早上就出来。”

他啪嗒一声把电话挂了，然后给回刚才那个人。所以，我想他之所以没有给乔治亚打电话，是因为他的手机丢了，不得不借别人的用。

第二天早上，我下楼找早餐吃，看到大厅里已经没有昨晚聚在这里的大个子男人们，只有三个小个子手里拿着清洁布和吸尘器在忙碌着。一个比我大一点的男孩正一个人坐在靠近电视的平台地板上玩着卡拉布尔。

“真主保佑你，”我走过去对他说，“我叫法瓦德。”

那个男孩抬起了头。

“真主保佑你，”他回答道，“我叫艾哈迈德。”

然后他又低头继续玩他的游戏。没什么事干，我就在一块长垫子上坐了下来，看着他玩。他玩得很好，轻易地就把圆片弹进了对面的洞里。他看上去很干净，甚至很光鲜。

我们是这个屋子里唯一的两个孩子，可是这个叫艾哈迈德的男孩似乎不想说话。所以，当早餐送来时，我很高兴，因为至少有事情可做了。我饿极了，这让我很奇怪，因为我从来没有这么好的胃口。“你吃得像只鸟儿。”有一次，妈妈这样说我，我立刻想到的是虫子是什么味道。

我刚吃了一只鸡蛋和一杯甜茶，艾哈迈德就朝我敲了敲卡拉布尔的板子，头往上扬，邀请我过去一起玩。我慢吞吞地走过去接受挑战。他把圆片摆好，让我先走。

“你和乔治亚一起来的，对吗？”他终于问道。

“是啊。”我说。糟糕得很，我连续几个圆片没有弹进洞里，不可能赢了。那个男孩摆摆手，似乎不介意，让我重新再来。他的举动让我觉得他是个很有风度的人。

“昨天晚上我看见你，”我小心翼翼地把圆片排好正准备弹出时，他这样说道，“偷看我爸爸。”

我已经出手了，却听哗啦一声圆片散落在板上。艾哈迈德伸手拿起大的一个准备反击。

“我看见你望着大厅，”他继续说，只见他随意地就把一个蓝色的圆片弹进了右边最远的洞里，“我的卧室就在你对面。”

“你爸爸是谁？”

“哈吉·哈里德·汗。还有谁？”

我惊讶地抬起头。我知道哈吉·汗和他死去的妻子和孩子。我吃惊的是他们中的一个现在坐在我对面——乔治亚告诉我他们和哈吉·汗的姐姐一起住。

“我以为你住在别的地方。”我说。

“是啊。平常我都是在我姑姑家睡，不过，那里吵得可怕。家里太多女人了，真是麻烦。哦，你走了。”

我拿起一个圆片，总算把它弹进了最近的一个白洞里。

“不错，”艾哈迈德说，“当然，你还需要好好练习。”

“我昨天才开始玩。”

“嗯，你还需要好好练习。”

艾哈迈德哈哈大笑，我发现他和哈吉·汗有几分相似。

“你爸爸昨天晚上好像很生气。”我说。他沉着地把所有圆片都弹进了洞里，结束了这场比赛。

“哈！他被惹毛了。”

“是因为我们吗？”

“谁？”艾哈迈德抬起头，困惑地问道。

“我和乔治亚。”我解释道，“他生气，因为我们没有被邀请就来了。”

“不，当然不是。”艾哈迈德摇头，“乔治亚随时来随时欢迎。这是她的家，这是我爸爸说的。”

“哦。”

“不，如果你一定要知道，我可以告诉你，他生气是因为家族生意上的问题。不过，很快会没事的，因为每次都是这样。”

距离我吃完早餐三个小时后——距离艾哈迈德坐着他父亲的越野车回那所满是女人的房子两个小时后，乔治亚从楼上下来了，她看上去似乎已经吃过了。“来吧，法瓦德。我们该去看羊。”她说。我们抓起靴子，跳上哈吉·汗的另一辆车，轰隆隆离开了贾拉拉巴德。

那天天气真好，阳光明媚，万里无云，空气清新，没有一丝灰尘和汽车尾气的味道——这在喀布尔是不可能遇到的。磁带机里正在放一首印度情歌。除了我和乔治亚，还有一个司机和一个士兵——他坐在前座上，枪就放在两腿之间。我想他应该是哈吉·汗的人。

车子驶出贾拉拉巴德，朝巴基斯坦方向行进。路上，我们经过殉难者哈吉·阿卜杜尔·卡迪尔[①]的一张大幅肖像画。他是前阿富汗副总统，塔利班倒台后八个月就被谋杀了。贾拉拉巴德是他的故乡，我想人们一定很热爱他才会把他的画像挂在那儿。

出了城，我们开始上坡，穿过一个破败的村子，又是平地，然后又下坡，经过一块绿地和一排排的橄榄树，又来到一个坑道——两边的大树倾斜着，努力想拥抱对面的朋友。当我们来到另一个村子时，我们向右一拐，离开了主路，穿过一个小市集，就来到一条通向新瓦尔的小路上。显然，我们要找的那个男人和他的羊就在这里。

我们继续朝乡间行进，经过一片片罂粟地。我是最近才从皮尔·赫德里要我读给他听的喀布尔的报纸上看过它们的图片。罂粟花在阳光下耀眼夺目，摇曳多姿，真是美丽极了。我当时想，如果它们的味道也和它们的外表一样，那就难怪那么多人对它们上瘾了。

一个老人赶着一头驮着树枝的毛驴从我们身边经过。乔治亚把车窗摇下，向他和他家人问好后，又问我们在哪儿可以找到一个叫巴巴·古尔·拉赫曼的男人。那个老人举起手示意我们再过一个村子到山脚下的茅屋找他。“如果他还有茅屋的话。”他嘟哝了一句。乔治亚谢了他，看了看我，又耸了耸肩。然后，我们又

---

① 阿富汗伊斯兰过渡政府副总统兼公共事务部长，二〇〇二年七月六日，在喀布尔遭受不明身份的恐怖分子枪击身亡。

穿过一个村子朝着山脚下去了，想看看巴巴·古尔是不是还有间茅屋。

到达山脚时，我们松了口气，巴巴·古尔的茅屋还在。不过恼人的是，他不在屋里。一个孩子——我们推测是他的——跑去另一个村子找他了。

我们坐在草地上，看着一群羊吃草玩耍。一个和我差不多大，或者稍大一点的女孩给我们端来了茶。乔治亚说她是巴巴·古尔最大的女儿，她以前见过她。她叫穆拉拉哈，有一双我见过的最美丽的绿眼睛。

“你好吗？”她走过来和我们一起坐下时，乔治亚问她，“你的羊群看上去不错。”

“是的，羊群都很好。”她回答道。她把脸上的头发撩开，然后皱着眉头。

“出什么事了吗，穆拉拉哈？”

那个女孩耸了耸肩。“这是阿富汗，乔治亚。生活不容易。你应该比我们更了解这点。”

乔治亚点了点头，但我还是看到她眼里的疑问。

我不知道说什么，所以，就没吭声。

“我爸爸又在赌牌。”我们默默地坐着，那个女孩最后解释道，“每次他输了，我们就惨了。一定是真主在惩罚他的罪恶。我的意思是，看看我们住的地方。”那个女孩挥了挥手，指着那个茅屋。它看上去更像是一个帐篷，薄薄的木板搭建的屋子，上面盖了一层塑料布——上面还有英文字母“UNICEF”。

女孩正说着，她母亲走了过来。她个子很小，脸上一道道的皱纹就像我们身后的那座山。她热情地和乔治亚打招呼，却没有留下来。她朝女儿点了点头，两个人离开去赶羊了。她转身离去时，我看到她脸上的表情，那是羞愧极了的表情。我终于明白了：丈夫带给她的终生耻辱导致了她一脸难看的皱纹。既然女儿都已经对客人说了这个不光彩的家庭，再要掩饰自己的生活就没什么用了。

有时，当你一无所有的时候，唯一能做的就是守住自己的尊严。然而，一不小心，寥寥数语就有可能让你尊严丧尽。

“哈吉·汗很高兴见到你吗？”我问乔治亚。我们继续在等巴巴·古尔。

“他很累，不过，我想是的。”她回答。我们坐在草地上，她在玩牛仔裤磨损了的裤脚。

“你想是的？”

“嗯。”

“你不知道？”

“呃……”乔治亚深深地吸了一口气，又重重地吐了出来，“是，我不知道。”

我疑惑地摇了摇头。照理说，恋人重逢应该表现得像雷拉和马奴那样，可他们不是这样。

这是贾米拉告诉我的故事。这个故事是她妈妈一天晚上挨完丈夫的一顿拳头之后告诉她的。这是一个传说，主人公雷拉出生在一个有钱人的家里。当她长大后，她家希望她也嫁给一个有钱人。然而，她却爱上了一个叫马奴的穷小子。事情被发现后，雷拉和马奴被禁止再见面。雷拉的父母把她嫁给了一个非常有钱的男人。那个男人带着她去了别的地方。尽管过着豪奢的生活，雷拉却依然深爱着马奴，她再也无法忍受和马奴的分离。终于有一天，她自杀了。马奴听到雷拉自杀的消息后，悲痛万分，就疯了。最后，他死在了她的墓地上。

这个故事并没有说到马奴有点累，见到雷拉也许高兴，也许不高兴。

“那你高兴见到他吗？”我问。

“法瓦德，每次看到哈立德，我都很高兴，但是生活很复杂，你知道的。”

“不，我不知道。我只是个孩子；我还有很多东西要学。”

乔治亚笑了。

“对不起，法瓦德，有时我会忘记你的年龄，因为你真的很像大人了！不过，你说得对，你现在还不知道生活的复杂。嗯，是啊，开始我是很高兴见到他，当然很高兴，但后来，我们争执起来了，说了很多过激的话，我现在一点都不高兴。”

“你们为什么吵呢？”

“我也不知道……普通的吵架。以前我们从来没有像这样吵过，再也回不到从前了。那时候，一切都那么美好。可现在变了，是吗？”

“是的，我猜是这样。”我回答道。我低下头，用眼角的余光看着她。我问：“你想谈谈吗？我的意思是，有时候说出来会好些。它可以把恶灵从你脑子里驱赶出去。”

“嗯，我活该，是吧。”乔治亚哈哈大笑，她意识到这些话是前一天她对我说的，“好吧。我试试。”

“我第一次遇见哈吉·哈立德·汗时，你的国家正举行第一次选举。我也在里面工作。那是激动人心的时刻，充满希望和机遇。正是在那个让人无限期待的时候，我遇到了我见过的最英俊的男人。直到那时我才相信一见钟情，那是思想和灵魂陷入痴迷的状态。它让你整个人都活了，让你觉得每个清晨都值得醒来。

“当时那儿除了我和其他国际工作人员外，还有一群阿富汗人。我们来新瓦尔区为即将到来的选举做准备工作。那时，据说新瓦尔区是一个非常危险的地方，到处是潜藏的塔利班和凶残的土匪。哈吉·哈立德·汗给我们找了个地方，保护我们。

“那时，刚从伦敦来，一切都那么令人兴奋——那时可没有人背着卡拉什尼科夫冲锋枪，开车带我们四处转。你的国家真是美极了，从一开始它就深深地吸引了我：令人惊叹的美景；呼唤祈祷者的美妙钟声，早上五点飘入我的梦中；人们生活是这么的艰难，却依然拥有最高贵的精神。一天，我们跑到一处难民营，向人们宣传即将到来的选举。那儿的人非常非常穷，他们把动物的粪便存储起来作为冬季的燃料。可我们一到那儿，他们就立即捧上茶和面包，因为我们是客人。他们非常的谦卑。对于这个国家，我开始有了一种异样的感受。

“当然，并不是所有阿富汗人都那么穷，哈里德就是有钱人。但吸引我的不是他的钱，也许你的朋友皮尔·赫德里是这么想的；吸引我的是他的观点，温和的幽默，还有他的温柔。他非常亲切友善，法瓦德，那些天，他跟我说了很多关于这个国家和人民的事情，是我从来不知道的。我从来没有遇见像他这样的男人，现在想想，我一定是第一眼就爱上了他。

“虽然我和我的同事们住在他家——那个房子没有贾拉拉巴德的那么大，可我们很少见面，我们忙于我们自己的工作，他也忙着和各种各样的长者、政治家、军人谈话。有时，工作完了回到家，会看到他坐在花园里，身边围着一群缠着头巾，穿着大袍子的男人。每次经过他们时，我总会往他的方向瞥上一眼，然后我们的目光相遇了，我看到他的唇边露出一丝微笑。

“太阳下山了，客人们都回家了，哈里德就会跑到我们房间来和我们聊一会，和男同事们开开玩笑，逗女同事们开心，我想所有人都爱上了他——包括男孩子们！虽然房间里挤满了人，可我觉得只有我们两个人。当然，我不敢确定那个时候他就喜欢上了我，那只是我的感觉。而我自己呢，则非常渴望和他在一起，几乎每个夜晚，他都出现在我的梦里。

“有一天，我们去一个离他家大概三十公里的村子访问。半路上，一支车队追了上来，我看见哈吉·汗从车上跳了下来。到了那儿，我们就和村民聊天，可他们一见到他，就立刻跑上前欢迎他，像迎接国王一样，把他带到长者家喝甜茶。我小心地和他保持一定的距离。但他经过我时停下来握着我的手低声说：‘你这么做是不是想让我一直留意着你？’我听了，差点没晕过去，法瓦德。于是，我知道了，我们之间的确有点什么，并不只是我自己的想象。

“那天，喝完茶后，他的司机拿出钱来分给村民，哈里德对每个人都说了谢谢。后来，他说他来送我回家。我看着我的司机，不敢确定是否可以这么做，因为我们连一半的工作都还没完成呢。于是，哈里德跟司机说话。那时，我还不懂普什图语，甚至达里语。我的司机耸了耸肩，点了点头。于是，我就跟着哈里德离开。他立即跳上车子的前座，命令司机开车。一个警卫替我打开后座车门，我坐了上去。我们驶出村子时，我注意到哈里德正在调整后视镜，这样他就可以从镜子里看到我。每当我鼓起勇气迎接他的注视时，我总能看到一双深情的眼睛。我全身发烫，希望这个旅程永远不要停下来。当然，这是不可能的。

“最终，我们还是回到了住处。发现我的同事们还没有回来时，我长长地舒了口气。哈里德和我抓住这个机会到花园喝茶——我们不能单独待在屋子里，得到大家都看得见的外面才行。虽然这样，他的警卫们还是和我们保持了相当的距离。这一次，我们终于单独在一起说话，而没有人打扰。

“我们一边说着，一边吃着饼干。他向我透露了一些他的经历：一长大就追随父亲抵抗前苏联的入侵；内战爆发时，他一怒之下举家迁往巴基斯坦；塔利班掌权时，他又跑回来战斗；一天晚上潜回巴基斯坦时被捕。法瓦德，他在坎大哈塔利班监狱里关了足足六个月，几乎每天脚底都要遭受电击。即使现在，他还常常脚抽筋，疼得走不了路。

“后来，因为有个守卫同情他，加上一大笔的贿赂，哈里德逃了出来。他和另外一个人逃到伊朗。后来他们的车触到地雷，那个人被炸死了。不可思议的是，哈里德只受了点擦伤。他逃过了一劫。之后，他辗转到了乌兹别克斯坦，遇到北方联盟的指挥官，他同意加入他们的战斗，并通过巴基斯坦的关系给他们提供帮助。后来就发生了不幸的事情。大概是因为这个原因，他的妻子和女儿被塔利班杀了。

“他们死后，哈里德说他悲痛不已，以致心灰意冷。可他还有一个女儿和一个儿子需要他照顾。你知道，他非常爱他的妻子。他们是表兄妹，从小一起长大，青梅竹马，所以，大人觉得他们很般配，就同意他们结婚了——这在阿富汗也很普遍。后来，他们的女儿——最大的孩子——出生了。哈里德很为她感到骄傲，因为她是一个非常聪明伶俐的小女孩。

“唔，你想象得出，他们被杀后，哈里德简直要疯了。他定期潜回阿富汗作战，不惜牺牲生命。塔利班终于下台了，逃进了图拉波拉山[1]中。他甚至跟着他们到了那里。那时，战争几近尾声，塔利班和基地组织也渐渐失了踪迹。于是，他带着一种满足——为妻子和女儿报仇了——回到了家，回到了他热爱的这块土地上。

“法瓦德，我深深地被他迷住了。他做过这么多事，经历了这么多磨难。而在我的国家，这些都是书上的故事。他是那么勇敢，高贵。当这个男人向我吐露自己的历史，而我深深地迷醉于其中时，他突然对我说他爱我。

“我哈哈大笑起来。我想我的表现让他很意外。我对他说这是不可能的；我们相互了解也就五分钟的时间，这也太快了。但他对我说：‘我不是开玩笑，乔治亚。我知道我的心，它告诉我我爱你。’那时我就知道自己愿意和这个男人一起过完我的余生。

“那次谈话以后，我再也无法忍受和他在一起时身边还有那么多人，唯一可做的就是相互对视。不过，几个星期以后，大家似乎都看出来了，渐渐地，我们单独在一起的时间越来越多，直到我确信那些话不是从他的嘴巴里说出来的，而是从他的心里流出来的。

“那真是美好的时光啊。我们经常在煤气灯的嗡嗡声中聊到深夜；有时坐在屋顶平台上，头顶着星星，一直说啊说。一切

---

① 位于贾拉拉巴德以南六十公里的山区。

是那么美丽：星星一闪一闪地亮着；大大的月亮高挂在天空；当然，还有哈里德。‘你看那颗星星离月亮有多远？’一天晚上，他问我，‘唔，你就像那颗星星，我就像那个月亮。很快地，那颗星星就会远离那个月亮，渐渐地消失在黑暗中。月亮将永远失去那颗星星。’

“我们坐在屋顶那块地毯上，默默无语。他轻轻地握着我的手。哈里德很大胆，因为旁边只有一个为我们续茶的茶童，这个小孩很需要这份薪水，所以不会对外说的。

“那真是一个既甜蜜又感伤的时刻。因为我们都知道星星和月亮的故事是真的。我很快就要离开了，因为我的工作已经接近尾声了。虽然我们努力珍惜剩下的时间，我们依然觉得日子就像沙子一样从我们的指间流过。

“地球一直在转动，你没有办法让它停下来。那天终于来了。我得先返回喀布尔，然后再回伦敦。期间，哈里德和我们在一起。我们俩先在首都逗留了几天。一天晚上，我们还去了你以前住的那个地区。

“一过一个旧高尔夫球场和一座桥，帕格曼就出现了。第一眼看到它，我就被它吸引了。它真漂亮，让我以为自己是在地中海的某个地方。那儿温暖如春，我们国家有很多人跑那儿去度假。我意识到自己是在帕格曼。我们坐在湖前的石墙上，哈里德看着我，低语着他对我全心全意的爱。第一次，我告诉他我也爱他。可他一听却悲伤起来，眼睛深深地注视着我。他说：

‘谢谢，可我知道我更爱你。你是我的世界，乔治亚。’我很欢喜他这么说，因为我觉得所有人都希望一生中能有人认为自己是他们的世界。

“然后，我们继续聊天，他说如果将来我没有他的消息，我不能‘急着去找其他男人’。我听了哈哈大笑，我以为他是在说我不能‘因为其他男人生气’，可他看着我说：‘我是认真的，乔治亚。你现在是我的女人。如果你离开我，我会杀了你。’我又哈哈大笑。他也笑了，不过，我不知道他是不是真的在乐。实际上，我一直也不能确定他是不是在开玩笑，包括现在。

“回到伦敦后，我的生活空虚极了。没有人跟我说星星月亮，一切都那么无聊，平庸。我想我已经着迷了。我开始把自己的时间填得满满的，一切与阿富汗有关的事情，我都去做：看关于你们国家的纪录片，读每一本书，在当地一家社区中心帮助那些避难者，甚至学习达里语。选择达里语是因为它比普什图语要简单很多，而且，普什图人很聪明，懂这两种语言。不过，我一直在等，等另一份工作把我带回到哈里德身边，带回到这个让我如此之快地爱上的国家。

“虽然最初几个月简直是折磨，但哈里德几乎每周两次地给我打电话，我们经常在电话里一说就是几个小时，我们开玩笑地讨论我们的未来，他说他至少要五个孩子，说我们在新瓦尔的阳光下喝着石榴汁打发光阴。

“不用说，在那六个月里，我忍受着煎熬。终于，我实在受不了了，就回到了阿富汗——不是工作，是度假。那两个星期里，我一直待在哈里德新瓦尔的家里，还有贾拉拉巴德的新家。我们整天出去游玩，拜访老朋友，结识新朋友。我渐渐认识了他的家人，他还带我参观了他从事的所有项目。我们在一块广袤的田野上走着，那儿种满了才到踝关节的小树苗，可是终有一天，它们会变成水果树、橄榄树、香气四溢的灌木丛。一切如我离开时那样，甚至还多了些东西——我更加迫切地希望能永远陪伴在他身边。

“我再次回到伦敦，开始申请每一份能来阿富汗的工作，而哈里德也一直不断给我打电话，在卫星电话里倾诉他对我的爱。但是后来，过了几个月，哈里德的电话开始少了，从一周一次到一个月一次，到我申请到另一份工作时，我已经三个月没有和他通过话了。我非常生气，但我不愿相信他对我说的都是谎言，所以，我还是继续我的计划，回到了这个国家，但没有告诉他。

“第一个月，我住在喀布尔，心情很差，经常以泪洗面，也许你不相信。我不停地回想过去，觉得自己犯了一个天大的错误。后来有一天，门铃响了，门口站着艾斯曼莱。第一次我是在新瓦尔见到他，上次来度假时又见过一面。尽管这样，我还是很吃惊——当然见到他我也很高兴。他告诉我是哈里德派他来找我的。原来，有一天，我在等车时，被哈里德的一个朋友看见了。‘喀布尔是个大城市，’艾斯曼莱说，‘但如果想找到你，我们还是做得到的。’

“虽然艾斯曼莱找到了我，但哈里德还是没有给我打电话。两个星期后，我去了贾拉拉巴德，像个淘气的小女生被带到他家里。

“我到那儿时，哈里德的客厅里已经坐满了客人，所以，我们的谈话谨慎又礼貌。当那些男人们终于厌倦了对我们的好奇各自回家去后，哈里德把门‘砰’的一声关上了，转头看着我，眼睛里冒着火。‘你来了居然没有告诉我？’他大叫，‘我知道你很生气，因为我没有给你打电话，我知道我这样做你不能接受，可你这样做更让我不能接受！如果我去你国家了，我第一件事就是去找你。’

“当然，他说得对，我有点不好意思了。我想反驳他，但哈里德怒气冲冲，对我来了也不告诉他耿耿于怀，始终不愿让步。

“幸好第二天早上，他平静些了，第三天，他已经完全平静下来了，我们又开始有说有笑，像以前那样相互倾诉着对彼此的爱。尽管如此，我还是感觉到他有点变了，具体是什么，我也不知道；他已经不是以前的他了。但我不愿意承认这种感觉，我要让心中的爱不停地生长直到它成为我余生中唯一的事情。

“然而，也许我应该听听理智发出的那一丝杂音，而不仅仅执着于心里的爱意，因为将近三年过去了，他还是很少给我打电话，尽管我是多么希望能经常听到他的声音，多么需要听到他的声音。多少次他向我道歉，向我保证他会努力去做，可是，没过两个星期，他又故态复萌。所以，我不知道昨天晚上他是否高兴见到我，因为我对他说如果他继续这样对待我，他将永远失去我。我会离开他的。

“我爱哈里德，和他在一起时，我从他的眼睛里知道他也爱我，可是有时候爱情似乎很遥远，几乎无法抓住。”

乔治亚点了根烟，眼睛望着那些吃草的羊群。

“你们为什么不结婚呢？”我问。这大概是最好的解决办法，这样的话，哈吉·汗至少一个星期会回家一次——星期四是“淑女之夜”，男人们都要从杂务中摆脱出来，回家和家人共度。

乔治亚转过头看着我，眼睛红红的。

“我是异教徒，法瓦德，哈里德是穆斯林。这在今天的阿富汗怎么可能？”

十二

就像春雨冲去冬日的阴霾一样，乔治亚哭完之后，我们周围的世界明亮起来了。

巴巴·古尔终于在太阳落山前回来了，那时警卫们已经等得不耐烦了，正准备离开回贾拉拉巴德。他瘦得像根棍子，笑得很厉害，好像在嘲笑一个男人匆匆忙忙赶着下地狱似的。一回来，他就闪进那件茅屋了——也不知道是不是他的。乔治亚拿了些纸给他看——也不知道他识不识字。乔治亚开始和他谈起他的羊来了，而我则把这天里剩下的时间花在和穆拉拉哈在一起上。她看上去比先前高兴些了，因为她父亲这次没有因为玩牌把家里的东西输掉。

我帮她赶羊。很快，我便发现她和我认识的女孩不同——倒不是说我很了解她。她很倔强，说话很直，更惊人的是，她跑得非常快，一般女孩子不会这样，而这在阿富汗可以说是一种令人羡慕的能力。她在田野里奔跑的时候，红色的头巾在颈后飘扬，像极了燃烧的焰火。

不知道为什么，我很想能再见到她。当我们跌倒在地，她帮我拂去膝盖上的羊粪时，我就在这个山脚下做了一个决定：不告诉贾米拉关于穆拉拉哈的事情。

“你似乎很喜欢和穆拉拉哈在一起。”我们坐上车，准备离开时，乔治亚这样说。

我看到她眼里闪着光，知道她想嘲笑我。

“是的，”我承认，“她真的很有趣——对于一个女孩子来说。”

“噢，”乔治亚乐了，“你爱上她了。你想亲她、抱她、娶她。”

“乔治亚，”我叫道，摇了摇头，“你和我母亲一样大，但有时却表现得很不稳重。”

我们回到大房子，想到前一天晚上乔治亚说的那些话，哈吉·汗的心情似乎比我想象中还要好一些。我们脱了鞋，一头扎进一堆食物中——真是太美味了，简直就像从画里直接拿下来似的。我们俩整个晚上忙着填肚子：红红绿绿的沙拉，大碗的白色酸乳酪，带着一层橙色香料的烤鸡、米饭和肉，深绿色的菠菜和热乎乎的印度薄饼，嘶嘶响的百事可乐，一盘盘堆得高高的黄色香蕉、红色苹果和粉色石榴籽。

吃完饭后——我们把所有东西吃完后都能坐笔直了——我们玩起了卡拉布尔的游戏来。在哈吉·汗连续未中之后，乔治亚总算走出了冬天。她终究是客人，哈吉·汗不想“再给她抱怨的理由了”。后来，我们围着毛皮毯子，没精打采地坐在垫子上看吐鲁电视台[①]播的一个喜剧片。我喝了很多绿茶，肚子鼓得像个球。

虽然电视里的笑话逗得我和其他人一起大笑，可在那条镶着红色螺旋形图案和花朵的毯子下面，我的心碎了——每当乔治亚的那些话在我脑子里不断闪现时，就像晚饭时我刚刚吃下了碎玻璃似的，它们滑下了我的喉咙，撕扯着我的五脏六腑。

糟糕的是，像阿富汗国家军队的士兵一样，她不停地喝酒，抽烟。她来我的国家寻找月亮，而月亮却躲在太阳下。我从来没有想过她原来不信真主。我一直以为她是先知耶稣的追随者。不信任何东西，什么都不信，唔，这是她告诉我的所有事情中最糟糕的一件事情。

乔治亚是我的朋友，我爱她就像爱其他朋友一样，可她将下地狱，永世不得翻身，真的。地狱里，度日如年。妈妈曾经向我描述过它的样子。那里除了痛苦，还是痛苦。地狱之火烧了一千年，把一切变成了红色。之后，又烧了一千年，红色转变成了白色。之后，又是一千年，一切变成了黑色。乔治亚的话不断撞击着我的大脑，我禁不住想象她那张美丽的脸在痛苦中扭曲，大火吞噬着她的肌肤，她的嘴里塞满了多刺树的果实——像油一样煎熬她的胃，给她带来难以想象的痛苦。

事实上，我们大多数人都要在地狱待一阵子，除非我们是真主最好的信徒，因为伊斯兰教有相当多的规矩，不是所有人都能做到的。但真主是仁慈的，所以，尽管艾斯曼莱因为抽烟

---

① 阿富汗最受欢迎的电视台。

下地狱，巴巴·古尔因为赌博下地狱，我因为喝酒和盗窃下地狱，哈吉·汗因为爱上不是妻子的女人以及可能的毒品王国下地狱，我们大家最终都能走出地狱，找到通往天堂的路——因为我们是穆斯林。但乔治亚就没有机会了。她不信仰真主，因此，没有人愿意或能够帮她。她甚至爬不到有光的地方——如果往地狱扔一颗石子儿，需要七十年才能落到地狱之底。地狱之大，容纳世上所有的罪人还绰绰有余，所以是绝对逃不出去的。比这更糟的是，乔治亚要在那儿忍受孤独，因为所有朋友都将最终离她而去，甚至是军阀扎达德和他那个吃睾丸的"狗人"最终都会上天堂。

了解这点以后，就很难看着你爱的那个人的眼睛了。

"我在为你祈祷。"经过一个晚上的恐惧和焦虑之后，第二天吃早餐时，我低声对乔治亚说。

她正在吃鸡蛋，听了我的话便抬起头，笑了笑。"很好，法瓦德，谢谢你。"

我摇摇头。这样她还不能得到解救。

那天早上，哈吉·汗和我们一起吃的早餐。他从楼上卧室下来时像刚刚拍摄完一部电影，一脸的轻松。他穿着淡灰色的沙丽克米兹，上面还套了一件像云一般柔软的更深些的同色外衣。他看上去很是英俊潇洒。

我仔细地看着他，试图在他脸上找到前一天晚上乔治亚说的那些话的痕迹。如果他担心失去乔治亚的话，他会摆出一张勇敢的脸。我的确发现他比平时更会嘲笑她，说些让她脸红的话，赞美她，拍她的马屁，眼睛直直地盯着她看——这在我们的社会里是被严格禁止的。

我一边观察，一边在心里祈祷哈吉·汗会有所改变——正如他总是这样承诺。我确定如果他真的努力，如果他真如妈妈所说能把鸟儿从树上说下来，那么，他一定能让伊斯兰教驻扎在乔治亚的心里。他只要多爱她一点，经常给她打电话。

吃完早餐，喝了两杯茶，抽了四根烟后，哈吉·汗便坐着他的装甲“陆地巡洋舰”大型越野车离开房子，在一片滚滚烟尘中消失不见。乔治亚上楼冲了个澡，我则跑到花园和艾哈迈德一起玩。他是在他父亲离开前不久到的。我们一起逗打架的小鸟玩——它们关在一个小小的木制笼子里。艾斯曼莱站在草坪边上，一边抽烟，一边看着我们。

我很想和艾哈迈德聊聊乔治亚和他父亲，但我不能。虽然我们都知道他们俩是怎么回事，可这个话题却是不能讨论的。讨论它意味着我们接受它，可是我们不能接受它，因为我们都想做一个好的穆斯林，而且，我们假装我们的朋友也是好的穆斯林。我不能谈论作为无神论者的乔治亚，因为那对她来说是太不光彩的事情，我至少要努力保护她，不让别人说她——大家知道这一可怕的事实以后，一定会把她想得很坏。所以，我和艾哈迈德只是聊着什么东西可以在太阳光和碎玻璃的照射下燃烧。

就在艾哈迈德告诉我说他看过蝎子自杀时——有人把它放在火上的一个金属盘上，它意识到自己逃不了，于是就用自己的尾巴蜇了自己一下，毒汁进入它的身体——大门外响起汽车的喇叭声，门很快打开了，一辆后窗上画着一只老鹰的黑色“陆地巡洋舰”大型越野车出现在车道上。

“啊，我伯父回来了。”艾哈迈德解释说，他站了起来。

车门打开了，一个比哈吉·汗矮小很多的男人从前座上下来了，他向离他最近的艾斯曼莱走去。他握了握艾斯曼莱的手，喜笑颜开，露出一个黑洞——他掉了一颗下牙。

“欢迎回来，哈吉·扎维德。”艾斯曼莱说。

“谢谢，我弟弟在吗？”哈吉·扎维德胡子刮得光光的，脸颊凹陷，像是在吸大烟。

“不，他出去了，”艾斯曼莱告诉他，“去处理一些生意上的事了。”

“我知道。”

哈吉·扎维德的眼睛就和他的脸一样空洞。他向房前的台阶走去，乔治亚面带微笑站在那儿。他也朝她笑了笑，但因为我离他很近，我清楚地听到他扭头低声对艾斯曼莱说：“我还知道我弟弟忙着和他婊子在一起。”艾斯曼莱迅速地朝我这个方向看过来，他皱了皱眉，但什么也没说。我生气地向前迈去。

我刚抬起脚，艾哈迈德一把就抓住了我的手臂。“别理他。”他低声说。哈吉·扎维德已经走到乔治亚跟前，她伸出手欢迎他。

我站着没动。我听到从他们那个方向传来的礼貌的笑声，我更生气了。如果乔治亚知道他是怎么说她的，她一定不会和他说话。

“我为刚才的事感到抱歉，”艾哈迈德说，他松开了手，“他不知道你是乔治亚的朋友。他大概以为你是我的朋友。”

“这不是问题的关键，对吗？”我问。

“的确，”艾哈迈德承认，“他的话让人无法接受，但我能怎么做？他是我伯父。”

“他在哈吉·汗面前也是这样说乔治亚吗？”

“不，当然不，”艾哈迈德吃惊地回答道，“他不敢。”

哈吉·扎维德回来后，我们都坐在温暖的屋子里。从喀布尔吹来的冷风冻得我们连骨头都很不舒服——它们是跟哈吉·汗哥哥一起来的。大人们在楼上房间说话，我看着坐在白色沙发上的艾哈迈德。我高兴地发现，他似乎不喜欢他伯父。

“就是他让我爸爸心情不好，”他解释着，“昨天他被警察带走了。”

“为什么？他干什么了？”

“谁知道呢？管它什么，我听说花了我爸爸一大笔钱才把他弄出来呢。”

我点了点头，感觉到一股暖意。不大能听到别人这样说自己的亲戚，何况是在一个陌生人面前。我想艾哈迈德一定很讨厌他伯父——这很好，因为我也是。

“按理，我伯父应该是这个家族的一家之长，”艾哈迈德继续道，“他更大。不过，他既没跟前苏联军作战，也没反抗过塔利班。因为杀了人，他在巴基斯坦监狱坐了很多年牢。他只会给这个家带来不幸。所以，爷爷死后，我爸爸就代替了他的位置。哈吉·扎维德一直耿耿于怀，你从他脸上就能看出来。不过，他没有办法，因为我爸爸得到了整个家族的支持和人们的尊重。人们请他去解决争端，是他让整个家族变得团结，是他帮助穷人，而不是哈吉·扎维德。哈吉·扎维德只会花爸爸给他的钱。”

大人们坐着聊天时，一群大腹便便的男人在房子里随便地进进出出，拍拍哈吉·扎维德的背，和他们一起大笑。大家在大厅里轻松地说着，笑着，似乎都在等待什么。当外面的金属大门响起，“陆地巡洋舰”大型越野车吼叫着冲上车道，开始它在草地上的舞蹈时，我明白了。原来，大家都在等哈吉·汗。

他昂首走进来时，大家都安静了下来，仿佛整座房子屏住了呼吸似的。我看到他哥哥站了起来。他脸上闪过一丝无精打采，眼睛紧张地转了转。他看着哈吉·汗向客人打招呼。这些客人来这是和哈吉·扎维德谈交易的事情的。哈吉·汗和乔治亚很正式地握了握手，碍于很多人在场，他转身向他哥哥点了点头，示意他哥哥跟他去门厅那边的一个房间里。哈吉·扎维德怀着敬意地低下了眼睛，跟着他弟弟离开了众人。我们都看着他们，直到他们关上了门。

一看哈吉·汗的脸色就知道他哥哥今晚是不敢随便开玩笑了。

十三

哈吉·汗哥哥出现的第二天，乔治亚和我就回到了喀布尔，那儿已经下了一场鹅毛大雪。所有人都在清理平顶上的积雪，以免房子被压垮。大街上，很多男人放下枪，拿起了铁锹。我一直觉得不可思议：轻飘飘地落在你的鼻子上，却能重得把整个世界压垮了。可我喜欢冬天，尤其是现在我有袜子穿了——这得感谢乔治亚给了妈妈一份工作，也给了她一份收入。一切看上去和我离开时是那么的不同。到处白茫茫的一片，那么干净，那么崭新。自从妈妈传染了霍乱，搬到霍梅拉家后，仿佛已经过了一百万年。

穿过大门时，我的心简直就要跳出来了，我高兴坏了，因为我看到妈妈向我跑来。她紧紧地把我搂进怀里，我差点透不过气来。

“我告诉你妈妈我要带你去贾拉拉巴德度个小假。”在回喀布尔的路上，乔治亚向我解释道。当时我们正穿过一片山区。“也许没必要告诉她所有的细节，关于我们为什么要去……”

“是的，非常对。”我表示赞同。

可当妈妈把我抱进怀里——我感觉到她的心跳——问我怎么了时，我向她坦白了一切。

“我们之所以去贾拉拉巴德是因为我扎了一个法国人的屁股一刀，我需要换换环境。”

我看到妈妈脸上震惊的表情。我赶忙安慰她。

“哦，没事了，不用担心。我以为他想强奸梅，但乔治亚说他们是非常好的朋友，他喝醉了，所以才会趴在她身上。他缝了几针，并没有报警。”

我听到身后传来“哼”的一声。我回过头，看见詹姆斯弯着身子，双手抱着头顶。

我急匆匆说完这一切后，妈妈、乔治亚、詹姆斯和梅全跑到主楼召开“和平会议”去了——詹姆斯后来这样向我形容。我没事可做，便跑到皮尔·赫德里那去了。他傍着炉子坐在香烟柜台前，贾米拉则偎依在狗的温暖毛皮上。她在接电话。

“啊，太好了，你回来了！”皮尔大叫。那只狗立即跑过来嗅我的下身，我一边狼狈地躲它，一边和皮尔他们打招呼。“你觉得怎么样？”他说，从桌子后面拿出一张长长的纸，然后把它铺开，“贴在窗上的招牌。我是在沙赫尔瑙定做的，用来招揽外国客人。”

皮尔·赫德里把塑料纸铺平了，露出几个很大的蓝色英文字母，上面写道：“免费送货上门。请打〇七九三二六七八二二二四。兼售 Cak。”

“Cak 是什么？”我问。

“甜品，饼干啊。开斋节就要到了。我觉得这是个卖点。”

“哦，你是说‘cake’[①]啊。”

“cake，cak，有什么区别吗？”

“我想没有。”

“很好。来，帮我把它贴在窗子上。”

虽然是免费送货，而且兼卖 Cak，我们的新生意却迟迟没有动静。贾米拉和我一天中大部分时间都看着那部电话，可它顽固地拒绝响起。

我终于理解乔治亚为什么会那么生气了。

“我们需要做点广告。”皮尔·赫德里说。因为下雪，连那些常客都躲在家里不出来了，加上，炉子里的柴火已经烧完了，所以，我们决定早点关门。皮尔·赫德里似乎变成一个真正的生意人了。

“广告？像电视里的那种？”我问，想到电视里的人跑来和我们拍照，就兴奋起来了。

“不是电视里的那种。你以为我是谁？哈米德·卡尔扎伊总统？我又不是钱多得花不完。”

“那怎么办呢？”

“别担心，我有办法。”他眨了眨眼睛，一丝狡黠从他那双白蒙蒙的眼睛里流露出来。

---

① 英语“蛋糕”的意思。

第二天，我发现皮尔·赫德里的办法是：他把两块用绳子连在一起的木板挂在了我的脖子上。胸前那块，他用油漆写上了“免费送货”四个字，还有电话号码；背后那块则写着“兼售Cak”。

“你不是在开玩笑吧？”我问。

“你看我是在开玩笑吗？”他回答。接着，他把我推出门，让我在冰天雪地的瓦兹尔·阿克巴汗大街上走。

我蹒跚地走在雪地里，我不得不承认这是我一生中最屈辱的经历。我的脸发烫，甚至比扎西德告诉贾米拉说我尿湿了裤子还让我脸红——那次，我和扎西德比赛，看谁不上厕所喝的水最多，结果，我输了。我每走十步，就有一个门卫从小屋里跑出来，看着我身上的“新衣服”哈哈大笑，问我愿不愿意被雇请来当桌子。碰上詹姆斯时，我受到的羞辱并没有因此减到最轻。他正好回家，看到我时，眼睛瞪得大大的，突然爆笑起来，差点尿湿了裤子。

“唔，至少你不会违反广告标准管理局的规定。”我继续往前走时，他冲我大声喊道。

我不知道他在说什么。“是的，是的。”我回答，结果无意中走错了路，往相反的方向去了。那条街上只有一些西方人在溜达，他们是在找妓女。

谢天谢地，第二天，皮尔·赫德里居然没让我继续这份新工作，真是出乎我的意料，也让我如释重负。他一来就喃喃诉苦，说昨晚见到鬼了。

“子夜一过，电话就一直响个不停，”他嘟哝着，“每次我拿起来听，电话另一头就有个鬼老外说要‘cak’。到后来，我干脆把电话线给拔了。”

“我知道为什么。”我说。贾米拉坐在火堆旁，我走过，挨着她坐下。“詹姆斯昨天晚上告诉我，广告上的‘cak’听上去就像是‘cack’。”

“那是什么意思？”皮尔·赫德里问。他正用一块脏兮兮的手帕擦着鼻子。

“意思是我们卖大便。”我回答道。

十四

斋月结束后的第七天，也是朝圣者从麦加[①]回来的第二天——外国人的新年结束已有几个星期了，大街小巷上的汽车都装饰着光彩夺目的金属片和鲜花，阿富汗人在庆祝开斋节[②]。这是我们穆斯林最喜爱的节日之一，是为了纪念亚伯拉罕为了真主愿意牺牲自己的儿子。在这三天里，泪水和战争交织着的阿富汗成为欢乐的海洋，处处繁花，人人腹饱。每个人都把自己最好的衣服穿上。有的家庭杀牛宰羊，供奉祭品。《古兰经》上说，这些肉大部分要分给穷人，剩下的才供家庭和亲戚朋友一块享用。

每年的开斋节我们都很开心，可今年的开斋节比我记得的所有开斋节还要好，因为它给我们带来了太多的惊喜，以至于今年的开斋节来和去都比以往快。

---

① 伊斯兰教的第一圣地，位于沙特阿拉伯西边，是穆斯林每天朝拜的方向，也是伊斯兰教先知穆罕默德的出生地。

② 按伊斯兰教法规定，伊斯兰教历每年九月为斋戒月。凡成年健康的穆斯林都应全月封斋，即每日从拂晓前至日落，禁止饮食和房事等。封斋第二十九日傍晚如见新月，次日即为开斋节；如不见，则再封一日，共为三十日，第二日为开斋节，庆祝一个月的斋功圆满完成。是日，穆斯林前往清真寺参加会礼，听宣讲教义。

第一个惊喜是，乔治亚宣布她戒烟了。

“这是我在新的一年里做出的决定。”她解释道。

“迟了点，不是吗？”詹姆斯说。

“我得习惯这种想法。”乔治亚反驳道，她用手中的空笔打了一下詹姆斯的脑袋。她现在整天咂着那只空笔。

我倒是不关心她的“决定”迟了与否。我把它看作是真主的神迹，是我的祈祷起了作用。乔治亚终于走上了正途，远离了等着吞噬她的地狱之火。

第二个惊喜是，一只大尾羊突然出现在我们院子里，还有当地的一位屠户，他为我们表演按伊斯兰教律法规定的屠宰方法。大家聚拢过来，看着他念着真主的名字，一下子割开了它的喉咙。血猛地溅了出来，染红了地上的雪。梅转过身去了。

“天啊，光看这个就能把你变成素食主义者。”她嘟囔着。

“我早就觉得你们这些同志是素食主义者。”詹姆斯开玩笑地说道，结果小腿骨被踢了一下。

看来，在西方，如果你被什么事情激怒了，最方便也是最简单的发泄方式就是对着离你最近的男人踢上一脚。

接下来的惊喜是，哈吉·汗打电话给乔治亚了。铃声一响，她马上闪进房间，三十分钟后才出来，龇牙咧嘴，一脸傻笑——仿佛专门为今天这个特殊的场合把笑容都储存起来直到现在才释放。

后来，蕾切尔来了。这次，她看上去清新雅致，也是一脸傻傻的表情望着詹姆斯。

到了下午，马苏德也来了，我和他一起把刚切好了的肉块送到贾米拉和斯班仔家里。他们家一个劲地往我手中塞裹糖杏仁和纸包糖果，让我带回去给那些外国人吃。

最大的惊喜之一是，开斋节的第二天，我姨妈来了，还有她丈夫，我的表兄扎西德以及另外两个小孩。虽然，穆斯林都会趁这个节日四处走走亲戚，我不知道这是不是也适用于最近想害死的亲戚身上。所以，当妈妈家的人突然出现时，我自然地感到震惊。可当我看到姨妈的样子时，我更震惊了，就像有人在她皮肤上扎了一针，放走了所有的空气，只剩下皱缩了的一身皮囊。

一看到姨妈，妈妈就哭了起来，立即把她抱进怀里——这很容易做到，因为姨妈现在的体格只有以前的一半了。然后，姨妈也跟着哭了，连梅和乔治亚也跟着连锁反应起来。很快，四个女人都伸手去拿衣服架下的手帕，所有男人，包括詹姆斯，咳嗽了几声，表情尴尬地站在那儿。

显然，姨妈也遭受了霍乱之苦，甚至比妈妈还严重。

不过，换种角度想想，传染上霍乱也许是她所有遭遇中最好的一件事了，因为它不光吸掉了她身体上的脂肪，还吸走了她灵魂中的丑陋。以前从她嘴里流淌出来折磨我妈妈的那些话已经没有了。现在，我的姨妈不但个子小了，而且比以前安静了。当她坐在妈妈房里，轻轻地握着妈妈的手的时候，我为自己以前曾经诅咒过她死而感到有点难过。

“操，太可怕了，”扎西德解释道，“拉得到处都是。要不是亲眼所见，我简直不敢相信。你绝对想不到一个人竟然能拉那么多大便。”

“嗯，至少她活过来了。恢复过来真是不容易。”我回答道，努力不去想姨妈在我们曾经住过的小房子里把一半的体重拉掉了。

“那倒是，”扎西德说，“有两个邻居死了，两个老家伙，哈吉·拉什德和哈吉·哈比卜。”

“真糟糕。”我说，想着这两个老人前苏联军占领期间没死，内战时没死，塔利班掌权时没死，现在却死在自己的大便上。

有时，甚至开斋节时，也很难明白真主是如何安排我们的命运的。

当节日的光芒渐渐消失，我们准备再次回到日常生活中时，最后的也是最大的惊喜来了。

乔治亚牵着我上了楼，来到她的房间。她用手指按着嘴唇，示意我不要说话。像在进行秘密任务似的，我们都有点兴奋。我们在地板上坐了下来，她伸手拿出一个带摇杆的收音机。当它开始嗡嗡响时，她把它放在了我们跟前。

一个嗓音温柔低沉的男人正在说达里语；他在不断接进人们的电话，并反复念着一串串的电话号码。这些电话都很短，有时因为信号不好收音机发出窸窸窣窣的声音，听不清。但这些电话有一个共同点却是无疑的，那就是通过无线电波寻找失散的亲人和朋友。

听了真让人难过，我坐在那儿，不明白乔治亚为什么要在这个美丽的节日快要结束的时候让我听到这些不幸。然后，那个男人接进另一拨打电话的人，然后我听到我的朋友的声音从收音机里传出来。她的留言很简短："如果有人知道米娜的下落，请联系我。她来自帕格曼，母亲叫玛利亚，还有个弟弟叫法瓦德。你的家人现在很好，很幸福，他们非常希望能再见到你。"

十五

我们决定先不把广播节目的事情告诉妈妈，因为我们不希望她抱太大希望。乔治亚说，找到我姐姐的机会比在政府里找到一个老实人还要小。不过，生活终究还是为我们打开了一扇希望的门，虽然只能看到一条缝——《寻找失散的亲人》这档节目每周两次在自由欧洲电台[①]播放。

就在我秘密地等待米娜回来的同时，世界一路爬行着进入了冬季。我们躲在屋子里，鼻子冻得红红的。和夏天一样，冬天也给我们带来了欢乐，可到后来——也许是因为它看我们太高兴了——它便待着不走了，以至于我们醒着时都在祈祷它快快结束。

不过，天寒地冻的天气似乎对皮尔·赫德里的生意很有帮助。现在我们每天至少能接到五个电话要我们送货上门。可我的脚趾就遭殃了。在冻入骨髓的冰天雪地里跑了一天后，我的鞋湿透了。回到店里，我在炉子上烤了烤，就回家了。结果发现两只脚又青又肿。我想起皮尔·赫德里讲过的故事：阿富汗圣战者伊

① 由美国国会出资建立的广播和通讯电台组织，运作于欧洲、亚洲和中东，通过短波、中波、调频和互联网，以二十八种语言每周广播超过一千小时。

斯兰联盟在雪地里的遭遇。我哭着睡着了，担心自己早上醒来发现十个冻掉了脚趾的洞。妈妈看到后，非常生气。第二天早上，她跺着脚跑去找皮尔·赫德里，警告他如果不善待我，她就不停地诅咒他。第二天，皮尔·赫德里让我去送货时在我脚上包了两个塑料袋。“别告诉你妈妈。”他说，然后塞给我一块巧克力，作为封口费。

漫长的冬天开始将它的阴影投射到我们的生活上。刚刚露出一线曙光，哈吉·汗又开始销声匿迹了。乔治亚越来越生气——每隔五分钟，她就会因为和烟瘾作斗争以及哈吉·汗没有联系她而发火。詹姆斯一点忙都帮不上，因为他自己抽得跟火炉似的。一天晚上，他背着一个帆布背包离开了家。他解释说因为他和乔治亚是非常要好的朋友，所以他才打算后面几个晚上都住在蕾切尔位于卡拉俄法图拉哈[①]的家里。起先，我还以为他真的为乔治亚着想。可惜，我可没有他想象中那么笨。后来我就猜到他离开的真正原因是他和蕾切尔已经在恋爱了。

搬走后没过几天，詹姆斯就离开了喀布尔去了坎大哈[②]——去追逐阳光和炸弹了。他说他得在那儿待好几个星期。有时我会忘记詹姆斯也要工作赚钱。事实上，我想他自己恐怕也忘了吧，直到他供职的那家报纸打电话来提醒他。

---

① 喀布尔的一个街区。

② 位于阿富汗南部，为阿富汗第二大城市。

整个二月，梅大多数时间都在外面，虽然她不抽烟。后来得知她跟菲力普在一起。听到这个消息时，我心里就嘀咕开了——菲力普远远躲开我们是不是害怕我或者害怕碰到我妈妈。

所以，家里就剩下我和妈妈照顾悲伤中的乔治亚了。

“哈吉·汗现在可能在山区。”一天晚上，我们一起吃完饭后，为了不让她感觉孤单，我这样安慰她。

乔治亚笑了笑，但我捕捉到她和妈妈交换目光时的表情。显然，我的话没起作用。

詹姆斯终于回来了，但他并没有让我们的心情好起来。他一个劲地在讲炸弹袭击和南部的冲突。

“暴动的势头日益增长。”他对乔治亚说。她正在厨房做三明治。虽然不知道“momentum[①]”是什么意思，但我感觉到事情不妙。“对了，乔治亚，嘴巴上的事也就那么一阵子，屁股上的事可是一辈子哦。”他又说道。我还是没有听懂。

“哦，滚你的，詹姆斯。”乔治亚骂道。这次，我完全听懂了。

詹姆斯告诉我们他的见闻后过了两个星期，一枚强力炸弹在坎大哈市区爆炸，当场把五个人炸成了碎片，三十二个人不同程度受伤。这件事无形中印证了皮尔·赫德里的说法：这个国家“又要大难临头了”。

“可为什么塔利班要炸阿富汗人？”我问。我大声读着《喀布

---

① “势头”的意思。

尔时报》上的新闻故事。

“因为他们都是凶残的巴基斯坦人。”皮尔·赫德里回答道。我知道他说的不对，因为他们的领导人毛拉·奥马尔[1]就是阿富汗人——虽然他只有一只眼睛。

“他们不全是巴基斯坦人。”我纠正他。

“好吧，也许，”皮尔嘟嘟囔囔承认说，“可那该死的人体炸弹总是吧。阿富汗人总不会自己炸自己。那可不是我们的行事方式。是从外面带进来的。在我那个时代，斗争是要亲眼看到胜利，而不是看着自己的大腿飞过血淋淋的耳朵。”

“事情很复杂——很多小的事情一下子聚到一起。”詹姆斯解释说。我们一起走路回家。之前他来店里给他自己买了烟，给乔治亚买了袋饼干、一块 Twix 牌巧克力和一些“快乐母牛”牌乳酪。“首先是，北方联盟——他们是西方的军队，法瓦德——二〇〇一年既没有消灭塔利班也没有消灭基地组织，给了他们喘息的机会，他们消失了一段时间，现在又重整旗鼓跑回来了。然后是，重建工作进展缓慢，根本不起作用——大家都看得到——特别是在一些危险的地方，比如南部和东部地区。还有日益增长的对政府的不满——愤怒[2]。普什图人认为北方联盟占据高位的人太多，而北方联盟又觉得他们被边缘化了——他们的权力越来越

---

① 塔利班领袖。

② 原文里，詹姆斯怕法瓦德听不懂破折号前面的那个单词，所以又补充了破折号后面的那个词，进一步解释。

弱——尽管战争的胜利全靠了他们。另外就是腐败的问题，政府部门里谁有钱谁就说话大声，大街上，到处是收受贿赂的警察。所有这些加起来，人们势必——肯定——要生气了。新生后的塔利班回来了，战争又开始了，人们就会质疑——问——安全感和各种承诺都到哪儿去了，直到每个人都在抢夺劫掠。每个人都做好了战争再次降临的准备。”

“这样听来，情况很糟。”我说。

“不，也没有特别糟糕，对吗？”

詹姆斯把烟弹进了一条小巷，那儿的雪正在融化。路两边到处堆着废物和垃圾，一直通向我们房后。

“为什么卡尔扎伊总统不出来治理，制止所有的腐败呢？这样，人们就会很高兴？”

“我想这很难，法瓦德。他要取悦很多有权势的人，这儿的，外国的。如果他想让你的国家重获和平的话，他就需要他们的支持。”

“那为什么那些军队和西方的士兵不把塔利班全杀了？”

“嗯，这也很难。他们不愿意血流成河。”

詹姆斯突然弯下腰来，抓住我的脚，把我举起来，放在他肩膀上。我大吃一惊。他站起身时，我差点掉了下来。

“来吧，法瓦德！也许我们应该去南部参加战斗，反抗这些坏人！”

“耶！”我大笑。“我们去踢毛拉·奥马尔的屁股！”

“你何不扎他的屁股？这可是你独树一格的战法，不是吗？”

我虽然不是太明白他说的话，但我知道詹姆斯的意思。我哈哈大笑起来，那次对菲力普的攻击似乎变得有趣起来。然后，我们飞奔起来，就像以前的阿富汗战士那样，不同的是，我骑在一个英国人的肩膀上并非想杀他。

我们向大门跑去。什尔·艾哈迈德看见我们，忙打开侧边的金属门，并向我们敬礼。詹姆斯停住了，跺着脚，发出马嘶声。

“詹姆斯？”

乔治亚的声音从门后响起。

“詹姆斯？”

“天啊，她一定是等饼干等得不耐烦了，是吧？”詹姆斯大笑起来，“来了，亲爱的！”

然而，就在他到达门前，门在我们眼前打开了，乔治亚倒了下去，手捂着肚子。裙子上沾了血，手上也是。

“詹姆斯？”她哭着，向他伸出手。

“哦，上帝啊，亲爱的。上帝。不。”

十六

乔治亚的孩子没了，感觉却是我们身体内的什么东西死了一样。之前我们都不知道她怀孕了。

不过，真主是仁慈的，即使是对一个像乔治亚这样的不信神的人，他带走了她的孩子，却给她送来了胡戈医生。

当然，乔治亚在医院里待了很长时间，因为她整天哭，孩子没了以后连续好几个星期做噩梦。她像个幽灵一样没了人气，悲伤把我们生活中的快乐全部带走了。有一阵子，我觉得她也要离开我们了。

詹姆斯把她从医院接回来后，就把我们召集到客厅，告诉我们她小产了。詹姆斯解释说虽然她的身体没有问题——小产对女人来说很平常，因为肚子里的孩子还很小，不过她的精神崩溃了，需要我们大家帮助她。

这就是接下去的几个星期我们要做的事情。

詹姆斯跑到乔治亚的梳羊毛公司，跟她老板说了说，她老板同意她不去上班，工资照拿。梅不去找那个法国人了，每天晚上她都陪在她朋友身边，给她读书，帮她洗漱。白天，梅出去上班了，就变成妈妈坐在她床头边，安慰她，劝她吃东西。但乔治亚太伤心了，不想吃东西。所以，每天都要花很大精力让她吃点“快乐母牛”乳酪——她以前很爱吃的。

同时，除了在学校——已经开学了——和皮尔·赫德里的店之间来回奔跑外，其他时间里，我就坐在乔治亚卧室的门口或地板上，看着这个给了我和妈妈新生活的女人渐渐瘦了下去——脸塌陷了，衣服下面的胳膊和大腿细得像几根小树枝。

最后发展到似乎一阵微风就能把她撕成两半，詹姆斯不得不把胡戈医生请到家里来——他好像是詹姆斯的朋友。他说他会帮忙的，虽然我对此表示怀疑。他很高，有点瘦，头发是黑的，短短的却有点乱，眼睛蓝得像天空，穿着牛仔裤和一件大外套——居然不是白色的。我看过电视上的健康广告，知道医生应该是什么样子。胡戈医生一点都不像医生。不过，过了一会儿，他从楼上下来说他给乔治亚吃了点“有助于她睡眠的东西”，詹姆斯和梅似乎很高兴。我却更希望他给她吃了点“有助于她进食的东西”，不过，我懂什么呢？我只是个孩子。

“她需要时间。”妈妈说。我们坐在厨房帮乔治亚准备鸡汤。“她很伤心，这种伤心不可能一夜之间就消失的。乔治亚非常爱她的孩子，因为它是她的希望。现在她需要花点时间接受孩子没了，希望也随之而去的现实。”

“你说的‘希望’是指什么？”我问妈妈。我小心地把热汤舀到碗里。

妈妈叹了口气，从我手上接过勺子，然后跪下来捧着我的脸。

“我想，乔治亚是希望这个孩子能让他父亲永远和她在一起，法瓦德。只有深爱着的女人才会怀抱这种希望。我祈祷着，你以后长大了，如果看到有一个和你很亲近的女人眼睛里流露出这种希望，你一定要好好珍惜，因为它是真主赐给一个男人的最珍贵的东西，最无价的礼物。这意味着那个女人真正地爱着你，儿子。”

虽然我们都知道那个孩子的父亲是谁，但我们从来不在这栋房子里谈论他。似乎他是被魔法变出来的，又被真主收走了——因为他是个错误。在阿富汗，有很多原则要遵守，虽然并不经常发生，但如果你违反了它们，就会受到惩罚。

乔治亚就是在接受惩罚：她失去了孩子，失去了希望，失去了胃口。我想很快我们也会失去她——这是对我们保守她和哈吉·汗秘密的惩罚。

“你怎么啦?”皮尔·赫德里正在把塑料包搬到柜台上去，他突然停下来，转身面对我问道，“这几天你很少说话。”

“没什么，”我回答道，“我只是不想说话。”

“我可能瞎了，法瓦德，可我不笨。”他说。他走到门口，递给我一包包东西，往我口袋里塞了一百阿尼。“高兴点，孩子。这是给你辛苦送货的奖金。”

“太好了，”我开玩笑地说，“足足两美元。照这样下去，我很快就可以退休了。”

“你这只忘恩负义的小驴子。”

他戏谑地想拍一下我的肩膀，而我已经骑上了自行车，结果他打在了我的头上。这可是件危险的工作，我心里想，当你的老板是个瞎子的时候。

我已经很久没开过玩笑了。虽然我知道开开玩笑有好处，可一种罪恶感紧跟着而来。我怎么能这么对待乔治亚？她躺在床上快要死了，而我却在嘻嘻哈哈？

尽管乔治亚在很多方面和我们没有太大区别，但她终究不是阿富汗人——像我和妈妈一样。那个孩子的死——他甚至没个名字——有可能会把她带走。我感到恐惧，可是又不能和外面的人说，因为这件事是错误的。乔治亚没有结婚，却有孩子。这要在以前的阿富汗，女人会被乱石砸死。就是现在，也还有这种情况。这已经不是骂声婊子就可以过去的事情——哈吉·扎维德那样骂她只是因为她没有结婚却和男人发生性关系。因此，我无法向人倾诉自己的坏心情，也做不到把它深深埋在心里。我第一次希望自己是个女孩子，因为她们很擅长隐藏心事，如果她们不说，你几乎不可能知道她们心里在想什么。

“哦，我很高兴你玩得那么开心。”贾米拉气鼓鼓地说。那天，我不小心告诉了她我和穆拉拉哈一起赶羊的事。她虽然这么说，看上去却很不高兴。那天，她就没怎么和我说话。我意识到有事发生了。每当我问她什么，她就会冷冷地说："你干嘛不去问穆拉拉哈？"

妈妈也是这样。尽管我感觉到她开始喜欢什尔·艾哈迈德——因为他开始在看一些电脑方面的书，还参加了一个下午学习班——但每当我问到她这个问题时，她就会说："我唯一的愿望就是你能快乐，法瓦德。"我知道她说的不全是真的，因为我发现她开始往眼睛上涂妆，注意起穿着来了。她的话并没有迷惑住我。

乔治亚是唯一对我说真话的人——她告诉我她对哈吉·汗的爱，还告诉我梅是同性恋。想到戒烟也不足以让她免受地狱之苦时，想到她很可能会离开我，我便心如刀绞。

因此，当我送完最后一袋货物，看见他站在医院附近的一条街上和一个胖男人有说有笑，身边照样围着一群警卫时，我眼里都要喷出火来了。我突然跳下自行车，冲到他面前。

"你这个混蛋！你这个撒谎的混蛋！你在谋杀她！"

我的拳头雨点般地砸在他胸口上，我感觉到他的身子绷紧了，却没有动。我使尽全力去踢他，打他，冲他发泄我内心的仇恨。

"她就要死了，你还在这里笑！"我不停地尖叫，"你一点都不在乎她，你这个凶手，你这个丑陋的婊子养的杂种！"

然后，我推了他一把，跑了。

十七

从瓦兹尔·阿克巴汗跑出来，我跌跌撞撞地穿过嘈杂的人群和汽车，穿过河上的大桥，一头扎进老马卡罗亚恩区的黑暗中。我不知道自己跑到哪儿了，直到停下来时发现自己站在斯班仔家的门口。

“你干什么了？”

“我打了哈吉·汗。”我反复念叨着。

斯班仔坐在台阶上，手里摆弄着最近刚买的手机——带拍照功能，样式很新颖，正在播放宝莱坞[①]的情歌。他看我泪流满面，抽噎得喘不过气来，就放下了手机。

“你打了哈吉·汗，却没短胳膊少腿？”

“好像是……”

斯班仔从牙缝里发出轻轻的啸叫声。

“嗬，了不起！你为什么要这样做？”

“因为他……”我开始解释时，那些准备要说的话变成一幅图展现在我的脑海里：乔治亚躺在床上，孩子死在她的裙子上，

① 位于印度孟买的广受欢迎的电影工业基地的别名。

所有的希望都破灭了。我意识到自己不能背叛乔治亚，就算是斯班仔，也只能知道一半。“因为他在和别人开玩笑。”我最后说道。说这句话的时候我感觉自己非常傻。

“妈的，”我的朋友说，“那个玩笑一定恶劣透顶。”

“嗯，就是。”我表示赞同。

接下来的三个小时里，我们一直在讨论两个问题：一是，我会不会走路时被打死；二是，我打了他的老板会不会影响他的生意。最后，我们一致决定：我找个地方躲起来，斯班仔另外找份工作。

“这附近有不少空房子，我把你藏起来，每天给你送一两次吃的，我自己再找份长久些的工作。”斯班仔这样建议。一开始，他很震惊，也很绝望——想到要重新找个新药罐子了。“你还需要把枪。”

“我不会用枪。”我说，既害怕又兴奋。

“能有多难？我们是阿富汗人；也许比骑自行车还简单。”

“我的自行车！”我叫道，突然想起我的自行车。向哈吉·汗发起攻击时，我把它扔在地上了，任由它的轮子滴溜溜地转。现在，它恐怕在瓦兹尔的某个地方了。

“该死，”斯班仔很同情我，在我肩膀上拍了一下，“那是辆不错的自行车。”

“也许我该回去找。”

斯班仔耸了耸肩。“你是需要自行车。”他同意道。

“我也该和妈妈道别一下。”我说。在公众场合打了哈吉·汗后，这是我第一次想到她。我可以想象，连最后一个孩子都要离她而去，她一定很悲伤。

“哈吉·汗可能正盯着那栋房子呢，”斯班仔警告说，“也许你该等到天黑……我们得去弄把枪来。”

“那要多久？”

“不知道，”斯班仔承认道，“我以前也没试过。”

“不用了，我得冒冒险。”我这样决定了。我站起身，脑子里只有妈妈的那张脸。

“要我和你一起去吗？”斯班仔问。他对我真的很好。

“不用了，”我想了想，然后说，“我一个人会快些。而且，哈吉·汗可能也在找你，因为你是我的朋友。”

“妈的！我还没想到这点。”斯班仔站起来，“你觉得我也要躲起来吗？”

我耸了耸肩。“也许吧。”

在我转身回瓦兹尔·阿克巴汗时，天已经全黑了。现在，我孤零零地一个人，勇气消失得无影无踪了。我心里怕得要死，战战兢兢地往家的方向走去——每次一看到“陆地巡洋舰”大型越野车，我就赶紧躲进阴影里，心里想着有一辆可能是哈吉·汗的，当它靠近我时，车窗打开了，里面的人朝我头部开枪射击。

我一拐过街角，原先只是在我皮肤表层的恐惧一下子透入骨髓——我看见哈吉·汗的三辆“陆地巡洋舰”大型越野车正停在房子外面。

我立即窜起身，转身准备从藏身的地方跑开——结果正撞在艾斯曼莱的腿上。

“喔啮！”他嘟哝着，一把抓住我的肩膀。

“放开我！放开我！”我拼命叫道，用力拍打着那双抓住我的大手。“救命！他想杀我！”我尖叫着，很多人停下手里的活围了上来。

“别傻了！”艾斯曼莱在我耳边厉声喊道，“没有人要杀你。”

“有人在，你才不敢！救命！谋杀啊！”

艾斯曼莱拼命摇晃我的身体，晃得我的眼睛很不舒服，于是，我就闭嘴了。

“听我说！现在听我说！”他命令，“我们都很担心你，法瓦德。所有人，包括哈吉·汗。他让我去皮尔·赫德里的店里找你。”

“对，找到我，然后杀了我！”我打断他。不过，没有先前那么声嘶力竭，并开始思考他的话了。

“不是杀你，是把你带回家。就是这样，法瓦德。我们只想带你回家。”

我没再挣扎，而是深深地看着艾斯曼莱的眼睛。它们不像是杀手的眼睛，看上去就是一个喜欢和你开玩笑，喜欢吸大麻的男人的眼睛。

“真的，孩子。没有人生你的气。我们很担心你，没别的。

我们都很震惊。”

我又看了他一眼，想从他脸上发现他在下套的痕迹。“好吧。”我最后说，也许他说的是真的。不过，还是要小心些。他抓着我的手时，我转身冲周围的人喊道：“如果明天我死了，凶手就是他！”

“看在真主的分上。”艾斯曼莱发出嘘声，拉着我走了。

我由着他把我拖回了家。

经过警卫时，其中一个向我敬了下礼。穿过大门，我最先看到的是我的自行车已经斜靠在墙上。一定是哈吉·汗在我跑开后替我把它带回来的。

然后，我看到妈妈那张焦虑的脸。

艾斯曼莱让她拥抱了我，并低声对我说“别担心，孩子。”他让妈妈给我们送点茶来，接着带我去了花园。

我没看到哈吉·汗，不过，既然他叔叔和他的警卫们都在这，我想他一定是在楼上，和乔治亚在一起。毫无疑问，他一定又在瞎许诺。

艾斯曼莱先让我坐下，然后他自己坐在了我对面，点着了一根烟。他表情悲哀，看上去比以前老多了，眼角上的皱纹也深了。

“他真的爱她，法瓦德。”

艾斯曼莱看着我说。但我没说什么，因为我不相信他。

“我知道你现在可能不相信我说的话，”他继续道，“但这是真的。我和哈吉·汗是大半辈子的朋友了。我们一起长大，一起战斗。我们都懂得爱。”

“那为什么他不给她打电话，艾斯曼莱？”我哽咽着说，不再关心自己会不会被杀，“为什么他让她这么痛苦，孩子没了，她也不愿吃东西？为什么？”

艾斯曼莱叹了口气，吐了口烟。妈妈送茶来了。他说了声谢谢。等她走了以后，他接着说：“你知道我们的文化，孩子。这不是西方，男女平等。我们是男权社会，女人只能待在家里，照顾丈夫孩子。男人不会听女人的，自然也不会事事向女人报告。虽然哈吉·汗是个思想开放的男人，他也了解西方，可他毕竟是阿富汗人。他不可能完全改变已经根深蒂固的文化意识，即使他想过改变，即使是为了乔治亚这样的女人。而乔治亚呢，就像我们的家人一样，了解我们的文化，但她终究是个外国人，她的心思总会受她的文化的影响。”

“但她很努力……”我觉得有必要为她辩护。

“我知道，孩子。我们都知道她为哈吉·汗牺牲了很多，她尊重他，为此，我们都很爱她。比起其他外国人，她待在屋子里的时间长多了；比起那些像在自己国家一样只知道喝酒开舞会的外国女人，她更注意自己的形象。可她依然是另一个世界的人，和我们不一样，这一点永远不可能改变。每当哈吉·汗和她在一起过夜，每当乔治亚去他家，他都是在冒险，也是在犯罪——不可饶恕的罪。罪恶感会一连几天都重重地压在他的胸口，让他不得安宁。事实上是人们会议论纷纷，法瓦德，像哈吉这样的重要人物被人们议论是很危险的事情。不像其他事，说说就过去了。权力的获得依赖于财富、荣誉和尊重三者之间的良好平衡。失去其一，你就会失去全部。”

“那么，他是害怕失去权力和金钱？这就是你要说的。这就是哈吉·汗非常爱乔治亚？”

“不，这不是我要说的。”艾斯曼莱说。他端起茶，用力吹了吹——这在伊斯兰教里是不允许的，因为不卫生。“哈吉爱乔治亚。可他能给她什么呢？她又能给他什么呢？很久以前他们就该放手，但他们都不愿意失去对方，以至于现在两个人都陷在一个没有未来的世界里。既不能前进，又不能后退，只好陷在原地，死守着对方，哪也去不了。”

“为什么他们相爱却没有未来？”

“你觉得他们有什么未来？结婚？在阿富汗？”艾斯曼莱发出刺耳的笑声，重新点着手中早已熄灭了的烟。

“为什么不能？”我问。

“不可能，你是知道的，法瓦德。他们太不一样了，两个人都不是容易妥协的人，不可能为对方改变。哈吉曾经形容乔治亚是一只鸟儿，一只美丽动人的鸟儿。歌声美妙得让你心花怒放。你能用我们的文化和传统的笼子把她关起来吗？你可以想象，就算乔治亚皈依了伊斯兰教，她能像其他女人那样乖乖地做一个高大的普什图男人的妻子，锁在家里，不出去，不见男性朋友，不工作吗？那会杀了她。你应该知道这点。”

“他们可以远走……”我突然住了口。我承认艾斯曼莱是对的。如果她在阿富汗嫁给了哈吉·汗，一个星期不到，他可能不得不开枪打死她——为她给这个家带来的羞耻。

“他们能去哪儿呢？”艾斯曼莱问，“欧洲？”

我耸耸肩，又点了点头。

“你觉得哈吉能在那儿过下去吗？离开他为之战斗的祖国，因为它家破人亡？这块土地已经溶入了他的骨血中。如果他和一个外国女人离开了，他还怎么能回来？还怎么维护这么多年来他和他的家庭经历这么多的苦难才得来的荣誉？他将过着流亡的生活，这会毁了他。

“事实是，法瓦德，哈吉和乔治亚是在错误的时间和错误的地点相遇并相爱上的两个人。他们现在要问自己的问题是接下来他们该怎么办。”

艾斯曼莱正在点第二根烟时，哈吉·汗出现在花园。原本棕色的脸变得苍白，眼角还盈着泪。一看到他，我的血便冻住了。他朝我们走来时，我低下了头。他接过艾斯曼莱手中的烟。

“我不知道，”我听到他低声对艾斯曼莱说，艾斯曼莱已经从椅子上站起来了，“她从来没告诉过我，现在她不让我近身。”

“她需要时间。”艾斯曼莱回答。这让我抬起了头，想起妈妈也说过这样的话。

“不，”哈吉·汗痛苦地说，他的声音沙哑，“她需要一个比我好的人……我们都知道。可我怎么能让它发生？她是我的妻子。”

哈吉·汗转身离开时，停下来看了看我。深棕色的眼睛里早已盈满了的泪水，终于从他的眼角滑落，像两条小河，静静地流淌下来，顺着脸颊，流进他的嘴里。

十八

"主啊，那是什么声音?"我问。我刚上完早课回来——下午的课是女生上的——发现詹姆斯躲在院子里。

"我亲爱的法瓦德，那是性手枪乐队[①]。"他告诉我说。从乔治亚房间传来的歇斯底里的英文歌叫这个名字吗?我正琢磨着。"你要算幸运啦，"詹姆斯又说，"今天早上可是邦妮·泰勒[②]。"

"邦妮是谁?"

"爆炸头，大头肩，吵死人——"

"嘿!我喜欢大块头邦妮·泰勒。"

乔治亚出现在门口。她穿了条蓝色牛仔裤，紧身长袖体恤，嘴里正在吃印度面包——如果我没看错的话——上面涂了一层"快乐母牛"乳酪。

"上帝，我饿死了。"她说。

她从我们身边走了过去，一只手拿着一个盒子，另一只手拿着她的午餐。我注意到她的手指和脖子上都没有戴几个月前哈

① 上世纪七十年代英国最有影响的朋克摇滚乐队之一。

② 上世纪八十年代摇滚女歌星，以其沙哑而极富磁性的嗓音流行一时。

吉·汗送给她的珠宝首饰。我还注意到从她牛仔裤背后的口袋露出来一包香烟。

“盒子里是什么?”詹姆斯问。她把盒子扔在外面的垃圾箱旁边。

“废物,”她回答,“春天来了,我得清理清理了。”

她转身回房间去了。等她一消失,我和詹姆斯对望了一眼,同时朝那个盒子跑去。他先到——因为他的腿是我的两倍长,而且起跑时他还推了我一把,把我推倒在地上。

“啊哈。”他拿到盒子时叫道。接着,他打开了纸盒盖。

“啊哈。”我也叫道。

盒子里有一堆质量很好的丝织衬衣——叠得整整齐齐,几瓶香水,无数鲜艳的围巾以及一个雕刻精美的象牙珠宝盒。

最上面的是哈吉·汗的照片。

乔治亚通过清除记忆迎接春天的到来,妈妈欢迎这个季节的方式是帮我剃头。虽然每年都是这样,可她的技术却没有越来越好。

梅看见我时哈哈大笑。“爱你的人会是谁,宝贝?”

“科杰克。”詹姆斯解释说——事实上什么也没解释。

“为了健康。”我坚持道。我摸了摸头,仿佛要把这帮所谓的朋友的羞辱擦掉似的。

“你是说虱子吧。”梅纠正我说。

“什么都好。”我说，伸出手指做了一个“W”的手势——这是乔治亚嘲笑詹姆斯和蕾切尔的事之后，詹姆斯在厨房教给我的一个动作。

梅又哈哈笑起来。

“接着，”她说完扔给我一件蓝色的羊皮外套，“看看你能不能帮它找个幸福的归宿！”

“真漂亮！”我看着手上的衣服说——手感很好，很柔软，很舒服，周边是黄色图案的刺绣，“你怎么不要了？”

“我当然想要！”梅叫道，“是艾斯曼莱带给乔治亚的，但她不要。我猜她大概也不希望我穿。女人生气时是难以琢磨的，法瓦德。”

“你也是女人。”我暗示道。

“勉强吧。”詹姆斯嘟囔道，结果招致梅的一记耳光。

“乔治亚为什么不还回去？”

“艾斯曼莱不肯带走。”梅解释道。

“可我给谁呢？”

“随便谁，只要不住在附近。”她说完就回房间去了。这时，什尔·艾哈迈德探进头来。

“法瓦德，”他向我嘘了一声，朝我招了招手，就走了过来，“我想有人找你。”

“谁？”

“你自己去看看。我觉得他在乔装。”

我跟着什尔出去了。他指着马路对面的一个黑影——站在我们斜对过的街边。是个裹着一块大头巾的男孩，戴着黑色太阳镜，假装在读《喀布尔时报》。他看上去的确很可疑，不像好人，像间谍——整条街的人都在看他。

当他把报纸放下来时，我认出了他。

“斯班仔！”我冲他喊道。他一下子扔掉了报纸，掀开头上罩着的头巾，迅速转过身来朝这边看。

我大笑着向他跑去。我完全忘了他还在躲哈吉·汗的追杀。

“我紧张死了。”斯班仔嘟囔说。没什么更好的事做，于是，我们朝沙赫尔瑙走去。我们先去了皮尔·赫德里的店，但贾米拉上学前没有接到送货电话，所以，这个老人就让我们“去享受阳光吧，在政府对它征税之前”。

“啊，对不起，”我对斯班仔说，“我给忘了。”

“老实说，我以为你这会儿肯定死翘翘了，不过，我还是想过来确认一下。你没死，我很高兴。”

“谢谢，”我说，“你是我的好朋友，斯班仔。”

“最好的。”

他大笑。虽然我也跟着大笑，还骂他是同性恋。可在我心里，我知道他是对的。

路上，我们经过妇女事务委员会，想看看那些女士们，结果惹恼了那些警卫。于是，我们又往前走，来到“大汉堡”，要了一个牛肉套餐——炸肉丝三明治、薯条和鸡蛋——这些东西可以滋润一下你的嘴唇。经过一个漫长的冬天，我们的身体干得就跟老树枝一样。这些油脂跟药一样，对我们的身体有好处。

填饱肚子后，我们逛到公园去了。穷人和饥饿的人聚在那里互相倾诉彼此的悲惨，一有人傻到加入他们时，他们就猛扑上去。在一个超市对面的墙角上，我们发现了疯子皮尔。他正在和一群野狗一起翻捡一堆垃圾。没有穿鞋，赤裸的脚上到处裂开口子，一头乱糟糟的头发纠结在一起，看上去像戴了一个做工粗糙的头盔。

“跳蚤！”他看见我们过来便大叫，“跳蚤快来咬狗！”

“跳蚤全在你身上。”斯班仔大笑。

“跳蚤在我身上，跳蚤在你身上，全部跳蚤都很高兴自己是跳蚤，”那个疯子一边唱，一边拼命挠头，“不是吗？小跳蚤。”

“我想是的。”当意识到他是在对我说话时，我回答道。

没有人知道疯子皮尔的故事。这个疯子竟然在喀布尔发生的所有不幸中活了下来。我想在他身上一定发生过什么悲惨的事情。想到这，我突然伤感起来，因为我想到他也曾经有过我这样的年龄，也曾经是一个对一切都充满期待的男孩。

“给你，皮尔，”我向他走去，把手中梅给我的那件外套——艾斯曼莱给乔治亚的——递给他，“跳蚤国王的外衣。”

皮尔一下子从我手中夺去，塞在腋下，然后转身就逃。一边跑，还一边回头看，担心我突然改变主意。他跑到墙下，停了下来，然后侧头看着我——用一种我看不懂的方式。随后，他跳过那扇墙，歪歪扭扭地跑过那块棕灰色的草地。

“跳蚤国王的外衣！”他大叫，“万岁，国王！跳蚤国王！”

“疯子！”斯班仔说。我们转身向瓦兹尔·阿克巴汗走去。

“是啊。”我表示赞同。

“不过，你刚才做了一件好事，法瓦德。”

“也没什么，”我说，“只是件没人要的衣服。”

十九

“快来，法瓦德！”斯班仔朝我跑来。下午，我骑着自行车去皮尔·赫德里店里工作。“喀布尔着火了，我们要错过啦！”

“你说什么，‘着火’？”我停下来，抬头看了看天空，寻找烟和火焰或其他着火的迹象。

“美国人杀了很多人，现在大家都在闹事。”他解释着。跑到跟前时他差点跌倒在后座上。“收音机上说好几百人在街上游行呢，看到东西就烧。有人告诉我说他们甚至在沙赫尔瑙放火烧一个外国人。”

“不！”

“是真的！”斯班仔说。灰色的脸因为兴奋泛起红晕。

“为什么会这样？”我问。

“为什么不会这样？”他回答，“那是暴动！没有道理可言！”

“那好吧，我们去看看，别错过了！”

斯班仔跳上自行车的后座，紧紧抓着我背后的衣服，以保持平衡。我们奔着骚乱而去。

原本以为一到那儿就会看到几百个闹事者正在放火烧外国

人。实际是，我们到沙赫尔瑙时，压根就没看到一个闹事者，只看到警察检查站被烧后的残骸，玻璃被砸碎的商店窗户，滚落在街上的被抢物品——这一切都显示了这儿刚刚发生了严重的冲突。我们循着踪迹，问过好几个男孩后，终于在泰马尼发现一小群人正在高喊“卡尔扎伊去死吧！”和“美国去死吧！”；他们头顶上还举着牌子，上面画的是死了的北方联盟领导人艾哈迈德·沙阿·马苏德。我们估计游行正处于高潮阶段，所以，便加入进去了。

我们跟在蛇一样的队伍背后，发现人并不多，而且大部分都是学生。虽然如此，我们还是决定支援他们，跟着喊“美国去死吧！”——只有这样，我们才算是一名暴动者。我们前面的一个穿黑衣服的男人听到我们的声音后回过头来朝我们笑了笑。这更加鼓励了我们，我们叫得更响亮了。“去死吧，该死的美国！”“该死的美国佬！”我们扯着嗓子，放声大骂。在一种极度兴奋中，我们哈哈大笑。

我们这帮疯子像一帮仇恨美国的难兄难弟一样行进在大街上。有几个年龄大点的男孩试图把带有外国痕迹的警卫亭推倒。斯班仔和我无论是力气还是勇气都不足以去帮他们。为了弥补这一点，我们装出同仇敌忾的样子，一唱一和地大骂着。

“去死吧，该死的美国！”

“对，死去吧，该死的美国！你们这群垃圾！”斯班仔大喊。

“发出卷心菜的臭味！”我尖叫。

“狗屎！”斯班仔又骂道。

“像女孩一样打仗！”

“像娘们一样哭泣！”

“爬满毛茸茸的寄生虫的驴子！”

“——”

突然，我的脖子被人用力一拉。

“你他妈的以为自己在干吗？”一个男人怒气冲冲的声音钻进我的耳朵。

我转过身，看见詹姆斯站在我身后。我再次忘记了他的职业——为了生存他也得工作。我们身后跟着几个白面孔，手里拿着笔，笔记本和相机。

“我们在抗议，因为美国人杀了五百个阿富汗人。”我喊道，声音试图压过其他抗议者。因为来了记者，他们喊得更起劲了。

“你根本不知道自己在说什么，”詹姆斯也冲我喊着，不过，他说的是对的，“这不是游戏，法瓦德。现在马上给我回家去，不然，我亲自把你们带回去——我会告诉你妈妈你都做了些什么。”

“但是詹姆斯——”

“不要‘但是詹姆斯’。”他命令道。我们的争论毫无道理地结束了。

我和斯班仔都觉得我们已经尽力了，算是对得住被杀的那些阿富汗同胞了。尽管还意犹未尽，我们还是决定退出游行。也许，那帮人没有母亲在家里等着拷问他们，也不会有外国朋友板着一张张严肃的脸。

为防詹姆斯出卖我们，到了街角时，我和斯班仔决定分道扬镳。

“你妈妈一定会很凶。”斯班仔说。

“要告诉我情况。”

我慢慢地朝家走去，很怕詹姆斯回去——平时他是这栋房子里最容易相处的人。两个小时后，他终于还是回来了。他只朝我点了点头，示意我跟他去花园。

“要知道，法瓦德，你今天的行为十分愚蠢，”他对我说，“在这次骚乱中，很多人受了伤，也有很多人失去了他们爱的人。今天的情形非常危险，很容易失去控制。我很抱歉今天冲你大喊大叫，可我是担心你。如果你受伤了，我不会原谅我自己。不过，你现在没事，这才是最重要的。唔，我们酷吗？”

“是的，我们很酷！”我说。一想到他这么关心我，我的心豁然开朗起来。“我们非常酷！”

詹姆斯进房间写他的文章去了，我就到厨房里找妈妈了。她一边听着收音机里对这次骚乱事件的报道，一边在准备羊肉炖胡萝卜汤。乔治亚和梅还没回来。妈妈说那帮人打电话来找什尔·艾哈迈德和阿卜杜勒，他们当时正在守大门，他们俩表现出了和他们外表不相符的勇气。他们俩说他们受命保护这栋房子和里面的人。后来那帮人累了，全跑回各自的家了。晚上九点，乔治亚和梅回来了。她们看上去很严肃，还有点喝醉了，在讨论

“末日到了”。

第二天，坐在伊朗酸乳酪的包装箱上，给皮尔·赫德里念《喀布尔时报》时，我才知道事情的来龙去脉。一辆美国军事卡车由于机械故障在凯尔卡纳——我们以前住的地方——突然失去控制，连撞了很多车，死了一些人。报道称当人群捡起石子儿扔他们时，一些美国或阿富汗士兵便向人群射击，杀死了五个人。之后，抗议者在市区游行示威时，又死了更多人，不少外国援助机构的工作人员被烧死。还有一家妓院也被火烧了。报纸上没有提到中国人。上面还说那些暴动者并非全是真正的抗议者，而是混杂了不少“投机者和犯罪分子”——他们试图制造混乱。而且，政府发誓要逮捕他们——这个消息让我的心跳到嗓子眼了，这表示我和斯班仔现在正在被警察追捕。

“外面局势非常紧张。”一天晚上，詹姆斯对乔治亚说。他们坐在温暖的灯光下吃着妈妈为大家做的鹰嘴豆和土豆。“你几乎能闻到双方越来越浓的硝烟味。”

“会过去的。”乔治亚说，语气并不乐观。

“会吗？”詹姆斯问她，“阿富汗人一向痛恨占领他们国家的外国人。”

“我们没有占领！”乔治亚几乎喊道，“没有人会这样想。”

“只是暂时，”詹姆斯严肃地说，“只要来那么几次暴动事情就会改变。”

我没有说话，主要是因为我不希望他们进房间谈——那样的话，如果詹姆斯在乔治亚面前出卖我，那我就听不到了。不过我知道詹姆斯说的是对的。报纸上说过去两周外国军队和塔利班打起来了。美国军事卡车因为机械故障撞死人之前的那个星期，大约三十个阿富汗人被飞机投下的炸弹炸死。库纳尔省有一家人就是这样死的。随处可见路边炸弹和自杀式袭击制造的死亡和哀伤。

梅和乔治亚在暴动之后回家来时说“末日到了”，大概是真的。

二十

“知道吗？哈吉·汗真的帅呆了。”贾米拉用一种平缓的声调说。以前她这样说话，我会很恼火。“像从故事书里走出来的。”

“他的确不错。”我承认。

“那你也去找一个像他那样长得英俊又富可敌国的男人。”斯班仔赞同道。

“哦对，”皮尔·赫德里插口道，“他能让很多人为他心碎。”

“你怎么知道？”

我的手在他眼前晃了晃，惊讶于这个瞎老头看穿一切的本事。

“我能闻到，”皮尔大笑，“他闻起来是个女人甘心为他死的男人……男人也愿意为他死。”

“唔。”我说。

“差不多。”斯班仔表示赞同。

“我愿意嫁给他。”贾米拉说。

“现在？”

斯班仔从柜台上跳下来，走到她跟前。

“嗯，虽然有点老，不过，如果没有人追求我的话，我就愿意嫁给他。”

“别担心，贾米拉。你不会缺乏追求者的。”斯班仔对她说。她站在椅子上擦拭架上一排排的罐子。斯班仔把她搀扶下来。“你是夜空中闪闪发亮的星星，我的女孩。过几年就会有一大帮男人拜倒在你的石榴裙下。”

“真的吗？你这样认为？”

“我保证会的。”

“哦，好啦，”皮尔嘟囔道。贾米拉咯咯咯地笑，扯了扯头巾，遮住了脸上的瘀青——看来他父亲最近又打了她。“行啦，你们俩。我的店里可不会发生这种浪漫的事情。”

“我想我要吐了。”我说。

“别像个孩子！”贾米拉大笑。

“不，是真的，我要吐了。”我坚持道。

真的。我吐在了那只狗的尾巴上。

我身上发烫，浑身湿透，像有个魔鬼坐在我的脑子里不停地敲着塔不拉鼓①。折腾了近两个小时后，哈吉·汗突然走进皮尔的店里，说他想买包烟。所有人立即停下手中的事情，眼睛跟着他转。如果这时恰好有人在注视我们，那么，他一定以为我们正在盯着一个佯装是顾客的扒手。

我当然知道他在撒谎。买香烟？自然有人从欧洲替他买回一

① 印度手敲小鼓。

箱箱上等烟。我还从来没看过他抽中国的马牌烟——这儿的人全抽这个牌子。

“呃，一切都好吗？”哈吉·汗问。我们都看着他。皮尔像个女人似的围着他团团转，请他喝茶，给他拿饼干。哈吉·汗要了包“七星”，付钱时，皮尔一个劲地说“不值钱，不值钱”——这是我第一次从他那干裂的嘴巴里听到这样的话。

我点了点头，算是回答了他的问题。我知道他想知道更多，可我不想告诉他。

“没问题，”他又努力了一次，“家里？”

我摇了摇头。

“很好。嗯，非常好。那么，大家都很好？”

我点点头。

“呃，没有人受到暴动的影响？”

我耸了耸肩，又摇了摇头。

“詹姆斯呢？他工作怎么样？梅呢？”

“她很好！”我突然脱口而出。我觉得有点尴尬，因为他们都好奇地看着我们进行这番对话——我没有告诉他们乔治亚已经把哈吉·汗从她的生活中抹去了。我知道他们都很困惑。这个高大的男人不会无缘无故地走进这家小店。

“好，好，”哈吉·汗反复念叨，在皮尔这间狭窄的小店里，他尤其显得高大，脸上露出迷惘的神情，“我只想，呃，你知道……”

“是的，”我说，“我知道。”

哈吉·汗点了点头，然后离开了，那包“七星”却还在柜台上。

“可能吃坏了什么东西。”胡戈医生摸了摸我的头，感觉了一下体温，然后伸出两根手指，按在我的一侧脖子上——只有上帝知道他在做什么。“多喝水，多休息。”他又说了一句，然后坐在垫子上，身体后倾，端起茶。

我侧头看着他。我已经听过他两次诊断了，一次是乔治亚，现在是我。似乎在他看来，所有病人需要的只是多休息。我真的很想知道他会对一个断腿的人说什么。

“唔，也许你是对的。”乔治亚对他的诊断表示赞同。

我翻了翻眼珠。

“那是什么表情？”

“什么表情？”我问。我的脸更烫了，因为我知道她指什么。

“那种表情！”她翻了翻眼珠。

“哦，那种表情。”我说，也翻了翻眼珠。

“对，那种表情。”她说，又来了一下。

“没什么。”

“小孩子！”乔治亚哈哈大笑，把我拉进她怀里——她的身体柔软多了，因为她又开始吃东西了。

“大女人！”我模仿她。

"你们俩一直这样吗?"胡戈医生突然开口说。他把一块饼干浸进茶水里，结果，没等送进嘴巴里饼干就断了，掉在他的裤子上。

"糟糕!"乔治亚说完又翻了翻眼珠。

最近，胡戈医生频频造访我们家，甚至宵禁时——政府给了他一个特别通行证，这样，他就不会被检查站的警察射杀。

我还是看不出他是个多好的医生，不过我肯定，如果乔治亚愿意的话，他会对她很好的。他有点邋遢，不过心肠挺软的。他告诉我，有一次，一个女人在一次争吵中被她丈夫开枪打中胳膊，为了救命，他不得不切掉了她那只胳膊。事后，他哭了。虽然乔治亚和我从来不谈他，但我猜她喜欢他，至少有那么一点点，因为她重新开始化妆了。她没有和他有过身体上的接触，没拍过他的膝盖，也不用眼睛和他说话——像以前和哈吉·汗说话时那样。但和他在一起时，她会微笑;他打电话来时，她会消失——像以前和哈吉·汗在一起时一样。

也有的时候，电话响了，她也不接，就让它一直响着。我们都假装没在意，因为我们知道一定是哈吉·汗打来的——他想听听她的声音。不过，我想如果她真的想和他一刀两断，她一定会亲口告诉他，而不是不理不睬。

"胡戈医生想让乔治亚做他的女朋友。"我告诉妈妈。我们正坐着看印度肥皂剧《杜尔西》。杜尔西是个年轻的新娘，嫁到一个有钱人家里，所有人似乎都把大部分时间花在算计对方上，要么就是哭哭啼啼。

“我也这么觉得。”妈妈回答道。电视剧在一片号啕大哭和悲伤的音乐中结束了。

“你觉得她会答应吗？”

“我不知道，不过我觉得她应该得到幸福。”

“像杜尔西？”

“唔，像杜尔西。”

“可是杜尔西永远幸福不了。”

“那只是电视剧，法瓦德。不是真的。”

“我知道是电视剧！我又不蠢！”

“那不结了。”

我看着妈妈，她从一个长垫子下面拿出针线活。有时，我真的觉得很难和她进行一番正常的谈话，因为她从来不认真听我说。我不知道这是不是跟她没有接受过教育有关。

“我说的是，我不知道乔治亚能不能像爱哈吉·汗那样爱胡戈医生，我不知道她会不会。”

“你为什么这么说？”

“感觉……”

妈妈扬了扬眉毛，眼睛直直地看着我。

“好吧，好吧。看到过胡戈医生有一天晚上想亲乔治亚，但她偏了偏头，结果，他亲在她耳朵上了。”

“法瓦德！我真的希望你别再偷窥别人了。这样不好。”

“我不是偷窥，只是碰巧经过那里。”

当然，我撒了个谎，因为那时候已经是半夜，我应该在床上睡觉，不可能会碰巧经过那里。不过，妈妈似乎没有在意。

“嗯，时候还早着呢，”她回答说，“乔治亚可能还爱着哈吉·汗，不过事情会变的——人会变的。他们只是需要点时间。”

“唔，时间是好东西。”我说完站起身。我已经厌烦了这种需要多休息啊需要点时间啊之类的谈话。当大人们没有更好的答案时，他们就只会给你来这么一句。“问题是，妈妈，乔治亚没有很多时间了，她必须尽快找个能让她幸福的人，她已经不年轻了。你也是，得考虑考虑了。”

“你说什么？”妈妈抬起头，很吃惊的样子。

“我刚刚已经说了，我的意思很清楚。”

“说什么了？”

“你看，门外有个男人”——我指着窗外，努力想让她看清具体是哪扇门——“他正在学习电脑方面的知识，努力想提高自己，我不认为他是想让自己成为瓦兹尔·阿克巴汗最聪明的警卫，你觉得呢？”

“现在看这儿，年轻人——”

“不！你看这儿！你静下心来想过我吗？考虑过我的感受吗？你想过为什么早上醒来我的眼睛总是半睁半闭的？因为我整夜都在想以后谁来照顾这栋房子里的这帮顽固的女人们？”

“和我说话不许用这种词语。”

“词语！词语！管它呢，词语而已。行动才是重要的。不是担心你，担心我长大结婚后谁能让你幸福，就是担心乔治亚，担心她和谁在一起，她的心属于谁，再不就是梅，担心她根本没有机会结婚，除非她不是同性恋。我想说的是，你们有人曾经思考过——哪怕一闪而过——我的压力吗？”

一说完，我便冲了出去。妈妈像块石头一般坐在那儿，一动不动，张着嘴，却什么都说不出。

二十一

一阵发泄之后，真主马上就惩罚了我，让我经历了一个无比痛苦的晚上。他仿佛把全世界的恶魔都召到我的房间里，钻进我的肚子，然后从屁股窜出来。“休息。”又是胡戈医生的话。这次我百分百确定他对大便狗屁不懂，尤其是我的——它们每隔十五分钟就从像打开的龙头一样的肛门里倾泻而出。

幸好，我妈妈懂。那天晚上，她被我的呻吟声和放屁声惊醒了——它们无数次在卫生间的四壁墙上弹起跳回，最终透过墙壁，传到了她的耳朵里。她先喂了我一匙石榴粉，然后让我喝下一杯热牛奶，接着把我送回床上。她一边温柔地唱着歌，一边轻轻地摇晃着我入睡。

“我爱你，儿子。”我最后只记得她说过这么一句话。

在阿富汗，我们拥有的东西不多——除了毒品、枪支和美丽的风景——不过，尽管没有西方国家五颜六色的药片和嗡嗡作响的医疗设备，多年来我们还是学会了对付各种疾病。

如果头晕，就喝杯柠檬汁和糖水。如果喉咙疼，就把拳头往嘴里塞，每天早上三次，打通肠胃通道。如果拉肚子，就吃干石榴皮。当然，我们自己的诊治并不总是正确的。最近，我看一个非政府组织制作的卡通片时看到上面说把灰烬抹在伤口处，只会杀了你，而不是让你好起来。吃了妈妈的药后，我至少有三天没有去卫生间。但总的来说，还是起作用了——对于腹泻。

再来说说怎么对付瘾君子和疯子们。到最后没办法了，有些家庭干脆就把他们锁起来，送到某个圣地，关上四十天，让真主帮忙解决。当然，效果不算太好。在这一个多月里，他们只有面包和绿茶，但大多数时候还是精神恍惚。不过，作用还是有一点点。如果一点作用都没有，他们就会死。当然这肯定也是真主的安排，不然，他们就不会变成疯子和瘾君子，他们会是好学生，会成为律师或者别的什么。不然，就像疯子皮尔那样，长大后成为跳蚤国王。

话又说回来，生病也不完全是坏事。最大的好处就是第二天不用上学了。倒不是说我不喜欢那些功课；它们都很简单，我的书写成绩一直挺好的。但是，如果要我在温暖的被窝和硬邦邦的木椅之间做选择的话，我当然愿意选择前者。

要不是前门不停地砰砰地打开又关上，把我从梦中惊醒，我想我一定会睡到下个星期，逃过更多的课。然而，没有。因为前门一直就在砰砰声中打开又关上。最后，我从床上起来，去看看究竟是怎么回事。

一走进阳光下，我就觉得眼睛刺得慌。我循着嗡嗡的说话声走去。一路上，我揉搓着脸，挠着头上长出来的那层柔软的毛发，游荡到了花园。我看到乔治亚、詹姆斯和梅坐在草地上的一块毯子上，跟前铺着一块塑料席，上面放着几个盘子和一些面包，正准备吃午饭。和他们一块的还有胡戈医生，蕾切尔和一个以前从没见过的女人。她的头发很短，很黑，脸上的毛有点多。

“你们难道都不要上班吗？”我问。

“没有我们，阿富汗照样转。我们只不过想早点吃午饭。”梅回答。她向我招招手示意我坐在她旁边。

“我想也是，”我笑了笑，“尤其是詹姆斯。”

“感觉好多了，对吗？”詹姆斯回答道。他和其他人都哈哈大笑起来。

能重新和这些白面孔们坐在一起，让我很高兴，他们似乎也很高兴我和他们在一起。

“感觉如何，小伙子？”胡戈医生向我侧过身来，问道。这时，我注意到乔治亚拍了拍他的膝盖。不但我感到吃惊，医生也很吃惊，因为他迅速回过头去看她。

“很好，谢谢。”

“法瓦德，这是杰拉尔丁。”梅插口道，她的手放在杰拉尔丁的膝盖上。

“你好。”我向她打招呼。

“你好。”杰拉尔丁说。

我看了看詹姆斯，发现他的手也在轻轻拍着蕾切尔的膝盖。

毫无疑问，有些事情正在发生着！

在我身后，门又开了，接着关上了。什尔·艾哈迈德走了进来，帮妈妈把一盘盘的曼图[①]和沙拉端到我们面前。

“真主保佑你。”他向每个人问好。

“真主保佑你。”大家都跟他打招呼。詹姆斯向蕾切尔那儿挪了挪，让什尔·艾哈迈德坐下来。

我仔细观察妈妈。她也走过来，安静地在乔治亚身边坐下。她的膝盖上盖着东西，离什尔·艾哈迈德的手远远地，这样免得我当众出丑。

“春天来了，”皮尔·赫德里解释道，“也是个交配的季节。”

“哦别……”我抗议道。

“我只是实话实说，孩子。”

我看着皮尔，脑子里浮现出他所描述的画面，感到有点心烦意乱。更让我恼火的是他那发亮的赤黄色胡须——刚用散沫花染剂染过。我迷惑，为什么男人喜欢这样做。我现在心里的疑惑已经够多了——瞎子皮尔还要给我来这么一下。

午饭结束后，大家都把自己的手从别人的腿上松开，回去工作了。妈妈让我出去呼吸一下新鲜空气，说这样对我有好处。所以，我就去店里找贾米拉了，趁她还没去上下午的课，顺便向那位老人咨询一下大人的事情。

---

① 阿富汗传统菜，类似馄饨。

话一出口，我就意识到自己犯了个错误。

“唔，”他说，“听上去那些大人们都很愉快。”

“愉快？”

“对。又一个美丽的春天来到了阿富汗，明媚的阳光照在身上暖洋洋的，冰冻了一个冬天的血液也开始沸腾起来了。血一热，便直冲向心脏，人就傻了。”

“是所谓的‘爱情’吗？”贾米拉问。她正在用一只木刷子清理那只狗牙齿里的东西。那是皮尔·赫德里平时刷牙用的。他要是看得见，准保会发疯。

“有人说那是爱情，有人说那是发疯，小朋友。”

“谁说什么是发疯？”

斯班仔走了进来，身后晃着一串电话卡。最近，他经常跑来找我们。一天，皮尔·赫德里说这个地方看起来更像个孤儿院，而不是做生意的地方。

“爱情，”老人回答道，“诗人、少女、印度舞者和多给钱的西方人。”

“你恋爱过吗？”贾米拉问他。

“我可没时间，”他回答，“我忙着——”

“参加圣战！”我们帮他说。

“对啊！”他大声说道，“而且，女人们都从头裹到脚，要爱上她们很难，也就只能和自己的堂表姐妹结婚。”

尽管皮尔这个疯老头怪癖得很，尽管他让自己看起来像罐芬达，不过，他的话倒还有几分道理。

又一个周五到了。妈妈拖着我去了她姐姐家。她们现在又在说话了。我们到那时，吃惊地发现我姨妈肚子里又怀上了一个。最小的那个孩子出生后，她一直就那样，也没变得更好看，估计是我的姨夫血液里感觉到了春天的力量，所以……

“真是羞死人了，”当我恭喜扎西德又多了一个兄弟时，他吐出这些话，“我都不愿去想它。”

我不怪他。我也为他感到难过，因为扎西德平时唯一思考的东西就是性。

“从来没有爱过是件多么可怕的事情啊。”贾米拉感慨道。我和斯班仔送她去学校。

“我猜也是。”我说。

“我也猜是。”斯班仔表示赞同。

“你觉得我们会为了爱情结婚吗？”她问。我有点震惊。

“谁？我和你？”

“不是我和你，”她哈哈大笑，“我们大家。”

“哦，我不知道。”我说。

“我希望是。”斯班仔这样说。我们都没再说话，因为在我们心里，那是我们都希望的——如果我们坦诚的话。

问题是，在阿富汗，婚姻差不多就是交易。你的父亲和我的母亲已经安排好了，有时甚至在你出生前，你能做的就是和那个人结婚——而他（她）通常是你的亲戚。所以，我不知道自己会和谁结婚，因为我的堂表亲戚都是男孩子。不过，斯班仔有堂表姐妹，所以，他可能和她们中的一个结婚。贾米拉，嗯，有点不一样。她长大些后，她那越来越危险的父亲已经把她卖给了别人换了毒品。我不想想太多，她是我的朋友，是个好女孩，我希望她能找到建立在爱情基础上的婚姻，我也知道这是她夜里常做的梦——正是因为还有梦想，暗无天日的生活才没有将她吞噬掉。

“好吧，我一定会爱上你，然后让你过上想过的生活。”斯班仔眨了眨眼睛，对贾米拉说。我们在马苏德环形路拐弯。“我在这附近转转，看能不能卖些卡给美国人。”

“好的，”贾米拉说，“也许放学后你还在这里呢。”

“有可能哦。”斯班仔回答说。

“再见。”

我挥了挥手，和贾米拉继续往前走，因为我没有东西卖，也没有别的事情可做。

“如果可能，你最想和谁结婚？”

“贾米拉！”我嘟囔着，“我又不是你的那些女的伙伴！”

“告诉我吧，我知道你一定想过这个问题。”她继续说道。声音有点嗲，非常好听。

“没门儿，好恶心啊！”我撒谎。

然而，在我说这话儿的时候，脑子里浮现的是乔治亚的样子，接着是穆拉拉哈，最后是贾米拉——她现在焦虑着呢。

“我要嫁给沙鲁克·汗[①]。”

“那个演员？”

“对，演员。他帅极了。昨天晚上，我看了《阿育王》电视。浪漫极了！沙鲁克·汗演一位王子，爱上了一个叫考文姬的美丽公主。后来，他以为她死了，所以，就变成了一个胜利的征服者，因为他的心也跟着她死了。最后，他和另外一个女人结婚了，那个女人也很美，但没有考文姬那么美。”

“胜利的征服者？哦，对，他大概是个同性恋。”

“他才不是呢！”贾米拉尖叫。

“他是个演员，”我嘲笑道，“无非是个收入高的舞童。”

“收回你的话，”贾米拉又尖叫起来，“收回你的话，否则——”

“否则怎样？”

贾米拉把我推向一辆满载着橘子的马车。就在这时，“轰”的一声巨响，紧接着一阵巨大的热浪，把我们同时掀倒在地。我们感觉到手掌和膝盖下的大地痛苦地颤栗着。耳朵里还嗡嗡作响，心害怕地剧烈跳着。

几乎同时，空气里充满了皮肤烧焦的气味，世界一下子静了下来。我回过头，看到在马苏德环形路附近已经扭曲变形了的一辆“陆地巡洋舰”大型越野车和一辆丰田花冠熊熊燃烧着；接着又看向几秒钟前我们站立的地方——我们和斯班仔分手的地方。

---

① 印度最著名的宝莱坞明星。

斯班仔！

我的目光越过像蜥蜴的舌头般舔舐着天空的熊熊大火，在一张张陌生的血淋淋的黝黑面孔上停留又离开，接着在遍地狼藉的血肉骨头之间搜索，最后在看过一群还没回过神来的士兵后，我看到了他——他站在那儿，离我很远，但我能触摸到他，因为我的目光正凝聚在他身上，向他奔去，把他拉回来。

他站在花冠车残骸附近，像一个被巨大的噩梦牢牢抓住的小男孩。在他周围，空气中蹿腾着浓浓的黑烟，四处散落着金属片和像羽毛一样飘落在地上的暗红色的尸体碎片。终于，我们的目光相遇了。整个世界停顿了。我听不到其他别的声音，只听到我们的目光连接着的两颗心的心跳声。

斯班仔还活着，我感觉到我对他的爱在我的血管里流动，它们砰砰砰地在我的身体里发出信号，从我的心到我的耳朵，一下又一下地重重地敲打着我的神经。他是我的兄弟，是我的家人，一直就是。我用尽全部的力量把我的爱的信号传向他。就在这时，刺耳的爆炸声又响起来了。

我感觉到旁边的贾米拉站了起来，在爆炸声中，我听到她在低声呼唤他的名字：

“斯班仔……”

我们同时向他跑去——子弹嘶叫着在空气中穿梭。没有时间害怕，因为没有时间考虑——最害怕的是：你脑子里想象的最坏的事情变成现实——我们继续向他跑去，肩并着肩，全然忘了身边的世界——它试图抢在我们之前吞噬我们的朋友，把我们拉进地狱中。

接着，我听到远处传来的尖叫声，阿富汗人的和外国人的尖叫声。那是恐惧的声音，是仇恨和恐惧夹杂的声音，是男人愤怒咆哮的声音。人们四处逃窜，跌倒，爬起，被子弹击中。然而，我们还在跑，我的眼睛一直没有离开过斯班仔，心里在乞求真主让他活着，不要让他离开我。斯班仔，不要害怕，我们来了。我感觉到他听到了我的话。我们离他越来越近了，就快到他跟前了，一切就要实现了。

但是，突然，他的头向后一仰，那双眼睛，那双我看了一辈子的眼睛，那双已经成为我身体一部分的眼睛脱离了我的目光。我看到他胸口的洞，鲜血从那儿涌出，染红了他的衬衣。他像一个坏了的玩具一样扑倒在地上。

“不！”贾米拉尖叫了一声，冲上去想救他。我缓下了脚步，痛苦，震惊，眼前一片漆黑。“不！不！他还只是个孩子！”

二十二

斯班仔的父亲在医院找到他后，把他带回了凯尔卡纳，永远长眠在他母亲身边。

这是好事，我知道。我为他感到高兴，因为他说过每当他看到我和妈妈在一起时他就特别想念他母亲。

所以，我很高兴，他不再孤独了。

真的，我很高兴。

可是，我又不高兴，因为斯班仔是我最好的朋友，现在他走了，他睡着了，我却必须继续活下去，孤独地醒着。

我无法相信事情是真的。

从那一天起，我们的生活中就出现了一块空白。每当看到斯班仔曾经坐过，或站过的地方，想到他永远不可能再坐在那儿，站在那儿了，我的心就会缩成一团。

我陷落在这种想象中难以自拔。

我想坚强起来，振作起来——为斯班仔，为他父亲，为悲伤得几近疯狂的贾米拉——可我找不到力量。我受不了。太突然了。悲痛压迫得我喘不过气来。

斯班仔走了。

昨天他还在这里，谈论着爱情，身后晃着一串电话卡；现在他的父亲和三个男人却把他抬在肩上，要把他带到清真寺去。

头顶上，太阳正投下它的万丈光芒。它原本应该和我们一起哭泣的，可它却微笑着高挂在天空。

它不应该这样。一切都不应该发生。我不知道这个世界什么时候能够正常。

是自杀式炸弹干的。詹姆斯告诉我。另一枚自杀式炸弹袭击的是外国人和阿富汗士兵的车队。

詹姆斯说，爆炸把一个美国士兵困在燃烧着的装甲“陆地巡洋舰”大型越野车内，他死在大火中。

除了那个士兵外，自杀式炸弹还炸死了七个阿富汗人。当那些士兵发现自己遭到袭击后，便开始射击那些惊恐逃命的无辜者。

“场面非常混乱，”詹姆斯解释说，“后来，内政部和国际维和部队联合进行了一个调查，了解到的情况是有些部队以为遭到埋伏，所以就开火还击。究竟是谁先开的火，已经搞不清了。阿富汗部队或者国际部队，没人知道。”

我点点头，感谢他给我提供的信息，可我已经不关心了。对我来说，它们只是些细节。我唯一清楚地记得的是子弹击中斯班仔胸口时他眼里的吃惊。现在，他躺在老清真寺的院子里，我能做的就是泪眼朦胧地望着那些男人模糊的身影以及盖着他的那块灰白的布幔。

斯班仔的家人低声祈祷着为他举行仪式，他们把他的小身体洗干净，这样他就可以干干净净地进入天堂了。然后，轻轻地用白色的棉布从头到脚把他包裹着。这些做完后，他们把他抬出来时，我们再也看不见他的脸了。他的父亲仿佛老了一百岁，像一个跛足的老人一样，一瘸一跛地走路。他把斯班仔放在地上的一张架子上。毛拉[①]开始为他祈祷，送他前往后世人生。这一切结束后，斯班仔被爱他的人抬在肩上，送到墓地去。

很多人来送他，他们都脸露悲伤。我、贾米拉、扎西德、我妈妈、什尔·艾哈迈德、乔治亚、梅、我姨妈和她家人、詹姆斯——他搀扶着皮尔·赫德里，我们都来了。

哈吉·汗、艾斯曼莱和斯班仔村子里的男人一起走在我们大家的前面。我不知道他们是怎么知道斯班仔死亡的消息的。不过，在阿富汗坏消息往往传得很快。

去墓地——地上到处是阿富汗圣战者伊斯兰联盟的旗帜碎片和一排排埋葬着其他死者的石堆——之前，在清真寺里，哈吉·汗和乔治亚自他们的孩子死后第一次看见对方。我注意到他们的目光相遇了，但他们却没有走上前握手，他们之间的距离更增添了我的悲伤，因为我意识到对他们来说这太难了。有一秒钟，一个念头在我心中闪过，我真想朝他们大喊，要他们抓住对方的手，要他们在一起，要他们忘记发生过的一切，因为今天才

---

① 伊斯兰教国家对教中学问渊博者的尊称。

是最重要的，谁知道明天会发生什么事，真到那时一切都已经晚了，一切都无法挽回。但我没有这样做。我不能。我的喉咙塞满了泪水，痛苦噬咬着我的身体。更主要的原因是，这种时候，我不能冲动。他们都是大人，知道照顾自己。

我们到达墓地时，女人和外国人在最后面，男人跟在毛拉身后。然后，这位神职人员叫斯班仔的父亲过去，把他的儿子放进已经挖好的墓坑里。

看着这一切，我的心都碎了。当斯班仔的父亲蹒跚着走过去时，我第一次明白了死亡的沉重——像一百万堵墙压在你的身上。虽然一半多的亲人也是这样离开我的，但感觉上不像是真的；它更像是一部停止播放的电视剧，或者是一幅变得一片空白的画。而这次不一样。这是终点，一切的可怕结束，我无法承受。

泪水打湿了斯班仔父亲的脸，他抱起那捆白色包裹——我的朋友斯班仔，慢慢地向下走去，走进墓坑，把他轻轻放在左边那个他将永眠的小洞里。他松开手，弯着身。毛拉开始诵念《古兰经》。经文内容不断传到他的耳中。然后，他站起来，拿起早已放在那里的扁平的石头，然后放在斯班仔的身上，把他固定好。我看出他是在竭尽全力做着这一切，因为每次他把石头放在他儿子身上时，他的手都悬在空中，颤抖着，直到他不得不放下它们。

终于，一个男人——我猜是斯班仔的叔叔——走上前把斯班仔的父亲搀扶到阳光下。我们都站在那儿等着他。那个男人紧紧地扶着他，手指深深地掐进他的胳膊，努力想让他站稳——悲痛让他双腿无力。接着，一个接一个，人们经过斯班仔父亲身边，向墓坑走去，用铁锹铲四五铲泥土在石头上。

当长长的队伍向前迈进时，一道蓝光在我眼角一闪，我转头去看。让我震惊的是疯子皮尔正直直地盯着我。他的眼里满含着泪水。他的样子立刻在我涌上的泪水中模糊了。

我从来没想过一个疯子竟然会念着一个小男孩。我突然感到羞愧，为我们曾经对他做过的一切感到愧疚，因为现在我明白了他的心和这里所有男人的心一样是善良的。

我擦干泪水，看到皮尔走上前，从另一个男人手中拿过铁锹，往斯班仔身上铲了三小堆泥土。他这么做的时候，我看到哈吉·汗脸上的困惑，他转过头去看乔治亚。她的眼里也罩着一层阴云，也吃惊地看着眼前的这个男人——黑乎乎的赤脚上到处是裂开的口子，头发脏乱得像一个黑球，身上穿着一件蓝色的优质羊毛外套——很明显是一件女式外套。

二十三

斯班仔死后，我有点不正常了，因为我的心无法平静下来。我努力过，竭尽全力让自己精神集中，可还是不行，我很快又胡思乱想起来。前一分钟，我悲伤得不能自已，后一分钟，我就生气得像只被黄蜂叮了一口的公牛，紧接着，我又麻木得无知无觉。我不知道这是不是上帝让痛苦离开的方式，像老鼠在咀嚼麻风病人的手指一样。

我一直很害怕扎西德告诉我的一个关于麻风病的故事：一群麻风病人的鼻子一夜之间全没了，原来是所有动物跑他们脸上饕餮了一顿。其实也并没有太可怕，至少是在你熟睡的时候一点一点地没了。埋葬了斯班仔的第二天，我跟皮尔·赫德里提过，我看出他并不理解。

“我觉得你最好在家里休息几天。”他只说了这么一句。

贾米拉因为痛哭不止，也回家去了。所以，我也就同意了。

奇怪的是，房子里的大人们似乎以为让我忙起来会更好些，所以，他们一会儿让我做这，一会儿让我做那。最后，他们提出做一种叫“扭身筋斗”的游戏，然后开始在地板上把自己扭成一团。我不得不对他们说，“不，不。”然后，我就走开了，一个人去找安静了。

回到房间，我想一头扎进什尔·艾哈迈德送给我的一本书里——讲的都是世界上有名的人的故事：爱因斯坦、南丁格尔、巴斯德、毕加索、托尔斯泰、圣女贞德、苏格拉底和哥伦布。从书上我知道他们都干出了惊天动地的事情——数学、医学、战斗、旅行，甚至只是思考。不幸的是，这本书也告诉我他们都死了——它们也不能阻止我想念斯班仔。

“得花点时间，甜心。”我在厨房碰到梅时，她这样解释说。

我点了点头。

“时间，*法瓦德*，这就是你需要的。”我在花园碰到詹姆斯时，他停下笔记本电脑中的工作，抬起头，这样向我保证道。

我又点了点头。

“随着时间流逝，一切都会好起来的。”乔治亚从我身边经过去上班时，她也是这样说道。

“要多久？”我问。

“哦，因人而异，斯班仔是你最好的朋友，我想需要更多点时间。”

所以，事情很清楚：我只是需要时间，我可能需要更多点时间。

我意识到只有妈妈真正懂得我的感受，因为她什么都没说，只是在我坐在她房间时把我抱在怀里，在我一个人的时候，也不过来打扰我。

葬完斯班仔的那个下午，我们都回到家，坐在花园里喝茶，只有乔治亚出去了。她和哈吉·汗坐在他的“陆地巡洋舰”越野车里。他派阿卜杜勒把她带出去的。

要是在平时，我非常急切想知道他们都谈了些什么，但现在，我已经没了兴趣，我不知道还能不能回到以前那样。事实上，我禁不住想，尽管他们是大人，但他们愚蠢得简直让你无法相信：男人杀死其他男人；士兵射杀小孩；男人漠视爱他们的女人；女人明明爱着男人，却偏偏要假装不爱；还有，我给皮尔·赫德里读报时，上面报道的那些人似乎更感兴趣于谁将统治这个国家的问题，然后不停地辩论，一些人支持这边，另一些支持那边，而恰恰不关心真实的日常生活。

印度演员沙尔曼·汗[①]曾经在一本杂志——我在沙赫尔瑙的公园里捡到的——上说过，生活中人们应该“往前走，然后向右拐”。我想了想，觉得他说得不对。但因为沙尔曼·汗也算是有名的演员——虽然没有贾米拉未来丈夫沙鲁克·汗那么有名，再说，我只是个小男孩——一个只有鸡街上的人们才认识的小男孩，所以，我决定一试。我沿着沙赫尔瑙主街一直往前走，右拐来到三元巷。我又往前走，接着又右拐，发现自己在库克伊区萨，一条挤满了小商小贩们的街上。我第三次往前走，再右拐，

① 印度最受欢迎的电影明星之一。

结果，来到了二元巷。第四次往前走右拐后，我终于回到了沙赫尔瑙主街上，回到了我刚刚出发的地方。那一刻，我明白了无论沙尔曼·汗说什么，无论他杀了多少人，无论他让多少女人爱上他，有时，生活中，你需要向左走。

葬完斯班仔的第三天，哈吉·汗来我们家了。不过，这次他不是派阿卜杜勒来叫乔治亚，而是叫我。

“我想我们可以一起去斯班仔家。”他说。他站在街上，身边有个警卫。

“好，我跟妈妈说一声。”我回答道。

在阿富汗，人死后，对祈祷有严格的时间规定。第一次当然是在葬礼那天要做祈祷，接着是三天后的祈祷，然后是一个星期后，再后来是他们入土后的第四十天，最后便是一年后。这是我第一次对死者说再见，我不知道在我死之前我会对多少人这样道别。

我并不希望回到凯尔卡纳，可最终我很高兴自己回到这里，因为我感受到了一种非常美好的情感。在斯班仔哥哥家里，斯班仔的父亲被很多人围着，他们不单重复着真主的话，还真心实意地说着自己的话，一些帮助和祝福的话。当他们通过握手和低语把心中的爱传达到他的心里去时，我发现斯班仔的父亲比我上次看到他时更精神些了，不再那么脆弱了。这也帮助了我，因为我看到了，在远离了那些政治家和他们的争吵，远离了自杀式炸弹和杀手们，远离了士兵和他们的枪支的地方，人们是善良的。阿富汗人民是善良的。尽管我不能控制自己的大脑，但我知道至少自己掌握了真相。

在斯班仔叔叔家的小客厅里，我看到很多不认识的人，他们从自己的生活中，从自己的各种问题中抽出身来，悼念一个小男孩——他曾经是我最好的朋友。我看到他们眼里的悲伤，听到他们低声的祷告——发自内心的。

看着眼前的画面，听着耳边的声音，我要它们印在我的脑海里，我要记住它们，记住阿富汗和阿富汗人除了战争和杀戮，还拥有更多的东西。

“我在你这个年龄的时候，我最好的一个朋友也死了。”

哈吉·汗一边开车，一边抽烟。旁边是一位和他一样高大的持枪的男人。我坐在后面，觉得自己很渺小。

他的话让我抬起头，发现他正从后视镜里看着我。他的眼睛像夜一样黑，眉毛又粗又黑，额头上的皱纹一道又一道。他的样子既吓人又很和蔼。我脑子里想到的是乔治亚告诉我的一件事——很多年前，他长途跋涉跑到一个叫新瓦尔的村子看她。

“怎么？”我问，“你朋友是怎么死的？”

“我们在贾拉拉巴德附近的一个叫苏尔赫鲁德[1]的村子的河边

① 阿富汗东部楠格哈尔省的一个村庄，位于贾拉拉巴德西侧，靠近喀布尔河。

玩，河水从山上流下来，是红色的。他掉进去，淹死了。”

“一定很深吧。”

“不，不深。我想是头部撞在岩石上了的缘故。当我意识到他不是在开玩笑时，想把他拉上来。我看到他头上有一个很深的口子。”

“你原来以为他是在逗着玩吗？”

“嗯，我想是的。嘿！操！”

哈吉·汗突然转向，避开了一个骑自行车的人。那个人只有一条腿，差点就被撞上了。如果哈吉·汗没留心，那个人的另一条腿很可能也没了。哈吉·汗按了按喇叭，朝那个瘸子皱了皱眉头，抱歉地看着我。

“不好意思，”他嘟哝说，“千万不要告诉乔治亚我说过这话。”

“说什么了？”我问。

他从镜子里又看了看我，眼里含着笑。

“对了，你朋友死后，你什么感觉？”我问。

“难受。”

“我也觉得非常难受。”我承认道。

“现在肯定难受，”哈吉·汗耸了耸肩，说道，“也许永远都会难受。我到现在还常想起这个朋友。”

“嗬……这么久啊。”

“唔，”哈吉·汗说，“有时，我想，死了倒也轻松了。难受的是活着的人。更糟的是，你偏偏还想活着。”

到家了，哈吉·汗把手伸到两个前座之间的空当处，那儿藏着一个小抽屉。他从里面拿出一本书，然后交给我。书的封面是非常柔软的皮革，像婴儿的皮肤，里面是用普什图语手写的一百首诗歌。

我看着哈吉·汗，不知道说什么。

“不是给你的，”他哈哈大笑，显然他注意到我的焦虑，“是给乔治亚的。不过，可能要你经常念给她听，因为她很懒，没学过普什图语。”

“好的，”我同意了，舒了口气，“是你写的吗？”

“我？”他又哈哈大笑，“不。是我村子一个男人写的。真主赐予他写诗的才华，却赐予我金钱请他把诗写在这上面。”

“可是，普什图语，乔治亚可是一句都不懂啊。”我提醒他。

“是，她不懂。不过，她懂爱的声音，她懂爱的语言。”

米娜。我亲爱的姐姐。

“还有，”哈吉·汗打断我的思绪，“请你告诉她我已经把房子准备好了，随时等候她来。艾斯曼莱会在那儿的。”

“你会在哪儿？”我问。

“我会……给她时间。”

回到家里，我没有传达哈吉·汗的话，因为乔治亚不知道跑哪儿去了。时间还早，所以，我想她可能还在忙着挑选羊出来梳毛。不过，詹姆斯在家。这我一点都不奇怪。我给自己倒了杯水，他走了过来。

“嘿！法瓦德！过来一下！”

我故意重重地叹了口气。他应该听出我非常厌倦他们那一套了。

“我不想玩你们那种愚蠢的游戏，”我告诉他，“而且，我肯定这种游戏是违背伊斯兰教义的。”

“你这么说是什么意思啊？”詹姆斯问，看上去有点受伤的样子。“亲爱的，扭身筋斗并不违背伊斯兰教义。它是一种较量技能和反应能力的比赛——看谁灵敏，还有勇敢。”

我看着詹姆斯，扬了扬眉——每当梅觉得詹姆斯在胡说八道时，她就会来这么一个动作。

“好吧，好吧，”他承认道，“也让你趁机摸摸女士们的屁股。”

“看！我说过它一定违背伊斯兰教义！”

“个别的细节是这样，法瓦德。现在，跟我来，我有东西给你看。”

我乖乖地跟着他走进客厅，来到梅平时喜欢工作的桌旁。桌上放着一个小盒子，几张绿色和银色的纸。

“好了，”他说，“看一眼，然后告诉我你觉得怎么样。”

他把那个盒子递给我。我打开，看到里面有一只漂亮的银色的戒指，上面镀了一层金，还雕刻着几朵精致的小花。

我看着詹姆斯，不知道说什么。

“别给我那样的表情！”他大笑，“是给蕾切尔的。我想在包装前，让你看看，看她会不会喜欢它。”

“我肯定她会喜欢的。你想结婚了吗？”我问，吃惊于自己音量的提高。

“什么？不！不，当然不，”詹姆斯更吃惊地回答道，“是给她的生日礼物。”

“哦。”

“妈的！你觉得她会以为我是在向她求婚，对吗？”

我耸了耸肩。

“哦，他妈的！”詹姆斯低语着，一边抓着头发——他一定刚洗过头。“妈的！该死！真该死！”

夜晚的祷告声透过空气飘了过来，妈妈“因为一些事情”跑去看霍梅拉了。不一会儿，乔治亚回来了，身后跟着胡戈医生。我的确喜欢医生——他温和，善良，帮助过一个双腿被地雷炸掉了的孩子缝合了伤口。可我不知道自己更喜欢谁，他还是哈吉·汗。胡戈医生救过阿富汗人，可哈吉·汗是阿富汗人。不管怎样，我都不好当着他的面把那本诗集交给乔治亚。我知道自己不会掩饰心事，也不会闭嘴，于是，我选择待在房间里。

过了几分钟，乔治亚过来敲我的门，我喊了声进来。

“你为什么躲在这儿？”她问。

“我在休息。”我撒谎。

“真的吗？我们都累了一天，对吗？”

当然，我不能再隐瞒她了。

“嗯，真的很累。哈吉·汗来找我，然后，我们开车去了凯尔卡纳，去给斯班仔祈祷。还有一个持枪的男人。之后，他就带我回家，说他小时候也有个好朋友掉进红河里头撞到石头死了。他还给了我一本书，让我经常读给你听，因为你很懒。”

“哦，是吗？”

“是啊。”

“我看看。”

我从枕头底下拿出那本书，交给了她。她轻轻地拿在手上，用长长的白皙的手指抚摸着它，然后小心地打开。

“真美。”她低声道，我点了点头。

“他还说房子已经为你准备好了，艾斯曼莱会在那儿等你。”

乔治亚点了点头。“很好。”她说。

“我不知道你要去贾拉拉巴德。”

“因为工作上的事，我要过去一下。明天出发，我想再和巴巴·古尔谈谈他的羊。”乔治亚表情突然变得有点哀伤，“嘿！我们去问问你妈妈你可不可以和我一起去？”

我想了想，不太想去。我的心思还在斯班仔身上。我正准备拒绝她的时候，突然想起了沙尔曼·汗，我决定向左走，而不向右走。

“好的！”我说。

“太好了！”乔治亚笑了，向门口走去，一只手拿着哈吉·汗给她的书，另一只手抓住我。“现在跟我来，”她命令道，“我想马上就有有趣的事情发生。”

我们来到客厅，只见地上铺着一块大席子，纸盘上摆满了各种从黎巴嫩饭馆点的食物。梅、梅的朋友——多毛的杰拉尔丁、胡戈医生、詹姆斯和蕾切尔都已经坐好了。蕾切尔一定是在我没注意的时候悄悄溜进来的。这大概也说明我依然神情恍惚吧。

詹姆斯一副要死的样子。

“嗨，蕾切尔，生日快乐！”我说。

“嗨，法瓦德，谢谢。你好吗？”

“哦，好，不错。”我回答。

“那就好，”她以她特有的悦耳的嗓音说道，“有时，我们只是需要点时间。”

因为是蕾切尔的生日，我把刚要涌上喉咙的“得了吧”咽了下去，然后笑了笑。她挪了挪，于是，我就在她身边坐了下来。詹姆斯就在我对面，这样我就可以仔细观察他的表情。他的脸色比纸还要苍白。

像以前一样，那些从黎巴嫩餐馆点的菜被我们一下子风卷残云般消灭了，比女人生孩子还快。詹姆斯却几乎没怎么动手。我们用嘶嘶叫的百事可乐把刚才吃的东西送下肠胃去。这时，杰拉尔丁打了一个非常响的饱嗝——我从来没听过女人这样打饱嗝。结果，大家哈哈大笑起来。可我们的记者先生却没笑。他越来越安静，到后来脸色发青，我猜他可能要吐了。

“礼物时间到了！”乔治亚喊道。她冲詹姆斯眨了眨眼睛。

“嗯，是的。”詹姆斯附和道，可声音听上去却似乎极不情愿。

蕾切尔像小女孩一样拍手尖叫时，詹姆斯身子往后靠，像被咬了一口似的。

我觉得挺有趣的。

乔治亚第一个把礼物递过去，那是一块绿色的漂亮围巾，蕾切尔戴起来非常好看。接着是胡戈医生。他给了她一个小塑料盒，里面装着绷带、针头、药膏和其他急救时用得着的东西，实用却缺乏浪漫。胡戈医生之后是梅。她送给蕾切尔的是一张镶了框的照片，照片上是马扎里沙里夫的马背叼羊[①]比赛的选手们。梅说是她和“格里”一起送的礼物。

“唔，呃，这是我的一点小心意，”詹姆斯最后说，“生日快乐。”

他的声音听上去很容易让人觉得他心口不一。当他伸出手递过那个用绿色和银色彩纸包着的闪闪发亮的小盒子时，他的胳膊看上去柔弱无力得跟果冻似的。但蕾切尔似乎没有注意到

① 阿富汗民间体育运动。

这些细节。

“喔哦。”她马上撕开包装，接着小心地打开了盒子。

她的眼里闪耀着银色和金色的光芒，大家都停止说话，屏住了呼吸。蕾切尔慢慢地拿出那枚戒指，然后戴在了手上。

“很漂亮，詹姆斯，”她轻轻地说道，“我很荣幸，真的。这是多么美好的事情。不过……真的……我很抱歉……我不可能嫁给你。”

詹姆斯嘟囔着。“我就担心会这样，”他说，“只是个戒指，蕾切尔，我并不是——”

他顿住了，话说了一半没再说下去，因为所有人都在爆笑，其中蕾切尔笑得最厉害。

“我知道，詹姆斯！”她说，“我是开玩笑的！乔治亚告诉我你因为这个戒指忐忑不安。”

詹姆斯又嘟囔了一句，挠了挠额头，这个动作使他脸上蹭到些颜色。

“不过戒指真的很漂亮，”蕾切尔说，“谢谢。我会永远珍爱它。”

“我很荣幸——我想。”

詹姆斯咧开嘴，笑了笑，然后倾过身来在她脸上吻了一下。

“嘿，”他坐回去后说，“你不可能嫁给我是什么意思？”

蕾切尔咯咯咯地笑。“看你！邋里邋遢，整天醉醺醺的。我怎么能带你回家见我父母？”

“因为——”

“还有，你姓欧科克[①]。”

“那是英国非常古老非常高贵的姓！你以后就会知道的。”

“也许吧，詹姆斯，可我不想我的后半辈子一直被人叫着欧科克夫人[②]。”

又是爆笑如雷，除了詹姆斯——他很失望，还有我——我原以为蕾切尔会喜欢成为可爱的欧科克夫人。从詹姆斯脸上闪过的一丝阴云可以知道先前他大概也是这么认为的。

---

① 英文是“Allcock”。

② 英文是“Mrs Allcock”，意思是“公鸡夫人”。

二十四

穿过蜿蜒的山脉，我们来到平坦的苏鲁比区，眼前是一望无垠的绿色，我禁不住想每次出行都是在灾难发生之后——第一次是我把詹姆斯的刀插进了法国人的屁股，这次却是斯班仔的死。我不知道如果我照这样生活下去，还有多少灾难会发生在我的头上。妈妈会死吗？贾米拉会被他父亲卖了以换得一夜的过瘾吗？某天醒来发现我的鼻子在喀布尔的一只到处游窜的老鼠的肚子里？

我越想越没了兴致。坐在后座，汗流浃背，像一个头巾裹得严严实实的胖子——待在一间空调坏了的房间里。贾拉拉巴德离喀布尔只有几个小时的车程，但太阳比平时似乎猛烈了一百倍，在封闭的“陆地巡洋舰”大型越野车内——午饭前来接我们的——我热得嘴里都要冒火了。

乔治亚大部分时间都在和办公室打电话，因为信号不好，经常说了一半就断了。所以，一路上更加无趣得很。

“你饿了吗？”她终于把手机关了，问我。我们在杜兰塔隧道前停了下来。两辆大卡车堵在那儿，既不能前进，又不能后退，因为后面跟着各种汽车，计程车和我们的“陆地巡洋舰”大型越野车。

“我饿死了。”我回答道。

早上我只吃了一点面包和一些蜂蜜，鸡蛋已经从菜单中消失了——因为妈妈听到一则关于禽流感的新闻报道。所以，凡是跟鸡扯上关系的东西统统禁入我们的房子。

“好的，我们下车吧。”乔治亚说。

我们和司机一起下了车，一头扎进了嘈杂的大街。我们知道车队一时半会儿是动不了的。空气里充斥着各种叫骂声和汽车的喇叭声，一群警察正在努力维持秩序，试图使道路畅通。像平常一样，没有人理睬这些警察，有的甚至探出车子咆哮大骂，而有的车子则见缝插针，在其他车辆间钻来挤去，试图开进隧道。

我想象自己如果是一只鸟，从空中俯瞰，道路可能会像是铺着一块金属地毯。

我们钻过哇啦大叫的车辆和人群，来到马路边的一家海鲜餐馆。外面，一个男人站在一个毕剥作响的金属大碗前。他招手示意我们进去。燃烧的油脂味和浓浓的汽油味混杂在空气中。

我们从他身边走过，来到一个小房间。里面的地板上已经坐了一群男人，有的正把鱼撕开就着面包吃，有的从嘴巴里拔出细如针的鱼刺。我们冲他们点了点头，他们也冲我们点了点头。我们穿过一道门，来到这家餐馆的后面。

展现在我们眼前的是波光粼粼的杜兰塔湖以及褐色的群山。

真是美轮美奂。要不是外面那些互相叫骂的声音，那里该是多么的平静安详。

一个唇上留着一点胡子的小个子男人招手请我们进了另一个靠近湖边的小房间。里面有一扇大窗，那个男人用手里的抹布赶走了一群嗡嗡响的苍蝇——它们绕着圈飞，试图着陆在原来的地方。

我们在一块油腻腻的印满了手指印的鲜红色垫子上坐了下来。乔治亚点了两罐百事可乐，一盘面包和一些鱼。

透过没有玻璃的窗户，我向外望去，看见一艘绑着五颜六色绸带的小船在湖中荡漾。一个和我差不多年龄的小男孩光着上身正往山上爬，卷起的裤子已经被汗水湿透了。

"唔，至少东西是新鲜的。"乔治亚说道，因为那个男孩手里捧着一个塑料碗，装满了瘦骨嶙峋的湖鱼。

"嗯，是不错，"我赞同道，坐回脏兮兮的垫子上，"唔，你为什么还要去找巴巴·古尔？"

"我还有一些细节要弄明白，"乔治亚回答，"我工作的那个机构刚接受了一笔钱，我们可以利用这次好机会把紫羊绒项目往前推进。"

"怎么推进？"

"嗯，我们一直在努力争取有人投资。最近，有一家意大利公司有兴趣买下这里的一个工厂。这样就能带来很多工作的机会，法瓦德，还能促进人们对紫羊绒的需求，为成千上万的农民提供额外创收的途径。我希望巴巴·古尔和他的家人能够加入进来。另外，我想给你机会再见见你的女朋友。”

“她不是我的女朋友！”我抗议道，一边拿起地板上的苍蝇拍打她。

“但你知道我说的是谁，不是吗？”

“喔，闭嘴，乔治亚！”

“喔，闭嘴，法瓦德！”

我们都笑了。我们点的鱼放在纸盘上已经端上来了。于是，我们开始吃了起来。我一边吃，一边想着穆拉拉哈在田野里奔跑的时候，红色的头巾在颈后飘扬，像极了燃烧的焰火。我不知道乔治亚说得对不对，不知道穆拉拉哈会不会成为我的女朋友。

吃完午饭，我们没有在哈吉·汗家停留，而是继续向贾拉拉巴德驶去。一路上，我们一直不停地按喇叭。黄色大街上挤满了像蚂蚁一般的人群、汽车和各式嘟嘟车。我们经过哈吉·阿卜杜尔·卡迪尔的肖像画，接着穿过两旁长满了树的坑道，便来到通往新瓦尔的转弯处。

当我们离目的地越来越近的时候，穆拉拉哈的脸开始在我脑子浮动，我觉得腹内痒痒的。我祈祷着巴巴·古尔的茅屋还在几个月前我们离开时的那个地方。

车子在到处是石头的路上颠簸着。我认出那片田野是我们在冬日阳光下玩耍过的地方，却丝毫未见老人的羊群和我的朋友的踪影。我的心开始下沉。奇怪的是，车子并没有拐弯——我肯定这个拐弯处是通往巴巴·古尔茅屋的必经之地。我看了看乔治亚，她也一脸迷惑。

“扎勒迈，”她对司机说，“我们去哪儿？”

“巴巴·古尔搬了新地方。”他简单地回答道。

我们眼前出现了高耸的山峰——山那边是巴基斯坦；穿过陌生的到处是岩石的田野——看上去像是古老的台阶；然后，向左拐到四周种满了花的石墙下。往前行了大约十分钟左右，一辆灰扑扑的卡车经过，带起一阵沙尘。乔治亚来不及关窗，结果，那阵沙尘通过车窗全跑进我们的嘴巴里。终于，我们在一间小屋外面停了下来。屋外种着一排排小树苗，用篱笆隔着，以防被附近觅食的饥饿羊群啃噬。它们是巴巴·古尔的羊，比上次我看到的瘦多了，大概是它们身上的衣服被扒下来做成了人类的衣服的缘故。

我们跟着扎勒迈下了车。

“巴巴·古尔·拉赫曼！”扎勒迈喊道。

穆拉拉哈的母亲从帘幕遮着的门里走了出来，走到阳光下。她比我记得的胖了些，脸上的皱纹因此熨平了些。她张开手走上前来迎接乔治亚，脸上的笑容无比灿烂。她踮起脚来捧着乔治亚的脸，一共亲了六次，每边脸颊三次。

乔治亚也亲回她，但我看出她眼里的困惑。穆拉拉哈的母亲开始说普什图语，速度很快，语气里洋溢着兴奋。

“她说真主会保佑你，帮助你实现一千个愿望——你是她的姐妹。”乔治亚往屋里走时，我在旁边解释着。

“告诉她，她非常友善，我希望上帝会为她的这份友善无数次地赐福给她。”乔治亚回答道。我照做了。

我们在门口脱了鞋，跟着巴巴·古尔的妻子进了屋。穆拉拉哈和她的两个兄弟正在打扫长垫子上的灰尘，好让我们坐下。

“真主保佑你。”穆拉拉哈说。她搂住乔治亚的腰，大大地拥抱了她一下，然后向我伸过手来。她的兄弟害羞地伸出手，咯咯地笑着欢迎我们。

巴巴·古尔不在屋里。

“你们现在住在这儿？”我问道。对于这家人的好运气，我既惊讶又高兴。我猜那年春天他们梳到很多羊毛，或者巴巴·古尔玩牌时走大运了。

“嗯，很漂亮，对吗？”穆拉拉哈回答道，“几个月前，我都准备去死了呢。”

在享受甜茶和干蛋糕的同时，我和穆拉拉哈为乔治亚轮番解释巴巴·古尔妻子的话。这么短的时间里竟然发生了这么多令人难以置信的事情。让我高兴的是，结局是美好的。至少对我来说，少经历了一场悲剧。

那年冬天之后，巴巴·古尔赌运坏极了。一天，他回到家时都不敢看他妻子。他一言不发地拉起穆拉拉哈的手，把她往另一个村子拽。他妻子在木屋里捶胸顿足，号啕大哭。

走在到处是石子儿的小路上，巴巴·古尔一句话也没对穆拉拉哈说。穆拉拉哈问他什么，他也不吭声。她越来越害怕，最后哭了起来。

他们来到那个村子时，穆拉拉哈总算知道父亲不说话的原因了：他感到羞愧，因为他用自己的女儿来还赌债。当她意识到怎么回事时，她差点晕过去了。她父亲把她卖给了一个男人，一个她马上要叫他“丈夫”的男人。

当她退到房子——从此她就要在里面生活了——的墙角时，那个男人和她父亲握了握手。他的手指很瘦，很黑，还弯曲着。一想到这些手指要抚摸她的身体，穆拉拉哈发出一声惊恐的尖叫。她一把推开门，逃了出去。她知道这个举动是她带给父亲的最大耻辱，当然，更不用说对那个即将成为她丈夫的男人来说，更是如此。她拼命跑着，心里知道自己跟死了无异——自己跑了，自己的家庭却要蒙羞。

她跑进环绕着村子的野地里，躲在正在生长的植物里，匍匐前行，好几个小时不敢抬头。手和膝盖被锋利的岩石拉开一道道口子。整整两个晚上，她睡在灌木丛下面的山洞里，饿了便趁别人睡着时偷些浆果和生土豆吃。

第三天，穆拉拉哈意识到自己不能这样下去，但她不可能回家，也不可能去那个男人家。她想了很久，最终决定一了百了。尽管自杀是伊斯兰教义中最不可饶恕的罪孽之一，她还是乞求上帝能原谅她，毕竟她还是个孩子。

她坐在灌木丛遮掩着的山洞里，一边等着天黑，一边计划着。她想等太阳下山后，偷偷溜到村子里偷罐汽油出来。然后，她将在大火中得到解脱。

当然，穆拉拉哈对自己即将要做的事情感到害怕。她知道会很疼，知道真主不会原谅她，到了那边，她将继续接受地狱之火的焚烧。然后想到再也看不到母亲了，她的心都要碎了。她默默地流着泪水，恍惚中仿佛听到母亲的呼唤。“起先，我以为自己是在做梦，”穆拉拉哈解释道，“尽管我没有睡着。我想这大概是人临死前的状态——如果你决定死的话。可是，妈妈的声音却是那么真实。后来，我意识到真的是妈妈在唤我，不是做梦。”

母亲凄切的呼唤不断在耳边回响，穆拉拉哈从藏身的山洞里出来，往山谷下望去。一个身穿蓝色罩袍的小个子女人在草地上徘徊。她喊着穆拉拉哈的名字，穆拉拉哈意识到自己不是在做梦。她母亲来找她了。

尽管她知道自己很可能会被带回到那个即将成为她丈夫的老男人身边——因为母亲从来不敢忤逆丈夫的意思，但穆拉拉哈还是忍不住跑了出去，一头扑进母亲的怀里，在母亲爱怜的抚摸下，号啕大哭起来，一直哭到哭干了眼泪为止。

“没事了，没事了，”她母亲也一边哭，一边不停地吻着女儿的脸，“现在安全了，穆拉拉哈。你安全了。”

等穆拉拉哈安静下来，她母亲拉着她回到家里。路上，她母亲告诉她，那天她父亲把她拉走后，她悲痛欲绝，后来听说穆拉拉哈逃走了，她更是伤心不已。最终，绝望的痛苦变成满腔的怒火，她足足走了半天来到哈吉·汗的村子，请求他帮助。他是那个地方最有权威的人，他如果出面干涉，穆拉拉哈就能得救。

幸运的是，她到时，哈吉·汗正好在家。他走出来时，穆拉拉哈的母亲已经精疲力竭地倒在他的脚下，乞求他的援助。哈吉·汗听了以后，温和地叫她别担心，让她先回家去，找到女儿，然后带她回家。之后，他找到那个买穆拉拉哈的男人，给了他一笔钱，为穆拉拉哈赎身。

但他的仁慈并未到此结束。巴巴·古尔的妻子说当那个牧羊人回到木屋时，哈吉·汗对他说了很多重话，说真主不会原谅他。从那天起，巴巴·古尔再也没去牌桌了。“这些天，他都在清真寺祈求真主的原谅——他还来得及把自己从地狱中救出来。”穆拉拉哈笑着对我们说。

救了巴巴·古尔的女儿和他自己的灵魂之后，哈吉·汗还让她们搬到现在这个新家来。巴巴·古尔的妻子说他只向他们象征性地收了一点点“像空气般便宜的房租”，给了他们足够一个月吃的大米、食油和大豆。甚至，在他们搬进去几天后，就让人在花园里种上树；总有一天，树上将结满橘子、李子和石榴——这给穆拉拉哈家又带来一条赚钱的路子。

“这全是哈吉·汗做的，而这又是因为你的缘故。”穆拉拉哈母亲说完，伸出手捧着乔治亚的脸，在她额头上愉快地吻了一下。

回贾拉拉巴德的路上，我一直在说哈吉·汗的仁慈。我兴奋地告诉扎勒迈事情的经过。从镜子里他脸上露出的微笑，可以断定他肯定早就知道了。

奇怪的是，乔治亚一直默不作声。我只能看到她的后脑勺，我想象着她一定望着我们面前的草原发呆，似乎在找寻已经失落的什么东西。不管我怎么引她说话，她始终抿着嘴，不吭声。

正如之前哈吉·汗所说的那样，我们抵达他家时，艾斯曼莱已经在等我们了。太阳已经落到山背后去了，整栋房子像一个发光的球体，在黑暗中熠熠生辉。房子也很安静，除了我们三个以外，还有以前见过的那个小个子仆人，飞快地给我们送茶水点心。

兴奋了一天，加之坐了几个小时的车，我的眼皮开始打架了。当然，也跟艾斯曼莱抽的特殊的烟有点关系。我背靠在垫子上，闭着眼睛，想休息一下。

“你想上床睡吗?”正在和艾斯曼莱说话的乔治亚停了下来。

“就一小会儿。”我说，舒服得不想动弹。

“好吧，那就一小会儿吧。”她说着把我拉过去，接着把我的头放在她膝上。

我闭上眼睛，心里暖融融的，感到很幸福。我一边听着他们说话，一边朦朦胧胧地渐进梦乡。乔治亚和艾斯曼莱在谈论政治，在说南部和东部日渐激烈的冲突。

“我们的生活环境不同，”艾斯曼莱说，“我真是搞不懂卡尔扎伊究竟想怎样。我知道当务之急是要有一个强有力的中央政府，问题在于，这是在阿富汗——并不像在棋盘上把人移来移去那么简单。你把传统权威从一个地区转移，把和他的人们共同分享同一个文化和历史的人从一个地区转移，最终只能创造真空。是没有束缚了，也没有忠诚了，剩下的只有金钱。”

“哈里德也有危险吗？”乔治亚问。

我听到艾斯曼莱咂了咂舌头说不。“他们不会动哈吉，”他说，“他们怎么会动他呢？他又没在政府里担任职务，他不受人控制，自己做主。但这并不是说他就不会面临政府的那些麻烦事。”

“比如？”

“嗯，你知道他支持政府根除罂粟计划的事吗？”

“不，”乔治亚道，“我不知道。”

“唔，是这样的。今天他的所有土地都不再种植罂粟了，他在舒拉[①]上提出这项决议，希望说服其他土地拥有者和长者加入到这个计划中，可是很难。哈吉正在寻找可以走下去，走得通的路子，目的是为了每个人好，为了阿富汗好。可是这条路上遭到很多民众的反对，乔治亚。你应该知道，这样一来，农民每年的收入至少会消减三分之二，他们中有很多是走私犯，还有叛乱分

① 阿富汗人民立法会议。

子，他们怎么会眼睁睁看着他们主要的发财的路子被堵死？”

“他们会怎么做？”

“除了杀了他，他们还想怎么做？”

“真的吗？”

乔治亚猛地动了一下，我假装没注意。我怕她把我赶到床上去。我能感觉到她的这个动作中包含的对哈吉·汗的关切之情，因为我也一样。

“唔，不，也许我有点夸张了，”艾斯曼莱抚慰道，“不过，他现在的确很艰难，乔治亚。你得意识到这点。”

艾斯曼莱的语气里含着一种悲伤的感情。乔治亚没有说话。我猜她一定被他的话镇住了。在做出回答前，这些话一定在她脑子里反复掂量思考。足足两分钟后，她终于开口了。她的话让假寐中的我差点噎住了。

“哈里德向我求婚了。”她说。

二十五

我不知道该说什么。这其实是种折磨——许多问题在我脑子里翻腾着，渴望得到解答，然而此刻，我却不能思考。但正如那句老话说的，“有风树方动”。折腾到第二天早上，我觉得自己应该吹吹风了。

“你有话对我说吗？”

乔治亚坐在车子的前座上。我自认为自己在同龄人中算是聪明的，而且擅长侦察。这句话我是用英语说的，扎勒迈听不懂。

“比如什么？”她回答道，转过身看着我。

“比如……某些想法……”我说。这句话我是从詹姆斯那学来的。每当他不知道怎么说时，他常常这样。

“哦……某些想法……”乔治亚这样回应我。

“是的……某些想法……”我又把球踢回给她。

乔治亚打了个呵欠，身子往后一靠，把太阳镜从头上摘下来，戴上。

“没有，法瓦德。不过，如果你听到什么有趣的事情，就叫醒我，好吗？”

她的潜台词是“不要多管闲事”。

我摇了摇头。有时候她真让人很恼火。

回到喀布尔，想找个人说话的欲望就像身上的跳蚤一样让我心痒痒的——那些话仿佛在我的鼻子里爬着，在我的脑子里盘桓着，一有机会，就会从我的嘴里冲出来。可是，没有人可以倾诉。

斯班仔是最好的人选，因为他是我最好的朋友，我知道他一定会保守秘密的。可是他已经死了。唔，贾米拉不行。她已经承认自己有点爱上哈吉·汗了，而且她是个女孩子，信任不得，特别是涉及婚姻这种问题时。皮尔·赫德里虽然是老人，但在这方面，他比贾米拉还糟糕。如果我告诉了他，我敢肯定，在他把那些烂水果挑出来准备第二天早上喂羊时，故事已经变成乔治亚和哈吉·汗早就已经结婚了，正在准备生第六个孩子呢。

所以，那天晚上，我决定探探乔治亚。

胡戈医生的到来，打乱了我的计划。

吃完妈妈精心准备的卡布里肉饭后，我朝花园走去。我知道乔治亚现在正在落日的余晖下看书。这时，门铃响了，门开了，医生走了进来。

我很同情胡戈医生，因为他人非常好，看得出来他很喜欢乔治亚，和乔治亚在一起时眼睛从没离开过她。可是，他战胜不了那个爱她的阿富汗男人。我想唯一可以阻止哈吉·汗和乔治亚重新在一起的人是乔治亚自己。虽然哈吉·汗间接杀死了乔治亚的孩子，但我们却发现他最近救了一个家庭。如果把这场爱情战争看作是马背叼羊比赛的话，无疑，哈吉·汗的举动为他赢得这场比赛增加了砝码。

在我看来，胡戈医生已经失去了这场战争。想到这，我觉得自己无法面对他。于是，当他那丛乱蓬蓬的头发出现在花园时，我便躲在墙的阴影处。然后，我沿着墙，爬到通向花园的“秘密通道”，找好了一个有利的位置——以前我可没少这样干过——屈膝坐在脚后跟上，越过盛放的玫瑰花丛往花园里偷看。

胡戈医生走到乔治亚身边时，她放下书，笑了笑，仰起脸颊——不是嘴唇，胡戈医生犹豫了一下，亲了亲。

“谢谢光临。”我听到乔治亚说。

“谢谢光临？听上去很正式嘛。”胡戈医生回答道。他努力想笑出声。

“呃，对不起，我……只是……”她叹了口气，“我想我们需要谈一谈。”

“好吧，现在听上去不仅正式而且严肃。”

“是的。至少我觉得是这样；也许你并不这样想。我不知道。我不知道你会怎么想，如果我直截了当的话。”

“唔，你为什么不试试呢？”胡戈医生回答道。我听出他的声音有点紧张。

医生坐了下来。他挪了挪椅子，坐在乔治亚的对面——而不是旁边。看上去，像是在进行一场求职面试。我看出医生的尴尬，不由得为他难过。乔治亚开始陷入沉思中。我焦急地等待着，希望听到好消息。

“好吧，现在，胡戈，你先听我把话说完，然后你再说话。”

“好的。”

“很好。”乔治亚又叹了口气，身子往前倾，然后，拉了拉头巾——尽管天气很暖和，她不可能觉得冷。

我注意到那是哈吉·汗送给她的那块灰色头巾。

“嗯，”她开始了，“法瓦德的朋友斯班仔死了，我们去凯尔卡纳参加葬礼，哈吉·汗也在那里。流产后，那是我们第一次见面。在那种场合下，我们没有说话。但之后，他来到这里，我们在外面，在他车上说了会话。他非常憔悴，胡戈。如果当时你见到他，你也会心碎的。就好像——”

“法瓦德！”

就像子弹划破空气，妈妈的声音在我耳边炸响。我砰的一声摔在地上。

我一边诅咒着，一边爬到阴暗的角落，拍干净身上的泥土，然后站起来，朝院子溜达去。这样让我看起来就不像是从花园里出来的。

“喔，你在这啊，”一看到我，妈妈就说，“来，我有话跟你说。”

虽然不高兴，但我还是跟着妈妈进了她的房间。房间很干净整洁，电视机没开。我感觉到妈妈有点紧张，像做错事似的——通常我才会这样啊。

“发生什么事了吗？”我问。

“什么叫‘发生什么事了吗’？”她反问道，在垫子上坐下来，然后伸出手拉我坐下。

“你看上去……很奇怪，”我说。

“嗬，怎么这么跟妈妈说话？”

“事实就是这样嘛，”我抗议道。

“嗯，好吧。”

她笑了笑。那天晚上，我发现她的眼睛很迷人，发出绿色的美丽光芒。

“好吧，法瓦德。”妈妈身子往前倾了倾，抓起我的手。“我要和你说些事，如果你不喜欢，你就告诉我，我保证以后不会再提。永远不会。”

“好的。”我说，一丝凉意爬上我的心头——当乔治亚准备告诉胡戈医生哈吉·汗想娶她时，她把头上的围巾裹得更紧了。我想当时的她肯定也感受到我此刻感受到的那股凉意。

“等一下，”我说，脑子里突然闪现出一个念头，一股暖意顿时涌了上来，“你要结婚了是吗？”

“什么？怎么……”

妈妈身子往后仰，很震惊的样子。我立即感到沮丧，她一定很厌恶听到这种话。

“对不起，”我说，“我想到就脱口而出了。”

“不，不要说对不起，法瓦德。我……我很吃惊你这样问。因为那正是我想对你说的。”

她没再说话。

我也没说话。

沉默中，我们望着对方——我感觉到我们是那么地爱着彼此。

“什尔·艾哈迈德向我求婚了，”她终于又开口道，“我想知道你对这件事情，对他将成为你的父亲有什么看法。如果你说不，事情就到此结束，儿子。我们再也不会提起它，我绝不会怪你。但你要知道他是个非常好的男人，法瓦德，我想他能给我们一个真实的未来，一个家庭，一个阿富汗家庭，而不是像这样和一群外国人一起混住。我想安定下来。更重要的是，我希望你安定下来。不过，你是我的儿子，这个婚姻只有得到你的允许才可能进行下去。”

妈妈说完后，我发现她的手在发抖。我挣开她，站了起来。我慢慢地走到窗前，望着窗外。过了一会儿，我摇了摇头，揉了揉眼睛，似乎突然很痛苦。接着，我叹了口气，很大声，很沉重。然后，我转身面对着妈妈。

她的脸沉了下去，眼睛盯着地板。

“没事，法瓦德，”她低声说道：“别担心。我会告诉什尔·艾哈迈德——”

“是的，妈妈！告诉他你愿意！”我大叫着跳到她跟前，抱着她的脖子，拼命亲吻她的脸，“真是太好了！”我说完，哈哈大笑起来。妈妈抱着我的腰，挠我的肚子，以示惩罚。

二十六

从前不像现在，有那么多的秘密要藏在心里——因为大人不相信小孩子，不会把重要的事情告诉他们，大多数时间，我都是自己虚构捏造。可现在，那么多事情压在我的心里，而且，不全是高兴的事情。我躺在床上，不停地想，想到我眼皮打架，昏昏入睡。后来，我终于意识到，当你知道某个秘密的时候，最痛苦的就是你不能告诉任何人。不能告诉任何人，那知道这个秘密又有什么意思呢？

我不是知道一个秘密，而是知道一堆秘密。哈吉·汗向乔治亚求婚这件事，我不能说，因为听到时我假装睡着了。胡戈医生一定被告知某些“不仅正式而且严肃”的事情，我也不能问他，因为当时我是在偷窥。妈妈要结婚的消息，我也不能告诉任何人，因为她让我发誓要保守秘密，直到她去凯尔卡纳见她姐姐。我甚至不能和什尔·艾哈迈德来一次男人和男人之间的对话，谈谈他对未来的憧憬，还有他打算让我们住哪儿之类的问题，可妈妈不让他对外说任何关于结婚的事情。为妈妈着想，我不希望他同时向别的女人求过婚。有时，当阿富汗男人想结婚时，谁答应了他们并不重要。

在阿富汗，男人和女人结婚有很多种方式：两个家庭之间的安排；像穆拉拉哈那样，为了还债，婚姻成为交易；还有一种叫“巴达尔”的，家庭之间互相交换——一户人家把他们的女儿嫁给另一户人家的儿子，另一户人家把他们的女儿嫁给这户人家的儿子。这样的话，谁也不用付出什么。不过，便宜倒是便宜，却不太好，因为事情就复杂了，最终每个人都和别人有血缘关系，生出来的孩子很容易夭折。

我猜，皮尔·赫德里和他妻子大概就是这样。有一次，他告诉我，他们结婚两年了都没有孩子，原因就是他们俩有“该死的血缘关系”。皮尔说他们俩的血混在一起后，会变成火，损伤孩子的大脑，最后杀死它们。

当皮尔告诉我这些时，我为他感到难过，因为我知道他一定很想做一个好父亲。看看他对待我和贾米拉，还有斯班仔，就知道这点。

“活着，失去，然后死了。”一天，皮尔嘟囔着说。他正在听广播，里面说很多家庭在坎大哈发生的一起爆炸中丧生。“正常人谁会把孩子带到这个世界上来？”考虑到这可能触动他的伤口，我没有说话。

当然，不是只有皮尔·赫德里没有儿子，什尔·艾哈迈德也没有。不过，至少他有电脑学校可以让他的大脑忙个不停。也许有一天，他和妈妈会生个小孩。谁知道呢？谁又能肯定那些未知的事情？

我唯一可以肯定的事情是，没有人可以一只手拿两只西瓜。

第二天放学后，我觉得很无聊——就像面对一屋子女人一样无聊。令我吃惊的是，在门口，哈吉·汗坐在他的“陆地巡洋舰”大型越野车上等着我。我马上想到斯班仔葬礼后整整一个星期过去了。该为他祈祷了！

想到这儿，虽然觉得悲伤，但我还是很高兴，脸上挂着笑容，因为哈吉·汗不但记得我的朋友，记得我，而且还把穆拉拉哈从那个手指弯曲的老家伙手中救了出来；他帮助她的母亲恢复了精气神；他向乔治亚求婚，而不是只把她当作女朋友，让她难堪；还有，不管他是否曾经是毒贩子，至少今年他已经决定不干了。

“好了吗？”他问。他把窗户拉下来。

“我的自行车怎么办？”我问。

哈吉·汗朝后面叽咕了几句，一个高大的背着枪的男人——上次和我们一起去过凯尔卡纳——从车上下来，抓起我的自行车，小心地放进越野车的后面。哈吉·汗朝我点点头，示意我上车。

上车后，我身子前倾，向他伸出手。

“大家都好吗？”他问。

“很好，”我回答，“乔治亚很高兴，因为你帮助了穆拉拉哈一家。”

“真的吗？”

“嗯。”

“我很高兴。他们应该转转运。”

我正准备就运气和巴巴·古尔的牌开开玩笑，突然想到我自己。

“这些天你怎么不带那么多保镖了？”

这是我第三次看到哈吉·汗身边只带了一个保镖，而不是一支军队。

“这样好些，”他回答，当他看着后视镜，看到我眼里的疑惑时，又补充说道，“有时，如果你想向人们证实这个国家正在变得越来越好，你自己就应该相信这一点——即使你自己不相信，至少也要给别人这种印象。”

做完祈祷回来，哈吉·汗直接把我放在皮尔·赫德里的店里，因为我已经迟到了。我脚一踏进店门，就看见那个老人咧嘴笑着——看来我又得遭殃了。

“我们要做食品生意了！”他说。我在他身边的百事可乐箱子上坐下。“这是我们的未来，法瓦德——皮尔·赫德里外卖服务。”

“我们不是已经送货上门了吗？”我问。

“嗯，对，那样可以……不过，我现在说的是小吃一类的东西。这还是你的朋友詹姆斯给我出的主意呢。”

我叹息了一声。詹姆斯和皮尔·赫德里一样疯，一门心思想的是如何一夜暴富。最近，不知道他和谁说过话，执意相信兴都库什山上有一扇神秘的门，通过一个山洞，洞里藏满了金银珠宝。他整天翻捡那些从冶金工业部弄来的旧纸堆，从网上学习如何进行岩石作业。我想，如果阿富汗山上真的藏着珍宝，恐怕早就已经和其他那些旧东西一起在巴基斯坦市场上兜售了。

“呃，什么想法？”

“嗯，你的朋友詹姆斯跑来找一种叫‘三明治’的东西。似乎，那是种中间夹着什么的面包。”

“我知道三明治是什么东西。”

“很好！那么我们已经成功了一半！看来，所有外国人都很喜欢这种东西。所以，我试做了一些。”

皮尔从柜台下面拿出一只盘子，上面高高地叠着一堆面包。

“后来怎么样？”我问，随手拿起一个皮尔自制的“三明治”。

“我看看。”皮尔伸过手来，我把那个粗糙的面包放在他手上。“哦，不错，”他说，“狗一定已经闻到香味了。来吧，尝尝味道，然后告诉我感觉如何。”

“我不要吃那个。”我说着把皮尔的手推开。

“别那么娘娘腔，”他说完咬了一口，但马上就吐了出来，“真主啊，难怪那个大男孩没有吃完。写下来，法瓦德：洋葱和芒果不能放在一起。”

“洋葱和芒果？”

“为什么不可以？詹姆斯说里面放的洋玩意越多，越好吃。”

“他是在糊弄你！”我说。虽然我以前见过他把香蕉夹在面包里吃，不过，我觉得大多数正常人是不会选择这种吃法的。

“好吧，”皮尔继续说道，似乎并不放弃，“你试试其他的。大多数是贾米拉去学校前做的。”

一是我的确饿了，二是这是我的工作，所以，我照做了。十五分钟后，我们列出了两张清单。乳酪和西红柿，花生和黄油，黄瓜和羊肉，草莓酱、酸奶和肉串，鸡蛋和鸡肉，这些可以搭配在一起。莴苣和奶油，苹果糊、蜂蜜和洋葱，蜂蜜和乳酪，芥子酱和鸡蛋，还有煮熟的胡萝卜不能放在一起。

皮尔拍了拍手，唤醒正在台阶上睡觉的狗。

“今天晚上，我让妻子多做一些，明天，贾米拉也做一些，然后等你放学回来，你就拿着它们出去卖。”

“你好像说过是外卖服务！”

“啊对，我是这样说过。这样，中饭时你拿一半出去，卖完了再回来拿剩下的。”

“太好……”

“是吧？”

“我不是说……哦，算了吧。”我意识到和这个老人争论没有什么意义，因为他已经铁定了心了。“你应该知道我还在哀悼斯班仔，不是吗？”

阿富汗一直在死人。这是它一贯的存在方式。大概是因为习惯了，也麻木了，活着的人不会花太多时间哀悼死去的人。他们会继续过日子。虽然皮尔·赫德里很喜欢斯班仔——我看到他在葬礼上落泪——可现在他得过回他的日子。而且，他还要我一起回到他原先的生活轨道里。

尽管那天晚上我祈祷了无数次，但第二天当我去店里时发现皮尔正在门口等着我。他手里托着一个金属盘，上面堆满了他的"三明治"。他非常粗暴地把我推出门外，甚至没给我机会把自行车推进去。

"我们得抓紧时间，"他一边喊，一边腾出手来不让狗接近那盘东西，"午饭时间马上就要结束了。你赶紧到巴基斯坦使馆去。那儿总是排着长队，我敢打赌，他们一定饿坏了。"

"我也饿坏了。"我告诉他。

"哦，"皮尔顿了顿，思考着这个消息可能会影响他的外卖计划，接着，他说，"好吧，你可以在路上吃一个。"

他把盘子交给我。"只能吃一个，"我刚迈出店门，他警告说，"是鸡蛋夹心的。它们已经有点变味了。"

我步行穿过大马路，经过巴兹尔清真寺和一排销售机票的小店后（那些地方是我从来没有听说过，也许永远不可能去的），右拐来到巴基斯坦使馆街。皮尔·赫德里没说错：很多人靠着墙排队，他们都想拿到签证。看着他们，我禁不住想是什么原因让这么多人想去这个人们把一切都归罪于它的地方。

当然，当你一无所有的时候，你是不会有钱买三明治的。

“多少钱？”有人问。当我告诉他两百阿尼一个时——这个价格是皮尔·赫德里定的，那个男人哈哈大笑起来。“两百阿尼我都可以买只肥羊了。”

“是的，但你不会把它宰了，切成片，放进面包里。”我反击道，并迅速地躲开了他的手背。

“我出十阿尼。”另一个人说道。

“你真好，”我回答道，“不过，你还是得付一个三明治的钱。”

渐渐地，有人围了上来，可他们都是些不想付出却想获得的家伙。就在这时，一个警察走过来赶我走。看来，我引起骚乱了。他似乎还想逮捕我。我还这么小，我可不想为了一盘没人买的三明治在监狱里度过余生。于是，我照他的话做了。我走开了，朝着附近的美国军营的防卫工事走去。

我在路边坐了下来，等待路过的士兵。我对自己说，我差点就失去自由了，理所当然应该得到不止一个劣质面包——里面的鸡蛋都已经变绿了。我打开几个用报纸裹着的三明治，最后，锁定在一个黄瓜奶油馅儿的三明治上。虽然面包边缘部分已经硬邦邦了，不过，应该说味道相当不错。

“嗨，小家伙！”

我抬起头，在耀眼的阳光里，看到胡戈医生的黑乎乎的脸——因为背光。

“嗨，胡戈医生！你要三明治吗？”

"好的。"他说。

他拿起最上面的一个三明治，然后掰开它。

"花生黄油，"我说，"选得不错。请付两百阿尼。"

胡戈医生笑了笑，在我身边坐下。

"不，我是认真的。"我说。

"哦，"他伸手进口袋，掏出五美金，"不用找了。"

"谢谢。"

有一会儿，我们坐在那儿没有说话，嘴里忙着咀嚼皮尔的三明治。我因为先吃，所以比他先吃完。

"唔，你在这里做什么？"

胡戈医生用力咽了一下，接着又咳嗽了一下。"我到这来找几个美国人，谈药品供应的事情——没什么特别的。"

"哦。"

他继续吃，然后又停止了咀嚼，把满嘴的三明治挤到腮帮，开口说道。

"唔，法瓦德，我想问你一些事情……"

"问吧。"

我向上帝祈祷，希望他说的不会成为我心里的又一个秘密。

"嗯……"胡戈医生表情有点尴尬。他把嘴里的三明治咽下，又用手抓了抓头发——结果上面沾上了点花生黄油。他在斟酌用词："你知道哈吉·汗在喀布尔的房子在哪儿吗？"

我看着医生，想从他的眼睛里看出他想干吗。然后，我缓缓地点了点头。

“太好了，真是好消息。现在，你可以带我去吗？”

我又拿了一个三明治，咬了起来。西红柿，洋葱，黄瓜，还有蜂蜜——我不记得我和皮尔写的那张清单上有这个组合啊。实在难吃得很。

“法瓦德？”

“哎，”我终于开口说道，“我不觉得这是个好主意。”

“我只想和他谈谈。”

“谈什么？”

“乔治亚。”

“那就真不是好主意。我想他不会喜欢的。”

“就算那样，年轻人，我也要那么做。如果我不那样做，她就会离开。”

他的话让我扭过头，既感到吃惊，同时又有点高兴。

“乔治亚要去贾拉拉巴德住吗？”

“不，当然不是，”胡戈医生回答，看上去有点困惑，“她要回英国。”

“英国？”

“是的，英国。我肯定。你和我一样都不愿意它发生，对吗？”

我从来没有想过乔治亚会离开阿富汗——离开我。

“不，我不愿意。”我承认道。

“那样的话，就带我去见哈吉·汗吧。”

我知道带胡戈医生去见哈吉·汗不是一个好主意，因为他极有可能被杀，可现在我脑子里的焦虑使我顾不上理会这个外国人的性命。我想的是和另一个外国人的生活。我不敢想象乔治亚不在我身边会怎样；我甚至不想去想象。我已经失去了一个最好的朋友，我不能再失去另一个。既然胡戈医生可以阻止这件事情的发生——虽然很可能搭上他的性命，我又为什么要阻拦他呢。

"到了。"我说，指着前面的绿色金属大门。一个背着枪的士兵正坐在门口的一把绿色塑料椅上。

"那好，我们过去吧。"胡戈医生说。

"那好，你的葬礼就在眼前。"

医生盯着我看了一秒钟，想知道我是不是在开玩笑。我没开玩笑。让我惊讶的是，他还是从他的越野车上下来了，我跟着他，手里托着那盘三明治。

胡戈医生让司机在外面等他。然后，我们向卫兵走去。

"我们想见哈吉·汗。"我告诉他。

"这个外国人是谁？"他问。

"医生。"我回答。

那个士兵点了点头，进去了。我们在外面等着。

两分钟后，他回来了。

"请进吧。"他说。他退了一步，让我们进去了。

哈吉·汗正在花园里，和他在一起的是六个身上穿着名贵沙丽克米兹，手上戴着名贵手表的男人。他站起身来迎接我们。他先向胡戈医生伸出了手。

“你好。”他说。

“你好，”医生回答道，“我叫胡戈。”

“很高兴见到你，胡戈，”哈吉·汗说。

看来，他并不知道眼前这个英国男人是谁。我感觉麻烦来了。

哈吉·汗邀请我们在他身边的毯子上坐了下来。他问起妈妈的身体，还说了些他希望我健康快乐的话。“如果你饿了，我们可以在这儿给你做些吃的——你不用自己带吃的来。”他补充说道，眼睛看着我手里那盘没卖出去的三明治。我想笑，但当时的气氛却让我支吾了两声。

大家坐在毯子上，你看我，我看你，没有人说话。哈吉·汗一定很纳闷我怎么会和一个医生在一起，而这个医生他却不认识。不过，他没有问，因为那样不礼貌。我们进了他的花园，就是他的客人了。

如果我们继续坐在这儿，安安静静地喝着为我们倒好的茶，我想我们就有机会完完整整地走出这个大门。可就在这时，胡戈医生开始说话了。

“你可能很奇怪我怎么会到这儿来。”他说。

哈吉·汗耸了耸肩。我猜他表达的意思是：的确如此。

“呃，”胡戈医生咳嗽了一下继续说道，“我是乔治亚的朋友。”

哈吉·汗没说什么。

“我也知道你是她的好朋友，这些年，你和她，呃，非常亲密。”

哈吉·汗还是没说什么。气氛因为他的沉默变得怪怪的。我努力把注意力集中在我的茶上。

“呃，事实上，我知道你们俩之间发生了一些事情，呃，你们不再像以前那样亲密了。显然，她对你还是那么恨，我觉得你是时候，呃，嗯，是时候放手了。”

哈吉·汗还是没说什么，但他的眼睛越来越阴沉，眉毛皱得越来越紧。这可不是好兆头，真的很糟。我祈祷医生不要再说下去了——喝口茶，谢谢我的朋友的盛情款待，然后转身离开。

可他没有。

“我对你说这些是因为乔治亚打算回英国，事实上，因为某些显而易见的原因，我可以让她留下来。”

“什么原因？”

自这场谈话开始，这是哈吉·汗第一次开口。我听出他声音里正在燃烧的怒火。

“我想我爱上她了。”胡戈医生告诉他，语气里几乎不带任何感情色彩。

对我而言，这不是最主要的原因。

“你和她睡过吗？”

哈吉·汗的声音很平静，很小心翼翼。我注意到他的朋友们在毯子上动了动。

“对不起，但我觉得这不关你的事。”

“我说，你和她睡过吗？”

“嗯，没有。没有，我没和她睡过，但这不是我今天找你的重点。事实上，我们现在很亲密。我敢肯定如果你多给她点空间，如果你放手的话，我一定会让她幸福的。我的意思是，在这儿，在阿富汗，在你的文化里，你能给她什么呢——”

突然，哈吉·汗大吼了一声，吓得我手中的茶杯都掉了。

医生吃惊地站了起来，哈吉·汗冲到他跟前，扼住他的脖子，把他钉在墙上。

“你疯了吗？”他怒气冲冲，把每一个字吐在胡戈医生的脸上，“跑来和我说这些？难道你他妈不知道你是在和谁打交道吗？”

“我当然知道你是谁，”胡戈医生喘息着说，他挣扎着，双手使劲想扳开揪着他的那只手，“我不怕你。”

我早已经站起来了。从我的方向看去，胡戈医生的确并不害怕——而是已经魂不附体。

“你这个笨蛋，操你妈的傻瓜！”哈吉·汗冲他喊道，怒火朝他脸上喷去，“你想你爱上了乔治亚？你想？嗯，让我来告诉你吧：我和乔治亚已经融为一体了，我就是乔治亚！那个女人是我的心；她在我的骨头里，在我的牙齿里，甚至在我的头发里。她的每一寸肌肤都是我，每一寸肌肤都属于我。而你呢？和你的小朋友跑到这里来做梦想说服我‘放手’。你疯了吗？你他妈是不是疯了？”

哈吉·汗把医生摔在地上。在他脚下，医生大口地喘着气。

“把他弄出去。”他用普什图语对一个士兵咆哮道。那个士兵一发现事情不妙，一早就朝这边靠近了。“在我割了他的喉咙之前把他弄出去。”

然后，他大步走进了屋子。

二十七

我们坐着车回去的路上，胡戈医生非常安静，毕竟他被勒了个半死。他的手还抖个不停，眼球中间部分看上去比正常人的要大。

“那个男人是野兽，”他终于嘟囔道，“疯子。她究竟看上他哪点？”

我猜他指的是乔治亚。

“嗯，他很英俊，上个星期，我们发现——”

“这是个反问句，法瓦德。”

“哦。”

我不知道“反问句”是什么意思，但我猜那是一种不必回答的问句。

别的不说，胡戈医生这次去见哈吉·汗却坚定了我的一个想法：医生是个好人，可是女人需要的是一个能为她而战的男人，特别是在阿富汗这种地方。虽然，我也知道这样不好，因为妈妈告诉过我“暴力解决不了任何事情”，但我还是觉得哈吉·汗真是酷到家了——用詹姆斯的话说。我没再说什么，剩下的行程里，胡戈医生也没再说话。他偶尔揉揉手，或者脖子。

大约十分钟后，车子在我们家门口停了下来。他倾过身来，声音轻得像是在我耳边低语。

“法瓦德，如果你不对乔治亚提起今天的事情，我会非常感激的。”

“好的。”我答应他，因为我为他感到难过。不过，我自己也高兴不起来。等我回到房间里，我必须把一切写在纸上，这样我才能记住所有的事情——现在我却不能对任何人提起。

我一路上都在祈祷千万不要碰到人，不然，我有可能会把脑子里的秘密泄露出去。然而，生活总是不能如你意。我一走进院子，看到这个房子里的所有人都坐在花园里，包括我妈妈。看到我，她立刻跳了起来。她起身时，我注意到她旁边坐着一个阿富汗女人。看上去像是我认识的某个人，但我却想不起在哪儿见过。

妈妈的眼睛湿的，但脸上却挂着笑——事实上是非常高兴。然后，我又发现所有人看上去都非常高兴。我猜一定是妈妈答应了什尔·艾哈迈德。这至少意味着我可以从我的名单里删掉一个秘密了。

“法瓦德！”妈妈哭着，抓住我的胳膊，把我拖进花园，“我要你见一个人。”

大概因为妈妈第一次结婚时，我没有参加，所以，她可能是想向我正式介绍一下那个即将成为我父亲的男人。我突然觉得有点别扭。毕竟，这一年里大多数时候，或者说几乎每天，我和什尔·艾哈迈德都会打个照面说上几句话。事实上，没有我的话，他们也结不了这个婚。

我经过乔治亚，詹姆斯和梅——他们都傻傻地笑着——接着来到坐在我妈妈身边的那个阿富汗女人跟前。在我一走进院子时，她就站起身来迎我。走近了看，我发现她很漂亮，也很年轻，比妈妈年轻多了，而且，奇怪的是，她也有一双绿色的眼睛。

“法瓦德，”妈妈声音颤抖着说，她在女人跟前停住了，“这是——哦，儿子！——这是你姐姐，米娜。”

哦，如果有人想进一步证明上帝的博爱和仁慈的话，他们只要看看我那失散多年的姐姐的漂亮脸蛋就行了。这么多年黑暗的日子之后，她终于像一道阳光一般重新走进了我们的生活中，告诉我们尽管上帝有时离开了，但他还会回来的。

尽管看到米娜时我简直要乐晕过去了，但足足有一个小时，我愣愣地，没有完全回过神来。我的心被幸福溢满了，高兴地说不出话来。这几个月来，我一直在想姐姐能不能听到乔治亚在收音机里留的信息。她一直没有出现，我开始相信她可能和家里其他人一样已经不在这个世界上了。但现在我知道她在库纳尔省的家里一天天长高，一天天变得漂亮。

看来，乔治亚早两个星期前就知道米娜的消息了，但她没有告诉任何人，她一直在想着怎么安排她到喀布尔来，她想给妈妈和我一个惊喜。说真的，我真佩服乔治亚能把这个消息隐瞒这么久，换作是我，我可做不到。

现在，我失散多年的姐姐就坐在我跟前，轻松地喝着源源不断续上的茶。干活的是詹姆斯和梅，因为妈妈有更重要的事情要做，那就是忙着爱抚她失散多年的女儿。我们围拢着，惊讶地听着米娜讲述自那天她被塔利班抢走后发生在她身上的故事。她的遭遇非常骇人，我虽然还小，生活的感受还不深，但我猜她一定漏了很多故事，因为当她哽咽着说不出话来，或者沉默的时候，妈妈就会握住她的手，传递给她力量。

米娜说她和村子里的其他女孩被扔上卡车后，车子就往西边开。她用温和的语调描述着整个行程中那些持枪的男人如何看着她们，谨防她们逃跑。其中有个女孩跳下车——她因为恐惧已经疯了，结果，一个塔利班成员就端起枪，朝她头部开了一枪。“我们就像一群待宰的羔羊，”她说，“没有人告诉我们什么。我们不知道自己要去哪儿，我们大多数想的是我们很快就会被杀掉……甚至更糟。”

米娜说话的时候，妈妈低着头。我的眼泪也涌了上来。姐姐等我们恢复平静后，吻了吻我们，然后继续说着。

整整三天，她和那群从小就认识的伙伴们都困在卡车上。那帮塔利班吃完了，就把剩下的食物抛到后面来。她们就靠着一点面包和那些残羹剩汁活着。后来，有人虚弱了，有人生病了，她们的衣服脏得发出难闻的气味。她们到了赫拉特[1]时，那帮把她们从家人手中抢走的男人把她们从车后拖了出来——有人尖叫，他们就打，直到没有声息——强迫她们洗干净身子。

洗好后，这帮女孩被带到一栋建筑的一个房间里。她们站了一排。接着，男人进来了，他们看着她们，捏捏她们的身体。于是，米娜旁边的女孩们一个一个地消失了，她们被卖给那些男人做妻子，或者给他们的儿子做新娘，或者做奴隶。

米娜等着，但没有男人上来抓住她的胳膊，把她推出门。她以为自己逃过此劫了，她看上去比其他人小多了。结果，那个晚上她就被卖了，被迫上了一辆卡车。车子朝帕格曼驶去。

“差不多所有伙伴都走了，这时，一个男人走了进来。他看上去像是塔利班成员，胡子长长的，缠着头巾。但他向我伸过手来，叫我不要怕。”

无可奈何之下，米娜只好跟着他走。

那个男人领着她走到一辆丰田小货车跟前。他叫她坐到后座去——那里已经放了几袋大米、大豆和几桶食用油。然后，他跳上前座，发动车子，沿着他们来时的大路往回驶去。随着车子不断往回开，米娜越来越相信这个男人是要把她送回家去，因为他没有碰她，也没有打她；甚至车子在茶馆边停下时，他还给了她一个肉串。然而车子并没有一直朝喀布尔的方向驶去，而是拐了一下，朝南而去。最终，他们在一个满是尘土的小村子里的一所

① 阿富汗西北部历史名城，位于喀布尔西六百公里处。

大房子前停了下来。那个男人告诉米娜她现在在加兹尼[①]。

那个男人抓起一袋大米，朝米娜点了点头，示意她跟他进去。屋里，一个老女人和她的几个孩子正等着。她一看到米娜，脸色一沉，却没说什么。那个男人让米娜和他的孩子在一起——有几个比她还大——然后拉着他妻子进了另一个房间。大约三十分钟后，那个男人和那个女人回来了。不知道那个男人对她说了些什么，那个女人似乎接受了眼前的事实。虽然她对米娜一直都不友好，却从来没打过她。不过，那个女人要她干活。于是，接下来的四年的时间里，我姐姐的手里一直拿着一把木刷子。

“想想发生的一切，我当时的处境并不算太糟，他们算得上是正经的人家。虽然在那栋房子里我从来没有开心过，但一个星期后，我就再也不害怕了。”

米娜说那个买她——他从来没告诉她多少钱——的男人叫阿卜杜尔·拉希姆。他妻子叫哈尼法。她是个很强壮的女人，很为自己的丈夫和孩子感到自豪。她丈夫经常不在家，这种时候，她就成为这栋房子的国王。第一年，她把米娜当“流浪狗”对待——喂她吃的，给她水喝，让她睡在厨房的一个角落里。她还警告米娜不可以上楼去，因为那是她一家人主要的活动空间——除非她手里拿着刷子时。阿卜杜尔·拉希姆的孩子对我姐姐都很好。他们经常跑来和她说话，有时她累了或生病了，还帮她干

---

① 阿富汗东部城市，位于干旱高原上，为喀布尔—坎大哈公路上的商业中心，以羊皮、刺绣产品著称。

活。“他们一家人都很好，生活幸福。别的就没有什么了。”

然而，接下来，一切又变了。

一天，阿卜杜尔·拉希姆把米娜叫到跟前，对她说她可以离开了。他说他很抱歉，他看上去真的很难过。然后，他说他曾经对自己发誓要保护她，以此弥补他给她的生活带来的不幸——原来那天晚上塔利班冲进我们家时，阿卜杜尔·拉希姆就是其中一位。“他告诉我，他看到你，妈妈，为了自己的孩子那么奋力地反抗，后来，他出去了，看到一个小男孩大大的眼睛时，他震住了，罪恶感湮没了他，他为自己的行为感到羞愧。那个男孩一定是你，法瓦德。阿卜杜尔·拉希姆告诉我说，那天夜里，你的眼神，惊恐，害怕，触动了他。所以，他决定把我买下来。他对那天晚上他们的所作所为感到耻辱。这种耻辱一直折磨着他，他必须通过救我来救他自己。因此，他妻子也同意把我留下。”

显然，他妻子只愿意在米娜还是小女孩的时候帮助她的丈夫赎罪。当米娜渐渐露出成熟女性的特征时，哈尼法执意要她走。阿卜杜尔·拉希姆辩解说他只把米娜当女儿看待，但他妻子坚信随着时间的流逝他对米娜的态度一定会发生变化的。当米娜终于出落成一个漂亮的女人时，他就不会再把她当女儿，而把她当作第二个妻子。

最终，阿卜杜尔·拉希姆极不情愿地答应了哈尼法的要求。不过，他告诉米娜他已经替她找了一个好男人，虽然是做丈夫，而不是保护人，但那个男人绝不会打她的，因为他是真正的穆斯林。

尽管米娜很感激他对她的关心，而且这么多年他从来没有伤害过她，但米娜说她还是无法忘记和原谅那天晚上他对她和她的家人所做的一切。所以，当他告诉米娜她可以离开时，她简单地收拾了几件衣服，没有说一句话，没有做任何手势——除了对他妻子哈尼法点了点头外——她走出了那扇门，再也没有回头。

她的新丈夫已经等在外面准备接她走。他比阿卜杜尔·拉希姆至少年轻了十岁。小时候生了一场病后，他的一只胳膊明显比另一只细很多。他没说话，而是用那只好的胳膊接过米娜的包袱，然后放进他的丰田花冠车里。他开车带着她向东去，最后来到库纳尔省。

漫长旅途中，米娜唯一了解到的是她丈夫叫阿扎特·侯赛因，塔利班早在两年前就已经下台了。“听到塔利班倒台的消息，我很高兴，也很生气，因为在我看来，没有什么变化。那个买我的塔利班还是住在他的大房子里，而我还是没有自由，不得不跟着眼前的这个男人走。”

到了库纳尔，米娜被带进一个小房子里，正如她猜测的那样，里面已经有一个女人了。实际上，有两个。老的是阿扎特·侯赛因的母亲，她身上的气味就跟从毒山羊身上挤下来的奶一样恶臭。另一个是阿扎特·侯赛因的妻子。她叫拉娜。她很瘦小，生着病，而且不能替她丈夫生孩子。看了一眼她应该叫姐姐的那个可怜的女人，米娜意识到他们对自己的期望。

她没有让他们失望。一年后，她给阿扎特生了一个儿子。他们叫他达乌德。“阿扎特很高兴，他真的是个好父亲。因为我们的儿子，我的生活开始充满了乐趣。”更神奇的是，阿扎特的母亲只要一抱孙子，她整个人就像黄油融化了一样，这软化了她的凶悍和苛刻。甚至拉娜也因为达乌德的到来变得更精神了，更开心了。

生活迫使她们聚在同一个屋檐下，拉娜和米娜很快团结起来对抗她们共同的婆婆。米娜从拉娜眼里看出了她因为身体原因导致的痛苦，所以她尽一切力量让她的这个新姐姐的生活好过些。

正是因为我姐姐的善良，她得到了好报。有一天，拉娜正在听收音机，而米娜正在厨房做饭。拉娜听到乔治亚留下的信息，她立即告诉了我姐姐。“我不敢相信这是真的。我以为你们都被杀了，因为当我们的车向帕格曼驶去时，我看到整个房子都烧着了。我清楚地记得那些男人脸上仇恨的表情。然后，突然，我得到消息说你们没有死，这么多年过去了，你们还在找我。”

听到乔治亚在广播里留下的讯息后的几天里，她想到我们相隔万里，想到她丈夫未必会答应她来喀布尔找我们，她一下子从兴奋状态中滑入低谷，变得悲伤起来。

我姐姐并没有指望拉娜能出什么力。然而，一天天过去，阿扎特的第一任妻子不停地乞求她的丈夫发发慈悲。当她告诉他他的仁慈将让她多么高兴时她动情地流下了眼泪——“她只知道自己爱那个好男人，她忍受着不孕和病躯的痛苦，”米娜低声说道，

“她让我吃惊。我欠她太多了。”

不幸的是，才不过好了一个月的拉娜最终还是被疾病所吞噬。为了满足死去妻子最后的心愿，那个好男人——正如阿卜杜尔·拉希姆所言——阿扎特·侯赛因拨通了拉娜写在一张纸上的电话号码。他联系上了乔治亚。

二十八

米娜从库纳尔省回来后，重新回到我们生活中。那天晚上，她和妈妈睡在一起。

我想和她们待在一起，我不想重新找到姐姐后离开她。眼前的一切让我既感到陌生，又感到困惑。米娜变了。我既认识她又不认识她。当我在梦里祈祷她回到我们身边时，我总是把她想象成一个小女孩。但她再也不是小女孩了，她变成女人了。

“你已经长这么大了！”米娜对我说，我坐在她身边，她把我拉过去，抱进怀里。我不知道该做什么。“我真的不敢相信！我的小弟弟现在已经是了小伙子了，这么安静，严肃。”

“他平时可没这么安静喔。”妈妈笑着说。

“嗯，”米娜说，她在我脸上吻了一下，“看来有很多东西要了解。我们得重新认识对方了。”

米娜说话时，我钻了钻，把自己更深地埋进她的怀里。她说得对，我们的眼睛和大脑都需要时间来重新了解对方，我的心完全了解，它爱她。

我的眼皮开始打架了，妈妈叫我回自己房间去，这样她可以和米娜单独说说话。我想留下来，但我没说。我知道妈妈很想单独和她说话，这对她很重要。在我一边瞌睡时，她们一边说，一边哭。我想妈妈正在告诉她我们这几年的生活——还有我们失去了大哥比拉尔的事实。

那个悲伤的夜晚过去了，太阳出来了，我们又开始高兴地说起话来。妈妈觉得姐姐重新回到我们身边是真主保佑的，所以，她应该嫁给什尔·艾哈迈德。当她告诉我她的决定时，我长长地舒了口气。这样的话，那个门卫就不会和别人结婚了，我也可以把这个秘密从我的清单上剔除了——嗯，差不多了——因为我们还不能告诉我们的朋友们，我们得先去凯尔卡纳拜访妈妈的姐姐，我和米娜的姨妈。

不久前，这两个恨不得永不相见的女人现在却经常见面了。当然，这是有原因的。毕竟，这是在阿富汗，有些规矩还是要遵守的。

在我姨妈家，在毛拉——他曾经为斯班仔做过祈祷——面前，妈妈和什尔·艾哈迈德举行了结婚仪式。他们在真主面前三次发誓接受对方。当那位神职人员正在确认他们的婚姻是否正确的时候，一旁观看的除了我姨妈和她丈夫外，还有什尔·艾哈迈德的两个兄弟，以及我姐姐米娜和她丈夫。

那天一大早，阿扎特·侯赛因出现在我们面前，他是来接他妻子回家的，却赶巧碰上我妈妈的婚礼。所以，他被邀请参加。让我惊讶的是，他比我想象中高大很多，人很温和友好。有只胳膊看上去有点奇怪，像是上帝把一个小孩的胳膊安在一个大人的身上，不过，我还是舒了口气，幸好是左手，握手时不至于尴尬。

当大人们都站着礼貌地攀谈时，我听到阿扎特·侯赛因说他已经先在喀布尔住了一个晚上，和他的一个生意上的合作伙伴在一起。看来，我姐姐的丈夫挺聪明的，还会做木材生意——真是不错，卖木头挺能赚钱的。他到凯尔卡纳后，送了一个非常漂亮的褐色的柜子给我妈妈——上面还雕刻着绽放的花朵以及正在唱歌的鸟儿。

美中不足的是，我们没有见到姐姐的孩子，达乌德，他在库纳尔，和他奶奶在一起。不过，姐姐向我们保证说下次她会带着他一块来看我们。她说话的时候飞快地看了一眼她的丈夫，像忘了什么事情似的。他点了点头，她脸上马上露出了笑容。

时间虽然很短，但我很快就喜欢上了阿扎特·侯赛因，把他当作了家人。

妈妈和什尔·艾哈迈德举行结婚仪式时，孩子们都在外面等着，因为这是规矩。扎西德的兄弟立刻跑到门口的一条沟里玩了，因为那有一只死猫。扎西德和我躲到一个角落，他教我抽烟。

虽然烟的味道很恶心，但我还是觉得要成为一个男人就应该学会接受并习惯很多恶心的事情。扎西德说，留胡子就是其中之一。更糟糕的是，有一天当我醒来时，我会发现我的小鸡鸡病了。

“你姐姐真漂亮，”扎西德说，他正在吐烟圈，“我告诉你，如果她没被绑架，我会考虑和她结婚的——管它什么血缘不血缘。”

看着他那只不停抽搐的眼睛，那条不灵活的腿，还有那一嘴又粗又短的褐色大牙，我想的是与其让我姐姐嫁给他，我宁愿亲手把她交给塔利班。

“怎么样，最近工作还好吧？”我问。我转移话题。我可不愿意我的表兄忘乎所以地在我面前流里流气地谈论我失而复得的姐姐。

“进展缓慢，”他承认道，“不过现在我开始做文件归档的工作了，我老板说他很快会送我去参加电脑课程。”

“什尔·艾哈迈德就在上电脑学校。”

“嗯，我很快也会的，”扎西德点了点头，“现在，在喀布尔，没有哪家公司没有电脑的。你不会相信的，上面有很多色情的东西。有图片，甚至电影，各种各样你想都想不到的性交。有女人操男人，女人操女人，男人操男人，女人操侏儒，女人操狗，我还看过女人吮吸——”

“法瓦德！”

妈妈突然大声喊我。我和扎西德快速熄灭了手里的烟。“给。”他说着递给我一块口香糖。我接过来，放进嘴里。原来以为是香蕉的味道，结果，却像是在嚼一口塑料。真是恶心极了。以前在鸡街，我们是以一美元的价格卖给外国人——只要你装得够悲惨，会有人掏钱买的。

妈妈的婚礼结束了。我们跟米娜告别，她要回去照顾她的孩子。我们抱在一起，既高兴又伤心。不过，阿扎特·侯赛因给了妈妈一个电话号码，说我们随时可以打电话给她。我们心里的悲伤略微减轻了些。

什尔·艾哈迈德回他自己的家了，我和妈妈也回到我们的房子里。婚礼后的第二天，妈妈就会搬到她的新家。一周后，我也会搬过去——究竟什么原因，我也不知道。那个星期她在她的新家做什么，我不想知道。不过，她以为她不在我身边的那个星期，我可能希望待在姨妈家，却大大地想错了。如果她好好想过的话，她不会犯这种错误。

“妈妈，我们还在那栋房子里住的时候，扎西德的爸爸打了我，用水壶打我的头，有个小子还在我床上拉尿。我们不要忘了姨妈差点杀了你，她害你得了霍乱。说真的，我不知道你有没有好好想过这些。不过，好吧，我知道你现在没有心思想这个，你脑子里只有你的新丈夫，你压根不在乎你儿子的快乐，压根不管他有没有命活过这个星期。”

妈妈笑了——在她踩了她姐姐一脚，然后扭头离开了凯尔卡纳之后，她的确变了很多——她摸了摸我的头发。

“好吧，法瓦德，你赢了。如果乔治亚同意，保证照顾好你，你可以在那儿待上一个星期。我想你也需要时间和他们道别一下。”

阿富汗有句老话：“如果有一天你遇到一个朋友，第二天，你就会得到一个兄弟。”和这帮外国人住了将近一年后，我得到了两个姐姐和一个哥哥。虽然有时候他们的生活方式和我们有点不一样，他们的行为也不值得模仿，当然前提是你是个好穆斯林，但我真心实意地爱他们，爱每一个人。当妈妈和我回到那栋房子，她用达里语（我用英语翻译）告诉他们她结婚了，第二天就要搬出去，一个星期以后也会把我带走时，他们全都愣在那里，脸上露出茫然的神情。

我想他们都震住了。

乔治亚是第一个恢复过来的人，她想起自己该怎么做。她走上前拥抱妈妈。

“恭喜你，玛利亚，”她说，“真是好消息。”

“是的，太好了。恭喜你。”詹姆斯跟着说。

“绝对是好消息！恭喜你。我衷心希望你们在一起生活得愉快。”梅说。过了一会儿，她补充道：“我也要告诉大家一个消息。我很快也要离开这儿了。我怀孕了。”

如果说妈妈结婚的消息让大家吃惊的话，梅的宣布无疑像扔了一颗手榴弹把大家给炸懵了。我把梅的话翻译给妈妈听了。她眼睛睁得大大的，但她没说什么。

又是乔治亚最先回过神来。

“恭喜你，梅！真是……太让人吃惊了。”

“不只是吃惊，简直是奇迹。”詹姆斯补充道，他走上前拥抱她，“孩子的父亲是谁？”

“呃……”梅害羞地笑了，“这个孩子是我和格里的，不过，它有可能会有法国血统。”

我摇了摇头。在很多方面，他们就像阿富汗人。他们哭，他们笑，他们努力与人和睦相处，他们热爱自己的家人。不过有些时候，他们真的很疯狂，不顾一切地扑向永不能超生的地狱之火。更糟的是，他们似乎乐此不疲。

二十九

在我的国家，我们都穿沙丽克米兹——通常是宽松裤上套一件长长的衬衫。用的布多得你不相信，它是我们的传统服装。平常我都穿牛仔裤，跟那些大孩子一样——他们模仿电视上的伊朗歌星。不过，有时——比如，在你妈妈的婚礼宴会上——你如果吃得太多，肚子胀得跟坎大哈那么大时，裤头就会紧得勒疼你的肚皮，并且随时可能把你拦腰截成两段。这种时候，你就会发现阿富汗人比西方人聪明多了。我们不但只相信真主，而且我们做的衣服足够大，以至能容下一个坎大哈和赫尔曼德河[①]。

"你怎么啦？"詹姆斯问。我瘫在他旁边的椅子上。

"我想我快要死了。我不该吃那么多东西。"

到达沙赫尔瑙的赫拉特风味餐馆大约一个小时后，我们就开始往里塞东西了。先是面汤、酸乳酪、四季豆和鹰嘴豆，然后是土豆，绿色洋葱面包，乳酪茄子，卡布里肉饭，羊肉串，最后上来的是美味的蛋奶冻[②]。无疑，每个人都在尽情享受这个婚礼。这

① 阿富汗最长的河流，全长一千余公里，灌溉着阿富汗坎大哈一带的南部土地。

② 一种用米粉、奶粉、杏仁、开心果、香草等混在一起煮熟后冷冻的布丁。

可能是他们一年里吃的最丰盛的一顿饭。

吃了几串羊肉后，我开始呻吟起来。詹姆斯侧过身来，手伸向我的裤子。

“你要做什么？”我吃惊地问。

“松开皮带，这样你可以更好地呼吸。”

我难以置信地看着詹姆斯。“我不想这样，詹姆斯。”我说着从他手中拽过裤头。

说真的，外国人真不知道羞耻，哪怕是在婚礼的宴会上。

当然，这是我自己的错，谁让我吃那么多呢？从我在妈妈那桌坐下的那一刻开始，到我离开她跑到詹姆斯那间只有男人的房间里时，我就没有停下来过。按照我们的风俗，这样的宴会上，男人和女人是分开来的。只有妈妈和什尔·艾哈迈德是坐在一起的。他们在一间专门为他们准备的小房间里接待一些前来祝贺的亲戚密友。

婚宴规模不大，也没有音乐和舞蹈——因为对妈妈和什尔·艾哈迈德来说，都是二婚。妈妈看上去非常漂亮，她穿着粉红色的衣服，头发卷卷的，戴着一块颜色很匹配的头巾，眼睛大大的，四周抹了些粉色和黑色的金粉，睫毛很长——那是一个女人帮她粘上去的。

我是她的儿子，所以，我能看出她真的很高兴，尽管她没有怎么笑——这是规矩。在阿富汗，女人结婚时要装出不开心的样子，向人们表示她多么热爱和尊重她即将要离开的家人。当然，有时是真的——当那个女孩害怕加入那个家庭时。无论真假，一个不开心的新娘才是一个好新娘，如果婚礼上她能挤出几滴眼泪，那就更好了。当然，妈妈结婚的时候，这个规矩就没有严格遵守的必要，毕竟她很早就离开了我的外公外婆，而且他们都已经死了。但她却还是一板一眼地按照传统来，努力表现得像一个“好女人”。一个“好女人”和一个“好男人”结婚——每个人都在说这句话。我想他们是对的，因为什尔·艾哈迈德已经暗恋我妈妈很久了，为了和她结婚，他设法改变自己的生活，找了家电脑学校来提高自己，甚至在向她求婚前就把房子粉饰一新了——为了迎娶她。

他的确是个好男人，我很高兴。婚宴上，他看起来很英俊——白色的套装，白色的皮鞋。他替妈妈夹菜，表现了他对她的尊重。所有女人都脸带微笑地看着他，点头赞许。

除了我以外，姨妈、贾米拉、乔治亚、梅和她的女丈夫格里也一起坐在婚房里。所有阿富汗人中，只有妈妈和我知道梅肚子里有小孩。在我们离开那栋房子前，妈妈恳求这些外国人不要在公开场合谈论这件事。如果这个消息传到外面，我们所有人都有可能被石头砸死，妈妈的这个特别的日子无疑也会以悲剧收场。

虽然和妈妈一起在同一个屋檐下生活了将近一年，詹姆斯还是不允许进婚房，因为他不是亲戚，因为他是男人。我跑去找他时，他正和艾斯曼莱、皮尔·赫德里、什尔·艾哈迈德的几个朋友坐在一起，看上去很失落，因为没人给他翻译。他虽然在阿富汗住了两年多，达里语却还停留在他刚来时的水平，只会说“你好”“你好吗？”“厕所在哪里？”以及“带我去见你领导”这几句话。平常，他主要靠他那双手胡乱的比划以及口袋里的那本字典。

我可以想象在他给皮尔·赫德里出三明治的主意时，他一定花了很长的时间才让皮尔·赫德里明白他的意思。

当我感觉好些时——不必半裸着身子绕着餐馆跑——艾斯曼莱叫我去把什尔·艾哈迈德叫到男人们聚的这间房间来。看来，他有礼物送给什尔·艾哈迈德。我照他说的做了，因为他是长者。而且我也很好奇想知道他给什尔·艾哈迈德的是什么礼物。乔治亚送给妈妈的礼物是一部手机，这样她可以随时给米娜打电话。我想妈妈一定高兴坏了。但我不知道艾斯曼莱和哈吉·汗会送什么东西。

什尔·艾哈迈德因为要离开便向女人们说抱歉。但我看出他心里暗暗高兴，我猜是因为她们让他招架不住了。我领着他去找艾斯曼莱。路上花了点时间，因为他一直都在和客人握手。

一走进房间，艾斯曼莱就叫什尔·艾哈迈德坐下，然后给了他一个白色的信封。“哈吉·汗先生给你的，”他说，“他很抱歉不能亲自前来表示祝贺，他得回新瓦尔处理一些要紧的生意。”

什尔·艾哈迈德说了些感谢的话，然后打开了信封。里面是四五张纸，看上去像正式公函一类的东西。

我的新爸爸困惑地看着艾斯曼莱。我失望地看着艾斯曼莱。我原本以为会是一笔钱呢。

“这是合同。”艾斯曼莱解释道。

“哦，合同。”我和什尔·艾哈迈德异口同声地说，但眼睛还是盯着艾斯曼莱。

艾斯曼莱哈哈大笑起来，他从什尔·艾哈迈德手里拿过那几张纸，慢慢地向我们解释是什么意思。原来什尔·艾哈迈德将和哈吉·汗一块做生意——合伙开一家喀布尔最时尚的网吧。

三十

婚宴过后，妈妈和她丈夫去了我们的新家，开始过起一种全新的生活了。我们则回到了瓦兹尔·阿克巴汗。

一回到家，乔治亚、詹姆斯和梅马上开了一瓶酒。显然，他们都需要喝上一杯。他们一个个试图劝服我那个星期搬到詹姆斯房间里去住。

“这样你就不会孤单了。”乔治亚解释说。她从厨房出来，替我拿了一杯茶。

“你妈妈一定也希望你住在那儿。”梅也努力劝道。

“会很好玩哦！”詹姆斯叫道。

但我一个都没听进去。我不再是孩子了，妈妈不过是去了另一个房子而已，又不是快要死了什么的——跟上次她把我一个人扔给这群外国人不同。而且，妈妈房间里有电视，我想搬到她那儿住。

他们的唠叨让我很不耐烦，我冲着他们发了一顿脾气后，就拿起我的茶壶走了，留下他们在那儿喝酒。我朝妈妈的房间走去，我想安静一会儿。我把垫子放在最佳的位置上，这样方便我更好地看电视。我觉得自己长大了。

“这就是生活。”我对自己说。我啜了口茶，四仰八叉地躺在妈妈的床上。

我把枕头拍得鼓鼓的，然后靠在上面开始欣赏起一部刚开始放映的电影来。

八小时后，我被乔治亚的声音吵醒了。她喊我吃早饭。电视已经关了，因为没电了。我看了看四周，意识到自己在妈妈的房间里。昨天晚上我一定没看五分钟就睡着了。想到这里，我有点懊恼，似乎浪费了昨晚得来的自由。

我从床上爬起来，洗漱完，换好衣服，就去大房间里吃早饭了。只有乔治亚一个人，梅已经去上班了，詹姆斯至少要过三个小时以后才会从他的房间里出来。

“昨晚睡得好吗？”乔治亚问。她把一盘面包和蜂蜜朝我的方向推了过来。

“很好，谢谢。你呢？”

“很好，谢谢。”

我给自己冲了一杯甜茶。

“嗯，婚宴上还好吧？”乔治亚问。

“是的，非常棒。你呢？”

“是的，”她赞同道，“非常棒！”

接着，我们开始静静地吃起来。后来，马苏德来接乔治亚上班，我也跳上自行车去了学校。虽然和乔治亚在一起一直都很愉快，但我们俩都不是“早起的人”。

跟往常一样，放学后我去皮尔的店里干活赚钱。也跟往常一样，我会在贾米拉上学前逗逗她。

“昨天我读到一则新闻，说沙鲁克·汗和一个男人结婚了。”我告诉她。

“在哪儿？”贾米拉问，“你大概是在《法瓦德特别谎言报》上看到的这则新闻吧？”

“当然是在印度的庙里。”

“挺有趣的。”她说着扯了扯头巾走了出去。

“我也觉得是。”我哈哈大笑，“放学后见，贾米拉。”

“随便，”她用英语回答道，还做了个手势。这个手势是詹姆斯教我的，后来我又教给她。

她走出去时，我突然注意到她比我高多了。这个发现让我很沮丧。刚搬进那群外国人的房子里时，我在卧室门上划了一道身高线。我似乎一点个儿都没长。这个念头在我脑子里盘桓，以至于我开始怀疑自己是不是会长成哈吉·汗的小个子男仆那样。婚礼上，扎西德还对我的个头评头论足了一番。

“嗨，小矮子。”

我没理他，因为他运气也不好，上帝没给他一个满意的安排。不过，我还是有点恼火。

“你现在多大了?”皮尔·赫德里问。我对他提了我的烦恼。

“我不知道。”我耸了耸肩,“也许十岁,也可能十一。”

“哦,那就没问题,小子,你根本不用担心。等你二十五六岁的时候,如果你还没有一头小牛犊那么高,你就回来找我。”

“我二十五六岁的时候不可能还在这里吧?”

“那你会在哪里?”

“呃……”我停下来想了想,发现自己没主意了。“别的什么地方。”我最后说道。想到我的余生可能都得在皮尔·赫德里的这个小店铺里做一个小个子杂役,我更烦恼了。

“来吧,别烦恼了,我建议你回去让你妈妈用开水煮一只笋鸡,里面放些鹰嘴豆,一勺蝎粉果汁,每天早上醒来后喝上一杯。”

“这些天,我们不能吃鸡肉,更不用说蝎粉了。”我告诉他。

“那我就没辙了。”他说。

“你真的一点都不用担心。”乔治亚说。那天傍晚,我回到家后和乔治亚在花园里喝茶。“女孩比男孩发育得早——真的。过几年,你就会赶上贾米拉,然后会超过她。另外,说真的,法瓦德,你非常聪明,不会一辈子待在皮尔·赫德里的店里。所以,你要冷静下来。”

“你真的觉得我很聪明吗?”我问。

乔治亚哈哈大笑。“法瓦德,你是我遇到的最聪明的小男孩!

你是……达里语怎么说来着？我不知道。英语的话，我们会说‘像纽扣一样发亮’，意思是说你机灵到极点。老实说，我遇到的成人里很多都没有你那么机敏，你是天生的。你是个非常特别的男孩子，以后也一定会成为一个非常特别的男人。而且，你还很帅。”

“哇，我这么了不起吗？”我哈哈大笑。

“当然，法瓦德。”

我看着乔治亚，她那张美丽的脸在夏日的阳光下渗出一层薄薄的汗。我突然悲伤起来。一切变化得太快了，再也回不到从前了：梅要回国生孩子；我要搬到卡特伊塞[①]开始我的新生活；詹姆斯焦虑妈妈走了谁做饭给他吃，还有蕾切尔为什么不愿意嫁给他；乔治亚——唔，没人知道她要怎样。

“你打算离开阿富汗吗？”我问，小心翼翼地观察着她的表情。

“谁告诉你的？”她声音提高了。我很吃惊。

“胡戈医生被哈吉·汗揍之前告诉我的。”

“他什么？哈里德做什么？”

我的心脏停了。我恨不得时间倒流，重新再来一遍。

“那是因为他爱你，”我赶紧补充道，“是真的，全是胡戈医生的错，他跑去找哈吉·汗，要他‘放手’，哈吉·汗说你在他的牙齿里，他骂胡戈医生操他妈，他非常生气。但他没有杀胡戈医生，只是对警卫说他会割了他的喉咙。”

---

① 喀布尔的一个街区。

乔治亚透过太阳镜片盯着我看。

“我在他的牙齿里，是吗？”她最后问道。

“嗯，他是这么说的。”

“多浪漫啊。”她回答道。不过，她的语气丝毫不带感情，听上去一点都不浪漫。

“那你会离开阿富汗吗？”

乔治亚耸了耸肩。“现在我还不知道，真的。也许星期五我去新瓦尔时会更明确些。”

“你要去见哈吉·汗？”

“是的。”

我没说什么，因为我不知道该说什么。我想她是去告诉哈吉·汗她的答案吧。

“我可以和你一起去吗？”我问。

“呃……我不知道。我得处理些事情。”

“求你了，乔治亚。如果你离开了怎么办？这可能是我最后一次去见穆拉拉哈。”

“老实说，法瓦德，我不确定是否有时间去拜访穆拉拉哈和她家人。”

“那好，这也是我最后一次见哈吉·汗。”

我的朋友透过太阳镜片看着我。

“我不知道……”

“求你了，乔治亚。我会很乖的，不会惹麻烦，你和哈吉·汗说话时，我自己一个人玩——”

“好吧，好吧，你可以去！”

“太好了！”

“不过得问过你妈妈。”

我立即用乔治亚的手机给妈妈打电话，问她星期五我可不可以和乔治亚一起去新瓦尔。她同意了，我知道她会的，因为在同意我去新瓦尔和让我跟着詹姆斯及怀孕的同性恋两者之间，她无疑选择让我去新瓦尔。

“别忘了做祈祷，要乖啊！”她在我耳边大叫。

“不会忘的，我会乖的。”我向她保证。我提醒自己下次见到她一定要教她怎么在电话里好好说话。她那么大声，我在塔吉克斯坦都能听到。

和往常出门一样，又是扎勒迈开车送我们去新瓦尔。但这次，艾斯曼莱和我们一起去，而且坐的是丰田小货车，前座一个警卫，后座又有两个。

“我们有麻烦吗？”乔治亚看到我们的护送阵营后问道。

“不，没有，”艾斯曼莱回答，“哈吉只是小心起见，因为你是特殊的客人。”

“哦，说吧，”乔治亚笑了，“发生什么事了？”

“你是问怎么和平常不一样？”

艾斯曼莱摘下帽子，用手挠了挠左边头顶的头发。

“好吧。上个星期省长逃过了一场路边炸弹袭击，此外，还发生了其他几起事故，但并没有影响到什么。”

“是因为禁止种罂粟吗？”

“罂粟，权力斗争，每年这个时候……谁知道呢？这是阿富汗。片刻不得安宁，这你很了解。”

一路上，艾斯曼莱为了把路边炸弹和“其他几起事故”从我们脑子里驱除，不停地向我们介绍过去发生冲突的地方。“为了圣战，阿富汗圣战者伊斯兰联盟在这儿伏击了前苏联军。”他说。我们的车子出了喀布尔，进入了山区。“这儿发生过一次持续了整整一个星期的战斗，打得非常激烈……我们曾经在这里安置了我们最好的狙击手……我们在这儿挖过隧道……”然后，他又向我们指出了他们的朋友，那些被遗忘的英雄们战死的地方。实际上，他这么做反而使我们的情绪更低落了。

车子滑进楠格哈尔省境内，继续向新瓦尔进发。太阳光透过车窗玻璃照射进来，我们都觉得筋疲力尽了，都没再说话，而是各自默默地想着各自的心事，直到我们到了哈吉·汗家。

之前我从来没来过他在新瓦尔的家。它比贾拉拉巴德的房子小多了，不过却更好——更像家而不是一栋大厦。当然，到处都有持枪的士兵，不过他们多数在不显眼的地方待着，不像贾拉拉巴德。

丰田车在车道上停了下来，乔治亚第一个下了车。她先弯了弯腰，接着又伸了伸腰，手越过头顶举向天空，然后一动不动，似乎正在感觉手指间的空气。

“上帝，我爱这个地方，”她叹息着说，接着，转身对我说道，“你知道吗，法瓦德，一到这儿我就爱上了阿富汗。”

“还有哈吉·汗。”我替她补充道。

“是的，”她承认道，“还有哈吉·汗。”

我笑了，因为这很重要。如果要让乔治亚对她的未来做出正确的抉择，就必须提醒她，让她想起那些她所热爱的东西，而不是让那些令她伤心的事情盘桓在她的脑子里。

艾斯曼莱走了过来。

“到那边的地毯上坐下，我一会儿再过来，”他说，“我要打几个电话。”

乔治亚和我点了点头。我们走到一棵大树下，那儿铺着一块红色的毯子。树荫下的确凉快多了，还有鸟儿在我们的头顶上唱歌呢。实在没有比这更好的生活了。

“再也看不到这儿实在是很让人伤心的事情啊。”我对乔治亚说道。她把凉鞋脱了，坐在毯子上，舒展着双腿。

“是的，”她承认道，“你知道吗？那么多人没有感受过像今天我们感受到的，实在是一件很遗憾的事情。”

“是的。”我表示赞同。然后，又想了想，问道：“为什么？”

乔治亚笑了。“唔，除了战争，你的国家还有很多东西，正如你看到的。可是，遗憾的是，我们极少听到人们这么说。我觉得人们并不完全了解——阿富汗是什么样子，阿富汗人又是什么样子。”

“是的，这的确是个好地方，”我说，“如果你不饿的话。”

“没有人想杀你的话。”

“你不会被家人卖掉的话。”

“你有电或干净水的话。”

“或者……或者……”我绞尽脑汁，“你的头不会被煤气炉炸飞的话。”

乔治亚低下头，下巴抵向胸口，从太阳镜上看着我。

“是真的，我以前住的那条街上有个女人就是这样，她做饭的时候煤气炉突然爆炸，她的头就被炸飞了。”我解释道。

“哦，”乔治亚说，她抬起头，望着婆娑的树叶和树叶间闪烁的阳光，“唔，你说得对。如果你的头不会被炸飞的话，这儿真的是个好地方。”

“或者你的腿，”我补充道，“还有很多地雷。”

“或者你的腿。”乔治亚附和道。

“这样的话，阿富汗还有什么好可言呢？”我问她。结果，我们俩都哈哈大笑起来。

“好吧，”乔治亚说，她先停住了笑，“至少有一个原因，我从来没有到过天空这么蔚蓝的地方，它让你说不出话来。”

“它的确很蓝。”我赞同道。

“尽管这儿的生活是那么艰难，比我们这些住在瓦兹尔·阿克巴汗大房子里的人所能想象的还要艰难得多，然而，在那些破旧的房子背后却藏着善良和爱。”

“什么意思？”

“好吧，让我想象怎么来解释。大多数人要你相信阿富汗是一个没有被文明开化的野蛮之地，人们动不动就杀人。在某些方面，他们是对的。这儿的人很容易冲动，冒火，有时候，它的野蛮让我们吃惊。但是，幸运的是，我遇到的大多数阿富汗人都是很单纯的人，他们心地善良，努力生活。”

“我不觉得哈吉·汗是个单纯的人。”

“呃，对，你又对了，”乔治亚承认道，“他虽然富有，但却有一颗善良的心。哈里德是个好人，我知道，只是有时候……嘿！好了，我们不要再说他了。”

乔治亚拿出了烟。既然她不愿“再说他了”，那我就不要“再说他了”。我想它一定勾起了她的不快的回忆。

就在乔治亚吞云吐雾的时候，艾斯曼莱回来了。他打完了电话，脸上挂着笑容。

“来吧，”他说，他艰难地吸了一口气，“带你们去看样东西。”

扎勒迈开车把我们送到一个地方。路上花了十五分钟。车子弹出主路，在一栋半完工的建筑跟前停了下来。工人们正在忙着砌墙，用独轮手推车把垃圾推走。

我们从车子上下来，看到哈吉·汗正在和一个手里拿着笔记本的男人说话。他看到我们。他和那人握了握手后，就朝我们走来，脸上挂着微笑。很明显，他比我上次看到时心情更好很多了。和往常一样，他穿着灰色的背心，质量很好的淡蓝色的沙丽克米兹——很配他的头巾。

我想如果哪天我厌倦了牛仔裤，我就要打听打听他的裁缝是谁。

“呵，你们觉得怎么样?”他走到我们跟前时问道。他说的是英语，我想他是不想那些工人听到我们的谈话。

“很漂亮，”乔治亚说，“你在建另一所房子吗?”

“是的，我在建一所新房子，”他说，“不过，这个新房子是为你建的。你愿不愿意接受，也是你的事。”

他的话让我很吃惊，我感觉自己的嘴巴张开了，仿佛有一百万个问题想从我的嘴里倾泻而出，但我不能。

乔治亚没说什么。

“来吧，”哈吉·汗继续说，“我带你们进去转转看。”

没等乔治亚说不，他就走开了。我们只好跟着他走。

跨过一袋袋沙包，我们进了屋子，来到一个正方形的客厅里。四周是灰色的水泥墙，墙与墙之间悬挂着几根电线。实在称不上“漂亮”。

“这是客厅，”哈吉·汗说完看着乔治亚，手指着那个房间，“你可以在这儿招待你的客人。完工后，墙上刷的是非常漂亮的绿色——这是我的想法——像新瓦尔的草地。这样冬天很冷的时候，你也会觉得这里温暖如春。”

没等乔治亚有所反应，哈吉·汗移到左边，那有两个门洞。

“这间是厨房，”他解释说，“另外一间是客房。挨着还有一个漂亮的卫生间——你们怎么说来着？”

“嗯，套房。”乔治亚回答。

“对，”哈吉·汗点了点头，“对，很温馨。我觉得这个主意不错，很欧式。来吧。”

哈吉·汗穿过那堵墙，来到连接地面和顶楼的楼梯口处。它还没有完工。阳台上搭了一把梯子，工人们可以爬上爬下。

“这是楼梯。”哈吉·汗说。我笑了。我们又不是傻瓜。“你的房间在楼上。一间是卧室，一间是大休息室，还有一间可以做婴儿房。”

哈吉·汗那双浓眉下的眼睛紧紧地盯着乔治亚。我看出他正在努力争取——他知道是自己杀了他们的孩子。

“你可以在这儿休息，放松，可以欣赏远处的山区景色，让身心愉快。”他补充道。乔治亚笑了，哈吉·汗也跟着笑了，我也跟着他们笑了。

到目前为止，一切都进展得很顺利，我想如果这样一个承诺——房子里充满了孩子们的欢声笑语——都不能挽留住乔治亚的话，那就没有什么可以做到了。

“那么，你觉得怎么样呢？”哈吉·汗最后问道。

乔治亚看了看四周。

“我觉得非常好，哈里德，但是——”

“求你了，乔治亚，”他打断她，皱着眉头，流露出悲伤的眼神，“不要‘但是’。求你了。让我再带你去看样东西。”

哈吉·汗迈步向门口走去。他一边走，一边对乔治亚说。

“你看到通向那条河和那条马路的花园了吗？我们会砌几堵墙，这样，你就不用担心被打扰了，我们在这儿种上漂亮的玫瑰花。”——他指着花园的左边——“还有这儿”——他又指了指右边——“还有这儿”——他指了指跟前。“这样你每天都被色彩和美丽的东西包围着。”

乔治亚慢慢地环顾四周，想象着她那五彩斑斓的世界，被花园里的玫瑰花和走廊上的春天包围着的新生活的样子。

她正在沉思的时候，哈吉·汗走开了。他低着头，两手交叉在背后。他真的在努力，每个人都看出来了。我几乎能感觉到他握在手心的希望。我知道如果乔治亚爱他，她一定不会拒绝他。但当我试图在她脸上看出什么端倪的时候，她的眼睛正茫然地望着远方。当她举起手想遮住阳光时，我看出她眼里的焦虑。

“该死的！”她突然大叫。

我朝她望去的方向看去。我看到附近屋顶上有一团黑乎乎的东西在移动。我回头看着乔治亚，但她已经不见了。她朝哈吉·汗跑去，冲他大喊着趴下。他回头看着她，她径直朝他扑了过去。他没来得及抱住她就往后跌倒在地上。就在这时，子弹划破了空气，在我们头上呼啸。

我扑倒在地板上。哈吉·汗的警卫立即还枪射击。我们的耳边顿时响起了一阵疾风骤雨般的枪弹声。

虽然害怕，我还是抬起头寻找乔治亚。我看到她躺在哈吉·汗的怀里。血染红了她的衣服，她的脸贴着他的胸口。他朝身旁正在开火的警卫大喊：“快去把车开过来！”他大叫着，但他的话湮没在激烈的战斗中。

“乔治亚！”我尖叫了一声，站起身朝她跑去。

我跑到他们跟前。哈吉·汗一把将我拉倒在地。“卧倒，法瓦德！”他喊道。他的眼睛睁得大大的，充满了痛苦。我看到血从他的肩膀涌出。

“乔治亚。”我喃喃着。我靠近她，捧着她的脸。

她的生命正在一点一点地流逝。她在发抖，就好像遭遇到一场冬季凛冽的寒风般。

我不愿相信。我闭紧眼睛，用尽全身的力量向上帝祈祷。但我知道她快要死了。我们就要失去她了。

“求你了，乔治亚，求你了，”我乞求着，“我们没有时间了。你必须说那些话。你一定要相信！”

子弹依然在我们的头顶呼啸飞过，即将栽种玫瑰花的花园里激起阵阵灰尘。我听到哈吉·汗依然在命令他的士兵把车开过来。可在我眼里只有乔治亚的那张脸和那双黑色的眼睛。她听到我的呼喊，正在找寻我。

我们只有一次机会，只有一次，而且它也正在飞快流逝。

“乔治亚，请相信，”我伏在她耳边说，泪水从我眼里滚落，滴在她的脸上，“你一定要相信，不然，你就会迷失的！

乔治亚！”

“法瓦德，”她的气息喷在我脸上，但她的声音却太弱，我不得不把耳朵贴在她的嘴边，“法瓦德，不要担心……我相信……我向你保证，我相信。”

“这不够。”我冲她大喊，这个时候，我没办法温和。没有时间温和。我们只有几秒钟的时间。“你要说那些话，乔治亚！求求你，你必须说！”

我的眼泪落在她的唇上。我看出她正在用最后一点力量。她努力睁开眼看我。

“万物非主。”我告诉她。我把她脸上的湿头发拨开，把耳朵贴近她的嘴。

“万物非主。”她跟着念。

“唯有真主。”我说。

“唯有真主。”

“穆罕默德，真主的使者。”

“穆……穆罕默德，真主的使者。”

除了真主以外，没有别的神；穆罕默德是真主的使者。

哈吉·汗的车子冲到我们跟前时卷起一阵尘土，可乔治亚已经闭上了眼睛，她走了。

尾　声

一年后

这个夏天，塔利班领导人毛拉·达杜拉在赫尔曼德被击毙。他是个龌龊的家伙，花钱收买残疾人和疯子在我们国家到处搞自杀式炸弹袭击。他杀过成千上万的哈扎拉人[①]，只因为他不喜欢他们。现在，他终于得到报应。他被击毙的消息让所有人都很吃惊，以至于省长在电视上播放了他的尸体后，大家才相信这个消息是真的。

更让我吃惊的是，他只有一条腿。

“他只有一条腿，他们应该早点抓住他啊。”我对詹姆斯说。他刚在电脑上把他写的报道发回英国。

“法瓦德，过去五年半里，没有人找得到毛拉·奥马尔，他身高六英尺四英寸，只有一只眼睛，骑着摩托车，所以，有什么好奇怪的呢？如果相信流言，奥萨马·本·拉登就流窜在瓦济里斯坦[②]，随身带着肾脏透析装置。我告诉你，斯蒂芬·霍金[③]都能

① 阿富汗民族，主要分布在阿富汗中部哈扎拉贾特山区。

② 巴基斯坦西部山区。

③ 英国著名物理学家，以研究黑洞论而闻名于天文物理学界及相关领域。

跑过他。”

“斯蒂芬·霍金是谁？”

“他是个很聪明的人，坐在轮椅上，靠电脑说话。”

“真的吗？就像《X战警》里的查尔斯·泽维尔教授？”

“我的小伙子，你电视看得太多了。”他说着重重地呼了口气。

也许他说得对。

皮尔·赫德里的三明治生意失败后，他就把一半的店铺改成了DVD店。出乎意料的是，它居然出奇的成功。现在，我不用下午跑到瓦兹尔·阿克巴汗大街上做“Cak”广告了。我现在的工作是帮皮尔·赫德里审核电影内容，以免道德监察局的人上门拜访。

这是我从事过的最好的工作。

贾米拉也很高兴这个变化，因为她大多数上午都在欣赏她的沙鲁克·汗。她的着迷程度引起了皮尔·赫德里的不满。

“那个男人难道不能不唱歌吗？”他大叫道，因为那天连狗都不愿进店里。

贾米拉把声音关小了，但还在看。最吸引她的不是他的声音。

虽然已经搬到镇子的另一头了，我依然在皮尔·赫德里店里工作。我有自行车，网吧工作一结束，什尔·艾哈迈德就会来接我。我想他和哈吉·汗的合伙生意一定很好——好到他现在开上了自己的车。我们家有了发电机，上个星期他还给妈妈买了一个电冰箱。

我们现在的生活在阿富汗算是比较富裕了，但我还是喜欢到皮尔·赫德里店里来，因为这样我就能经常见到詹姆斯和蕾切尔。他们现在已经住在一起了，假装结婚了。“为了避免世俗的责难，还有因为她会做饭。”詹姆斯向我解释。

他是个超级大骗子。我知道他很想娶蕾切尔，因为她告诉我每次他喝醉了——我和他住在一起的时候可很少这样——就会跪在地上向她求婚。

“你为什么不答应他呢？”我问。

“你知道的，法瓦德，”她朝我眨了眨眼睛说，“总有一天我会答应的。”

因为每周至少一次见到詹姆斯，我也就了解了梅离开阿富汗后的事情。

“她生了个男孩！”他叫道。我过去给他送他要的《四个婚礼一个葬礼》的DVD——毫无疑问，这是他游说蕾切尔嫁给他的计划的一部分。

“他叫什么名字？”

“梅·格里·菲力普，多可爱的孩子！”他哈哈大笑，走过来把我举过头顶，又把我扔下。这是他练肌肉的方式。“他们想叫他斯班仔。你觉得怎么样？”

我想了想，掂量了一下这件事情——用我最好朋友的名字给一个很可能是同性恋的小孩取名——的好处和坏处。

“我觉得不好，”我最后说道，“这是好事情，可是斯班仔是个好穆斯林，这样做会给他带来耻辱。也许他们叫他沙鲁克。”

“沙鲁克，呃？”詹姆斯点了点头，“好吧，我会给她们发邮件，告诉她们你不愿意用斯班仔的名字，你喜欢沙鲁克这个名字。”

“是的，我很喜欢这个名字。”

当然，如果贾米拉知道这件事，她一定会勃然大怒的，不过这会更有趣。

尽管贾米拉现在比我高了一个头，而且满脑子想的都是口红之类的东西，但我们还是最好的朋友。更重要的是，随着我们渐渐的长大，她的生活开始变得越来越开心，因为她父亲再也不打她了。我怀疑这大半是因为他害怕打坏了她就没办法卖她了，但贾米拉说是因为毒品开始影响他的大脑，而不是拳头，他经常想不起自己的名字，更想不起要打自己的孩子。

尽管皮尔·赫德里从来没说过，但我感觉得出他打算自己死后把店送给贾米拉，因为皮尔·赫德里夫人开始教她记账了。起先，我有点恼火，因为我的算术也很好，而且我比她先来，她还是我介绍来的。但当我看到她那么高兴时，我冷静下来了，而且我最终可能会继承什尔·艾哈迈德的网吧——如果我不能像詹姆斯那样成为一名记者的话。在我看来，除了审核DVD的内容，最好的职业就是做一名记者。我很早就开始留意詹姆斯的工作了，我很喜欢，因为如果你是一名记者的话，你就可以多数时间在床上工作。

另一个多数时间躺在床上的人就是我妈妈。这是因为她现在肚子里怀了我的弟弟或妹妹所以身子倦怠的缘故。这是秘密，不能告诉别人，因为这样不尊重妈妈。在阿富汗，一个好穆斯林是不会到处说肚子里的孩子的。所以，现在除了我和什尔·艾哈迈德以外，唯一知道这个秘密的是我的姨妈。她现在怀里也抱着一个婴儿。让我吃惊的是，这次她生了一个女儿，这对我来说无疑是场噩梦。有一天，他们可能会叫我娶她。不过，她很可爱，至少那双眼睛是正常的。

扎西德背着我找胡戈医生谈过他那只坏眼睛。胡戈医生不可能也对他说些多休息的话。于是，他又找了一个医生。这个医生倒是知道治疗方法。几次约见后，扎西德终于痊愈了：那是我见过的最大的一副眼镜，戴上它后他的眼睛看上去大得像盘子。但扎西德很高兴，因为他总算看到的是一个东西，而不是一个东西的三个影子。

“接下来我要整整我的牙齿了。”他告诉我说。

“你怎么整呢？”我问。我觉得连真主都没办法对付那一口乱牙。

“我在网上看过这方面的资料。在美国，每个人都戴假牙，所以，我决定去那儿。”

“你哪有那么多钱去那儿？”

“我可以用准备结婚的那笔钱。”他低声说道，“我的眼睛已经好了，我现在要做的就是调整我的笑容，那些女人们会爱上我的笑容，然后掉入扎西德的爱情网里。”

他一边说，一边朝我撅起他的屁股。老实说，他的屁股一点都不性感，因为他那条腿。

不过，至少他没有再骚扰我的姐姐。

妈妈结婚后，我们和米娜一共见过五次——四次在喀布尔，一次是在库纳尔她的家里。虽然一路上很辛苦，但每次颠簸都是值得的，因为每次见到我的姐姐，她都比上一次更漂亮。有时想到失去了那么多团聚的日子，我们不免有点悲伤。关于过去发生在她身上的事情，米娜似乎平静多了，只有少数时候，她眼里会流露出失落的神情，那一定是她想起了什么。谢天谢地，她丈夫对她还是那么好，每次他去首都把木头交给生意伙伴时他都会带着她一块去。但真正带给她生活乐趣的是那个声音响亮的，胖乎乎的快乐天使小达乌德。他现在已经能在霍梅拉家到处跑了，吸引着大家的目光。

当然，对妈妈和姐姐来说，失散了这么多年已经够痛苦了，现在好不容易重逢了，却还相隔千里，实在让人难过。不过，幸好有手机，所以，当她们不在一起的时候，她们就靠电话来相互慰藉。我猜她们喋喋不休的谈话和电话费让什尔·艾哈迈德招架不住了，因为如果他不在网吧，他就一定上街去买罗山电话卡了。说真的，如果斯班仔还活着，妈妈可以去找他买卡——至少他会给她打点折，也许还会告诉她一些免费打电话的技巧。我知道哈吉·汗一定不会介意的。他现在可没有心思理会这些事情，因为他满脑子想的都是他的新婚妻子。

当严冬被春天赶走的时候，哈吉·汗和阿伊莎·汗结婚了。我们大家都很吃惊。虽然周围的人抱怨说她不够好，因为她穿着罩袍出门时不戴手套——女人都该这样——而且她还时常去喀布尔的一家公司上班——更糟的是，还有男人上门找她，他们可不是什么亲戚——而这一切，哈吉·汗似乎不怎么在意，因为他爱她。更重要的是，大多数人都爱她，因为她让哈吉·汗那么快乐——自从他哥哥因为谋杀未遂罪投入监狱后，我们都认为他不可能快乐了。

哈吉·汗的哥哥扎维德因为试图把毒品运出新瓦尔以及策划谋杀那些劝阻他的人而被捕。如果哈吉·汗花钱救他哥哥的话，没有人会因此轻看他，但他却坚持要对他哥哥进行审判并判刑，以此告诫人们。之后，他就和他的新娘结婚了。虽然她不能为他生孩子——因为受过伤，但大家都很高兴，因为这是一个真实的感人的爱情故事，在那个省早已传得家喻户晓。

阿伊莎·汗不但冒险救过她未来丈夫的命，而且还皈依了伊斯兰教，得到了先知穆罕默德（愿他安息）妻子的名字。

然而在我心里，她始终是原来那个乔治亚。